AF377105

J. J. PLISK

DAS
VERMÄCHTNIS
des letzten Menschen

Teil 1

PATIENT NULL

Covergestaltung und Realisierung: J. J. Plisk
http://www.j-j-plisk.de
Mail: j.j.plisk@web.de

Dieses Buch ist auch als E-Book erhältlich.

Bibliografische Information der Deutschen Nationalbibliothek:
Die Deutsche Nationalbibliothek verzeichnet diese Publikation in der Deutschen Nationalbibliografie; detaillierte bibliografische Daten sind im Internet über dnb.d-nb.de abrufbar.

TWENTYSIX – Der Self-Publishing Verlag
Eine Kooperation zwischen der Verlagsgruppe Random House GmbH und der Books on Demand GmbH

Herstellung und Verlag: BoD - Books on Demand, Norderstedt

ISBN: 978-3-7519-5554-6

Das Vermächtnis des Menschen

Teil 1: Patient Null
Teil 2: Der Ausnahmezustand
Teil 3: Der letzte Tag

weitere Bücher:

Die Verdammnis der Ewigkeit
Die Wirkürlichkeit des Dasein

Inhalt

PROLOG

»Sind wir tatsächlich zu spät?«, fragte Xalida sichtlich niedergeschlagen.

»Scheint so«, antwortete Valdur nach einer Weile bedacht. »Wir haben keine einzige Spur von ihnen gefunden. Bislang nicht einmal einen einzigen Knochen. Die Menschen sind einfach verschwunden. Das muss jedoch bereits mehrere zehntausend Jahre her sein.«

Während er sprach, beobachtete er Xalida mit besorgter Miene. Sie tat ihm wahrlich leid. Man sah ihr deutlich an, dass sie am Boden zerstört war und nur mit allergrößter Mühe ihre Tränen zurückhalten konnte.

»Aber wie kann das sein? Wie haben wir das Notsignal bis zuletzt empfangen können?«, fragte sie verzweifelt.

»Die Signale kamen aus einem der Satelliten auf der Umlaufbahn des Planeten, völlig automatisch wurde die Nachricht einfach immer weiter gesendet, auch nachdem die Menschen längst aufgehört haben zu existieren«, erwiderte Valdur nachdenklich.

»So viel Aufwand, wir haben so viel Zeit nur

dieser einen Aufgabe geopfert und zum Schluss soll das alles völlig umsonst gewesen sein?«

Sie konnte nicht mehr weitersprechen, ließ ihren Kopf hängen und setzte sich schwermütig auf den Vorsprung des kleinen Flugschiffs, mit dem sie und Valdur diese verlassene Gegend erkundet hatten. Sie dachten ursprünglich, dass es Ruinen ehemaliger Häuser und Gebäude, vielleicht sogar einer uralten Stadt, gewesen waren. Es stellte sich jedoch heraus, dass es sich nur um eine seltsame dennoch zufällige und regelmäßige Ansammlung von Felsen handelte. Wiederum keine Überbleibsel der Ureinwohner.

»Lass uns zum Mutterschiff zurückkehren, es hat keinen Zweck mehr. Es wird sicherlich auch andere Planeten geben, wo intelligente Wesen leben und gedeihen. Dies ist nicht der einzige bewohnbare Planet im ganzen Universum«, versuchte Valdur Xalida zu besänftigen.

»Du hast sicherlich Recht, wir selbst werden vermutlich nicht mehr dabei sein, oder? Wenn wir wenigstens wüssten, wie sie ausgesehen haben. Der Planet ist dem Unseren so ähnlich, die Gravitation ist fast die Gleiche und der Tag ist nur um eine Stunde kürzer. Wenn sie uns tatsächlich ähnlich gewesen wären, hätte es die Theorie des Weisen Galisador endlich bestätigt!«, überlegte Xalida laut und schaute dabei wehmütig Valdur an.

»Dein unerschütterlicher Glaube daran, dass wir

alle die Kinder des Universums sind und dass alle hochentwickelten Zivilisationen von der Hand eines einzigen Schöpfers oder einer längst verschwundenen Urzivilisation abstammen«, sagte Valdur mit einem leicht spöttischen Unterton. »Das sind nur Märchengeschichten. Es gibt und gab nie einen einzigen Hinweis für Galisador's Theorie!«

»Dieser Planet wäre möglicherweise der Beweis gewesen«, erwiderte sie leidenschaftlich. »Wenn wir nur herausfinden könnten, wie sie ausgesehen haben. Wie konnten die Menschen überhaupt so plötzlich verschwinden, ohne eine einzige Spur zu hinterlassen?"

Xalida senkte wieder ihren Kopf und versteckte das Gesicht in den Händen.

»Es tut mir leid, Xalida«, sagte Valdur sanft nachdem er sich noch einmal umgesehen hatte. »Wir können hier nichts mehr ausrichten, lass uns einfach zurückkehren.«

In demselben Augenblick schaltete sich das Mikrofon im Flugschiff ein und eine tiefe Stimme raspelte leise durch die klare Luft.

»Xalida, Valdur, seid ihr da? Wir haben etwas gefunden!«

Als sie sich dem Fundort näherten, erkannten sie tatsächlich die Überreste einiger Gebäude, uralt und fast vollständig von der umliegenden Vegetation überdeckt. Aufgrund der Regelmäßigkeiten und Formen, nach denen sich die Natur in der Umgebung ausrichtete, müsste es sich um eine riesige Einrichtung gehandelt haben, die sich mit Sicherheit über mehrere Kilometer erstreckte.

»Endlich«, flüsterte Xalida. Ihre Augen leuchteten und ihre Müdigkeit war wie durch Zauberhand völlig verschwunden. Gleich nachdem sie gelandet waren, rannte sie los, direkt zum Leiter des zweiten Suchtrupps.

»Was habt ihr gefunden?«, rief sie ihm zu, noch bevor sie ihn überhaupt erreichte.

»Sachte, sachte, Xalida, es läuft dir ja nichts weg. Sie warten bereits unten auf dich.«

»Unten?«, fragte sie fassungslos. »Wo unten?«

»Es handelte sich hier, beurteilend nach dem bisherigen Fund, vermutlich um einen riesigen wissenschaftlichen Komplex. Der Teil über dem Boden ist völlig zerstört. Doch es gab noch Räumlichkeiten, die sich unter der Erdoberfläche befanden. Und einige der Räume sind immer noch einigermaßen erhalten geblieben.«

»Und die Bewohner, oder deren Überreste?«, spuckte Xalida heraus.

»Bislang leider erfolglos«, antwortete der Gruppenleiter bedacht.

»Gar nichts? Keine einzige Spur?«, fragte sie enttäuscht.

Ihr Gegenüber zögerte den Bruchteil einer Sekunde, bevor er zur Antwort ansetzte und das machte Xalida neugierig.

»Bitte, Zardos, falls ihr etwas gefunden habt, darfst du es mir nicht vorenthalten!«, ersuchte sie ihn.

»Einen Fund gab es tatsächlich«, antwortete er zögerlich, »es ist jedoch noch nicht offiziell. In einem der Räume unter der Erdoberfläche, in einer versiegelten Kiste, fanden wir ein uraltes Buch. Bereits bei der Berührung zerfiel es fast zu Staub. Doch unsere Techniker haben den Zerfall aufhalten können und es wird derzeit gerade digitalisiert.«

»Was für ein Buch?«, fragte Xalida angespannt. Sie konnte ihre Ungeduld nur schwer zurückhalten.

»Unsere Historiker und Fremdsprachenexperten versuchen es gerade auf dem Mutterschiff zu entziffern.«

Zardos machte eine Pause und betrachtete Xalida mit einem erheiternden Lächeln, bevor er weitersprach. »Es scheint eine Art Tagebuch zu sein. Vermutlich das einzige Vermächtnis der Menschheit verfasst vielleicht von dem letzten Menschen auf diesem Planeten.«

***

Die Dunkelheit schwand allmählich und die Umgebung um ihn herum nahm nach und nach genauere Umrisse an. Langsam kehrte auch sein Bewusstsein aus der scheinbar ewigen Vergessenheit seines traumlosen Schlafes zurück in die bittere Realität.

So, ich bin immer noch am Leben, überlegte er unerfreut. Er blieb liegen, ohne sich die Mühe zu geben, seine Augen zu öffnen und ohne sich zu bewegen. Um ihn herum herrschte eine fast vollkommene Stille. Nur ein leichtes und entferntes Brummen der Klimaanlage störte diese bedrückende Ruhe. *Der Sommer wird dieses Jahr wieder einmal sehr heiß,* kam ihm dabei in den Sinn. Es konnte ihm jedoch egal sein, er verließ sowieso nahezu nie das Gebäude und hier drinnen war es stets angenehm kühl. *Wie lange noch?* fragte er sich stets. *Wie lange, bis die ganze Technik endgültig versagt?* Er musste sich jedoch derzeit mit solchen Gedanken nicht den Kopf zerbrechen. Die gesamten wissenschaftlichen Komplexe wurden fast für die Ewigkeit gebaut und durch die Konstrukteure so konzipiert, dass sie vollautomatisch und ohne jegliche Wartung liefen.

Nach einer Weile öffnete er schließlich seine Augen und setzte sich langsam auf. An der Bettkante blieb er sitzen und betrachtete mit Abscheu seine Beine an. Die Oberschenkel, weiß wie Kreide, hatten seit einer Ewigkeit keine Sonne mehr gesehen und sind noch dünner geworden, bemerkte er mit Entsetzen. Dadurch stachen seine Knie noch stärker hervor. Er wandte seinen Blick lieber ab, richtete sich ein wenig und schloss erneut die Augen.

Für eine Weile tauchte er wieder in seine Traumwelt ab und lauschte gedanklich. Auch wenn er im Schlaf nicht mehr richtig träumte, oder sich nicht an seine Träume erinnern konnte, eine Auswirkung der Schlaftabletten und anderer Medikamente, die er seit langem einnahm, hatte er dennoch wirkungsvoll gelernt, tagzuträumen. In seiner Gedankenwelt herrschte zunächst nur Stille. Nach einer Weile vernahm er jedoch ein leichtes Klirren und Schritte von jemandem, der barfuß über dem künstlichen Fußboden in seine Richtung lief. Er öffnete sofort hoffnungsvoll seine Augen. Nichts, es war nur ein Traum, wie immer. Auch wenn er sich dessen bewusst war, wollte er es immer noch nicht richtig wahrhaben. Sie war nicht mehr da!

Ein Gefühl tiefster Traurigkeit breitete sich erneut in ihm aus. Am liebsten hätte er aufgegeben, das Gebäude und die Labore einfach verlassen, sich ein stilles Plätzchen irgendwo draußen in der Natur aufgesucht, sich hingelegt und einfach auf den Tod gewartet.

Hör auf, du Narr! ermahnte er sich selbst, wie so oft, doch stets vergeblich. *Hör endlich auf dich zu bemitleiden und zu träumen!* Er hatte es ihr ja versprochen.

Endlich stand er langsam auf, wobei er große

Schwierigkeiten hatte, sich überhaupt aufzurichten. Sein Rücken schmerzte noch mehr als sonst. Das machte ihm bewusst, dass er bereits seit einigen Tagen vergaß, die notwendigen Medikamente einzunehmen. Er schleppte sich mühsam in die Küche und setzte zuerst den Kaffee auf. Ohne Kaffee würde er keinen einzigen Morgen überstehen. Dabei bemerkte er, dass sich seine Vorräte unaufhaltsam dem Ende zuneigten.

Ich muss wieder Besorgungen machen und darf dabei den Kaffee nicht vergessen!

Während die Kaffeemaschine lief, ging er ins Bad, um sich zu waschen. Als er in den Spiegel schaute, hätte ihn sein eigenes Spiegelbild beinahe erschreckt. Ein völlig Fremder schaute ihn an. Er erkannte sich gar nicht mehr wieder. Die letzten Tage verbrachte er durchgehend im Labor und als er gestern spät Abend zurückgekommen war, fiel er sofort ins Bett, ohne dem Bad einen Besuch abzustatten. Seine Haare waren fast vollkommen weiß geworden und standen auf seinem Kopf hoch und wild durcheinander. Sein Bart, seit mehreren Wochen unrasiert, war ebenfalls weiß wie Schnee.

Du bist ein alter Greis geworden, stellte er entsetzt fest. Nur seine grünen Augen stachen hervor, unterstrichen durch große dunkle Augenringe.

Er senkte leidvoll seinen Blick, wusch sich das Gesicht mit kaltem Wasser ab und kehrte zurück in die Küche, in der Hoffnung, der Kaffee sei bereits fertig geworden. Die Kaffeemaschine lief jedoch immer noch. *Sie muss wieder entkalken werden,* überlegte er enttäuscht und suchte nach einer sauberen Tasse. Das war nicht so leicht, die kleine Küche war ein reines Chaos. Er hatte bereits seit Ewigkeiten nicht abgespült.

So etwas wäre nie passiert, als sie noch bei mir gewesen ist, dachte er mit leichtem Stechen ums Herz. *Die ganze Küche hätte geglänzt und alles hätte seinen festen Platz gehabt. Sie hätte mit mir geschimpft, wenn ich die Tasse nicht weggeräumt hätte,* überlegte er und lächelte wehmütig vor sich hin.

Nein, es stimmt nicht, sie hätte ihn einfach angesehen, so wie nur sie es konnte und er hätte die Kaffeetasse sofort wieder eingeräumt oder abgespült. Und falls er es dennoch vergessen haben sollte, hätte sie es für ihn getan. Sie wusste, wie zerstreut er oft gewesen war. Dabei bemerkte er wieder, wie schrecklich sie ihm immer noch fehlte.

Er begab sich zum Fenster, um auf andere Gedanken zu kommen, und schaute nach draußen. Die Sonne stand bereits über den östlichen Gebäuden und der Tag hieß ihn mit einem blauen Himmel ohne jegliche Wolken willkommen. Alles schien friedlich zu sein, nichts deutete darauf hin, dass etwas je passiert war. Man könnte sogar denken, dass jeden Augenblick die ersten Menschen, die Mitarbeiter der verschiedenen Abteilungen, die einzelnen Häuser verlassen und durch die Straßen zu ihrem Bestimmungsort eilen würden. Doch wusste er, dass dies nie wieder geschehen würde. Er war das einzige lebende menschliche Wesen in diesem riesigen Forschungsgelände, der größten und modernsten wissenschaftlichen Einrichtung, die je erbaut wurde. Hier waren die klügsten und einfallsreichsten Köpfe des ganzen Planeten versammelt worden, um die Wissenschaft und die dringendsten Probleme der Welt gemeinsam zu lösen. Er konnte sich glücklich schätzen und sollte stolz darauf sein, dass er dazu gehörte. Als er schließlich die Zusage bekommen hatte, hier arbeiten zu dürfen, war er außer sich vor Freude gewesen. Und jetzt war er der Einzige, vermutlich sogar der letzte Mensch auf Erden.

Und dabei hatte alles so harmlos angefangen...

I.

Die Bewerbung

21. August 2056

Der Tag wird wieder ganz schön heiß. Als ich heute aufgestanden bin, spürte ich bereits die ankommende Hitze. Und dazu ist die Klimaanlage in meinem Büro wieder ausgefallen. Ich habe die zuständigen Techniker bereits mehrere Male darauf hingewiesen, bislang ist jedoch keine Besserung eingetreten. Was man nicht selber macht?

Im Labor läuft alles wie geplant, die Bewerbungen um die wissenschaftlichen Mitarbeiter für das neue Projekt laufen auf vollen Touren. Und heute früh kamen noch drei weitere Kandidaten. Ich hoffe, es waren die letzten der insgesamt zwanzig Bewerbungsgespräche in nur drei Tagen, langsam bringe ich die einzelnen Bewerber durcheinander. Die Entscheidung muss bald fallen und dann geht es endlich mit dem neuen Projekt los.

***

David blätterte durch sein Tagebuch und schaute sich noch ein paar weitere Einträge an. Er hätte nie geglaubt, dass er tatsächlich anfängt, ein Tagebuch zu führen. Viele berühmte Persönlichkeiten schrieben ihre Gedanken nieder, warum dann nicht er? Er hatte damit nach dem Tod seiner Frau angefangen. In einem einzigen Augenblick war sein gesamtes Leben zusammengebrochen. Es war einfach nicht fair. Er hatte sie sehr geliebt und sie beide hatten sich nach einem Kind gesehnt, doch dieser Wunsch war unerfüllt geblieben. Er stürzte sich danach in die Arbeit, kannte keine andere Beschäftigung, keine Entspannung, keine Freizeit, er wollte einfach nur noch vergessen. Doch es half nicht viel und es dauerte sehr lange, bis er sich mit dem verhängnisvollen Schicksalsschlag einigermaßen abgefunden hatte. Nachdem er die Stelle des Forschungsleiters bekommen hatte, gerade auf dem Fachgebiet, das er sich erträumt hatte und dazu in der neuesten und größten Forschungseinrichtung der Welt, mitten in Europa, fühlte er sich wieder einigermaßen ausgeglichen. Das neue Projekt war sehr anspruchsvoll und die eigentliche Lösung des Kernproblems bei diesem Forschungsvorhaben war noch nicht gefunden worden. Doch das reizte ihn gerade. Er war überzeugt, dass er die Stelle des Forschungsleiters nur deswegen bekommen hatte, weil sie sonst niemand haben wollte. Aber das war ihm egal. Unlösbare Aufgaben waren seine Leidenschaft. Er würde die Lösung finden, früher oder später, davon war er überzeugt.

Es werden sich alle noch wundern, dachte er und lächelte vor sich hin.

Ein plötzliches Klopfen an der Tür zerstreute seine Gedanken und brachte ihn in die Realität zurück.

»Ja?«, rief er auf.

Die Tür öffnete sich und Frau Strugalski, eine stämmige und sehr ernsthafte Frau mittleres Alters, die Sekretärin des Abteilungsleiters, trat ein.

»Doktor Markon, es ist noch eine Bewerberin für die Stelle des wissenschaftlichen Mitarbeiters gekommen.«

»Tatsächlich? Ich dachte die Bewerbung ist bereits abgeschlossen«, überlegte er laut.

»Professor Strass wollte, dass Sie diese eine Person noch kurz befragen, bevor Sie beide zu ihm kommen«, fuhr Frau Strugalski unbeirrt fort.

»Ist es so?«, er musste lächeln. *Daniel Strass trifft wieder einmal eine Entscheidung, ohne es mit mir zu besprechen, wie immer.* Aber er war der Abteilungsleiter und dazu noch der Leiter des neuen Projektes.

Es war hauptsächlich sein Verdienst, dass dieses Forschungsvorhaben überhaupt genehmigt wurde.

»Na gut«, antwortete er und versuchte das Gähnen zu unterdrücken. Er hatte die letzte Nacht wieder einmal nicht viel schlafen können.

»Und wann kommt die neue Bewerberin?«

»Sie ist bereits da«, antwortete Frau Strugalski, »ich habe sie in den kleinen Konferenzraum gebracht«, fuhr sie mit ihrer monotonen Stimme fort.

Dann drehte sich um und war gerade dabei, sein Arbeitszimmer wieder zu verlassen.

»Und was ist mit den Bewerbungsunterlagen?« rief er ihr nach.

»Sie hat sie bei sich«, antwortete sie, »Professor Strass erwartet sie beide in etwa 30 Minuten in seinem Büro«, und verschwand.

Noch eine Bewerberin, dachte er. Hoffentlich ist es tatsächlich die Letzte. Das Bewerbungsverfahren sollte ja längst abgeschlossen sein! Daniel wollte noch vor heute Abend die endgültige Wahl. Im Gegensatz zu Daniel konnte sich David jedoch immer noch nicht entscheiden. Er versteckte das Tagebuch in der untersten Schublade seines Schreibtisches, stand auf, nahm sein elektronisches Notizbuch und verließ das Arbeitszimmer. Auf dem Flur, gerade als er den kleinen Konferenzraum betreten wollte, rief hinter ihm jemand seinen Namen.

»David?«

Er drehte sich um. Es war Frau Nikola, die hübsche kleine Technische Assistentin, die er vor einigen Wochen eingestellt hatte.

»Ja? Was kann ich für dich tun, Helena?«, er drehte sich um und zog seine Augenbrauen hoch.

»Die Zellen sterben ab«, sagte Helena fast außer Atem.

Sie war etwa Mitte dreißig, seit einigen Jahren verheiratet und hatte einen Jungen, der gerade die erste Klasse besuchte. David war mit seiner Wahl zufrieden. Er verließ sich meistens auf sein Bauchgefühl und auch diesmal war er nicht enttäuscht worden. Sie war fleißig, anständig, immer zuvorkommend und passte somit sehr gut in seine kleine Arbeitsgruppe, die derzeit noch aus der Technischen Assistentin Rosita und zwei weiteren wissenschaftlichen Mitarbeitern bestand, die Daniel für das neue Projekt, zusammen mit David, ausgesucht und vor kurzem eingestellt hatte.

Rosita, mit der er bereits seit vielen Jahren gearbeitet hatte, nahm er mit, als er diese neue Stelle bekommen hatte. Auch mit der Wahl des ersten Wissenschaftlers war er zufrieden, ein kleiner stämmiger Japaner, Doktor Akira Shinobu, fleißig und wie die meisten Japaner immer höflich und zuvorkommend. Nur mit der Selbständigkeit klappte es nicht ganz ohne. Aber das war David egal. Dafür war er ja da. Und es war ihm immer wichtig und lieber, wenn seine Mitarbeiter dumme Fragen stellten und besser zweimal fragten, als eine Versuchsreihe durch überschätzte Zuversicht in den Sand zu setzen. Der zweite wissenschaftliche Assistent, Doktor Wallenfort, war von Daniel ausgewählt worden. Ein arroganter junger Mann, der sich sehr gut zu präsentieren und zu reden wusste, ein Karrieretyp. Glücklicherweise war er hauptsächlich für die klinisch orientierten Fragen, Patientenrekrutierung und Befragung zuständig. Somit war er nicht direkt im Labor involviert. Er war jedoch Auge und Ohr von Daniel, der meistens wenig Zeit hatte.

»Wie lange halten wir sie bereits in Kultur?«, fragte er Helena, nachdem er kurz überlegt hatte.

»Seit etwa zwei Wochen«, antwortete sie und blieb schließlich kurz vor ihm stehen.

»Soll ich sie noch weiter kultivieren?«

»Wie kamst du auf den Gedanken, dass die Zellen sterben?«, fuhr David fort.

»Sie lösen sich von der Oberfläche der Zellkulturflasche ab, fast ein Drittel der Zellen schwimmt bereits herum«, antwortete Helena. »Ich wollte gerade das Wachstumsmedium wechseln.«

Er dachte eine Weile nach. Schließlich äußerte er sich umsichtig.

»Es hat keinen Zweck, Helena, sie weiter zu kultivieren. Wir brechen den Versuch ab. Ich möchte, dass du DNA, RNA und auch Proteine aus den Zellen isolierst und das auch von den Zellen, die sich bereits abgelöst haben! Ich möchte gerne die Länge der Telomere von unserem künstlichen Minichromosom wissen und auch die Menge und Aktivität der Telomerasen in den Zellen messen. Wir müssen herausfinden, warum die Zellen unsere Minichromosomen abstoßen. Ich habe noch ein Bewerbungsgespräch und dann komme ich ins Labor, einverstanden?«, er lächelte dabei Helena an.

Sie lächelte zurück, drehte sich um und eilte wieder zurück ins Labor.

Wieso werden unsere Minichromosomen von den Zellen abgestoßen? fragte sich David selbst. *Bezüglich ihrer Länge müssten sie stabil sein. Und warum wirken sie überhaupt toxisch auf die Zellen? Die Gene waren ja für diese Versuchsreihe alle inaktiviert worden! Ich muss darüber nochmals in aller Ruhe nachdenken. Irgendetwas stimmt hier nicht.*

Vertieft in seine Gedanken öffnete er die Tür des Konferenzraumes und trat ein. Am Tisch saß eine Frau, die gleich als er hereinkam, aufstand. Er war angenehm überrascht, als er sie erblickte. Sie war jung, hübsch und hatte etwas Erfreuliches an sich.

Es geht hier jedoch nicht um einen Schönheitswettbewerb, ermahnte er sich selbst. Sie wirkte zurückhaltend und offensichtlich war sie auch nervös. Es schien, als ob sie nicht wüsste, wie sie sich richtig verhalten sollte. Das lag sicherlich auch daran, dass es sich um kein reguläres Bewerbungsgespräch handelte.

»Ich bin Doktor Markon«, sagte David, »und Sie sind...?«, er streckte dabei seine Hand aus.

»Ich bin Sofia Morgen«, antwortete die junge Frau mit einer sanften, angenehmen Stimme und reichte ihm die Hand.

»Haben Sie Ihre Bewerbungsunterlagen dabei?«, fuhr Daniel fort, »ich habe erst vor einigen Minuten erfahren, dass wir noch eine Bewerberin haben.«

»Kein Problem, hier«, antwortete sie freundlich und überreichte ihm ihre Bewerbungsmappe. Dabei lösten sich einige Blätter und fielen auf den Fußboden.

»Ich bitte um Entschuldigung«, sagte sie, bückte sich sofort zu den herumliegenden Dokumenten, sammelte sie schnell wieder auf und drückte sie anschließend David in die Hand. Dabei wurden ihre Wangen leicht rot. Es machte sie jedoch noch attraktiver und lebendiger.

»Setzen Sie sich«, sagte David und lächelte sie an.

Sie lächelte verlegen zurück und nahm den Platz ihm gegenüber ein. Sie hatte ein sehr schönes Lächeln, bei dem ihre großen blauen Augen seltsamerweise mit einem besonderen Glanz erstrahlten.

Er fing zuerst an, ihre Bewerbungsunterlagen durchzublättern, ohne dabei ein einziges Wort zu sagen. Auch sie sprach nicht und wartete geduldig ab, bis er das Wort ergreifen würde. David hörte jedoch plötzlich auf, schloss energisch die Bewerbungsmappe, die er in den Händen hielt und legte sie auf den Tisch. Anschließend richtete er seinen Blick auf die junge Frau und sah sie aufmerksam an.

»Wie Sie sehen, ist die Zeit zu kurz, um Ihre Bewerbungsunterlagen jetzt durchzulesen. Erzählen Sie mir einfach etwas über sich. Was haben Sie überhaupt studiert und wo haben Sie promoviert?«

Sie überlegte kurz und schaute ihm dann fest in die Augen.

»Ich habe Biologie mit Fachausrichtung Lebenswissenschaften, molekulare Pathologie, medizinische Virologie und Genetik studiert und meine Promotion an der Avicenna-Mendel-Universität am Lehrstuhl von Professor Gutenberg absolviert.«

»Bei Professor Gutenberg, tatsächlich?«, unterbrach sie David. »Bei dem Professor Gutenberg, der die künstlichen virusähnlichen Transfervehikel entwickelte, die in der Lage sind, nicht nur selektiv sehr effizient in verschiedene Zellarten, sondern auch in nicht-teilende Zellen, beliebige Gene einzuschleusen? Das war ja die Ausgangsbasis für die heutige Gentherapie, die derzeit im klinischen Alltag unabdingbar ist.«

»Ja, genau der«, antwortete sie erfreut und lächelte David leicht an.

»Sehr gut, auch wenn es mit unserem Projekt gerade wenig zu tun hat, ein Plus Punkt für Sie.«

Dann fiel ihm plötzlich etwas ein, was er kürzlich in ihren Unterlagen bemerkt hatte. Er schlug die Bewerbungsmappe auf dem Tisch wieder auf und durchsuchte sie.

»Hier steht, dass Sie nach Ihrer Promotion bei Professor Willebrand, hier auf dem Campus, gearbeitet haben? Haben Sie dort aufgehört? Und falls ja, warum, wo arbeiten Sie jetzt?«

Sie senkte verlegen ihren Kopf, schaute zuerst auf den Tisch, dann hob sie jedoch ihren Blick wieder und schaute ihm direkt in die Augen.

»Ich arbeite dort immer noch, aber ich suche nach einer anderen Stelle.«

»Das verstehe ich nicht ganz«, sagte David überrascht, »die Arbeitsgruppe von Professor Willebrand ist sehr renommiert. Er ist ein Experte auf dem Gebiet der Proteinchemie und Signaltransduktion innerhalb der Zellen. Wie lange arbeiten Sie bereits bei ihm?«

»Seit etwa sechs Monaten«, erwiderte sie mit leiser Stimme.

»Geht Ihr Arbeitsvertrag zu Ende?«

»Nein«, erklang ihre noch leisere Antwort.

»Das verstehe ich jetzt gar nicht mehr. Wieso wollen Sie dort weg? Und warum gerade zu uns?«

»Ich suche nach einer abwechslungsreicheren Arbeit, nach mehr Herausforderung«, erwiderte sie nach einer kleinen Pause, leicht beklommen und nicht gerade überzeugend.

»Frau Morgen, bitte. Falls Sie bei uns arbeiten möchten, will ich die Wahrheit wissen. Ich schätze Ehrlichkeit, verabscheue jedoch Lügen und Leute, die nicht in der Lage sind, sich mit der Wahrheit auseinanderzusetzen. Früher oder später werde ich es sowieso erfahren.«

Ihre Wangen wurden leicht rot, sie schaute verdutzt auf den Tisch und spielte mit Ihren Händen. Dann blickte sie ihm jedoch wieder direkt in die Augen und sagte mit fester Stimme.

»Ich fühle mich dort nicht wohl. Ich komme mit dem Gruppenleiter nicht gut zurecht und auch die Leute dort sind...«, sie legte eine kleine Pause ein und überlegte kurz, »...sind nicht nach meinem Geschmack.«

»Man kann sich seine Mitarbeiter nicht immer aussuchen«, antwortete David bedacht. »Danke trotzdem für Ihre ehrliche Antwort.«

Sie lächelte ihn wieder an, auf eine besondere Art, die er sehr angenehm und erfrischend fand.

»Wissen Sie, was wir hier überhaupt machen?«, fragte er sie nach einer Weile.

»Um die Wahrheit zu sagen, nicht wirklich«, antwortete sie erneut verlegen und schaute auf ihre Hände, die sie kurz zuvor in ihren Schoß gelegt hatte.

Er musste in sich hinein lächeln. Sie ist wenigstens ehrlich. Im Grunde würde sie ganz gut in seine kleine Arbeitsgruppe passen, sagte ihm sein Bauchgefühl.

Daniel wird diese Begründung aber sicherlich nicht

ausreichen, fürchte ich, waren gleich seine nächsten Gedanken und er seufzte leicht.

»Es gibt ein neues Projekt, das vor kurzem genehmigt wurde und dafür suchen wir gerade Mitarbeiter, insgesamt vier wissenschaftliche Assistenten, die einen starken Hintergrund und Vorarbeiten auf dem Gebiet der künstlichen Minichromosomen haben. Drei davon stehen im Grunde bereits fest und eine Stelle ist noch frei. Es gibt dafür jedoch mehrere Kandidaten. Sie wissen ja, der Konkurrenzkampf ist groß.«

Sie nickte nur schwach und er sah, wie sie sich in sich zurückzog.

»Was das Projekt betrifft, möchten wir klinische Protokolle etablieren, um solche Minichromosomen stabil in Patienten einzuschleusen. Diese Methoden sollen einerseits in patienteneigenen Zellen und in Tierversuchen evaluiert werden, andererseits soll auch die Verträglichkeit der künstlichen Minichromosomen bei menschlichen Probanden untersucht werden. Für den klinischen Teil ist unser Abteilungsleiter Professor Daniel Strass verantwortlich. Er ist auch der Projektleiter und wir sind ihm somit alle verpflichtet.«

Er schaute auf seine Uhr. »Und zu ihm sollen wir uns jetzt unverzüglich begeben. Er erwartet uns bereits.«

David stand auf, nahm ihre Bewerbungsunterlagen und ging zur Tür. Sie sprang ebenfalls auf und folgte ihm. Als sie den Gang entlanggingen, betrachtete er sie kurz von der Seite. Ihre dunkelblonden Haare waren Hinten zusammengebunden und reichten ihr weit über ihre schmalen Schultern. Sie bewegten sich beim Gehen leicht um ihren Kopf herum, wie eine sandgoldene Wüstenlandschaft, fortdauernd geformt durch den unbändigen Wind. *Eine interessante Farbe*, kam ihm der Gedanke, *an den Enden hell und Richtung Kopf nach und nach dunkler.* Sie war relativ groß, sicherlich über eins siebzig und sehr schlank, stellte er weiter fest.

Sie bemerkte, wie er sie ansah und drehte ihren Kopf zu ihm. Im selben Augenblick schaute David schnell wieder nach vorne. Er wollte nicht gleich als ein Spanner bezeichnet werden. Sie gingen weiterhin wortlos durch die Gänge, bis sie nach einer Weile das Büro von Daniel erreichten. Bevor David jedoch die Tür aufmachte, blieb er plötzlich stehen und sah sie ernsthaft an.

»Falls Sie tatsächlich Interesse an dem Job bei uns haben...«

»Das habe ich wirklich!«, unterbrach sie ihn mit leuchtenden Augen ohne zu überlegen.

»Warten Sie, lassen Sie mich ausreden. Wenn Sie die Stelle wollen, sollten Sie bei Professor Strass überzeugend und zuversichtlich auftreten. Sagen Sie nicht, dass Sie keine Ahnung von den künstlichen Minichromosomen haben. Professor Strass weiß auch nicht viel darüber. Er ist Kliniker. Sein Aufgabenbereich umfasst Patienten, Diagnose der Erkrankung und dazu eine entsprechende Therapie, Patientendaten, klinische Versuche und Tests. Außerdem sollten Sie sich selbstbewusst präsentieren. Haben Sie mich verstanden?«

Sie schaute ihn von unter ihren langen Wimpern leicht verblüfft an. Ihre Augen hatten einen seltsamen Ausdruck, als ob sie ihn fragen wollte, warum er so etwas tat, warum er versuchte ihr überhaupt zu helfen ...

Das wusste David jedoch selbst nicht. Er handelte oft spontan und dachte erst später darüber nach. Meistens war es dann zu spät. Damit hatte er sich in der Vergangenheit des Öfteren vielerlei Unannehmlichkeiten eingehandelt, bereut hatte er es meistens jedoch nicht. Vielleicht war es einfach das Bedürfnis ihr zu helfen? Wieso? Dafür hatte er keine Antwort.

Sie nickte schließlich, David klopfte kurz und ohne zu warten, schlug er die Tür auf. Beide betraten das Büro von Daniel Strass.

»Hallo Daniel«, sagte David gleich an der Tür, »ich möchte dir gerne, wie vereinbart, die neue Bewerberin für die wissenschaftliche Stelle vorstellen.«

Daniel telefonierte gerade, wie die meiste Zeit.

Er nickte nur und lud die beiden mit einer kurzen Handbewegung ein, auf dem Sofa, das rechts an der Wand stand, Platz zu nehmen. David und Sofia Morgen setzten sich und er machte erneut ihre Bewerbungsmappe auf. Nach einer Weile wandte er seinen Blick von den Unterlagen ab und schaute sie von der Seite an. Sie saß am Rande der Polsterung, ein wenig steif, ihre Hände an den Beinen, mit denen sie nervös wippte. *Das mache ich auch,* dachte er sich dabei, *sogar sehr oft und meistens unbewusst! Sie ist wirklich hübsch, aber auf eine besondere Art.* Sie bemerkte seinen Blick, sah zu ihm herüber und lächelte schwach. David musste zwangsläufig ebenfalls zurücklächeln. *Ihr Lächeln ist irgendwie ansteckend,* kam ihm der Gedanke.

Inzwischen hatte Daniel aufgehört zu telefonieren und gesellte sich zu den beiden.

»Hallo, David«, sagte er und reichte ihm die Hand. Dann begrüßte er auch die Bewerberin.

»Ich bin Professor Strass«, stellte er sich mit seiner selbstsicheren und ruhigen Art vor.

Sie stand sofort auf, nahm seine Hand entgegen und antwortete mit ihrer sanften Stimme.

»Sehr angenehm, mein Name ist Sofia Morgen.«

Daniel setzte sich gegenüber von Frau Morgen und betrachtete sie eine Weile. *Sie gefällt ihm, davon bin ich überzeugt,* kam David in den Sinn, als er seinen Blick bemerkte, der amüsiert auf ihr ruhte. Daniel Strass hatte immer großen Erfolg bei Frauen. Er war Ende dreißig, groß, breitschultrig mit einer schlanken Taille, asketischen und regelmäßigen Gesichtszügen, die mit dunklen kurz geschnittenen und immer gepflegten Haaren umrandet waren.

Im Gegensatz zu mir, fiel David ein.

Seine Haare waren braun, lockig und machten bereits seit ein paar Jahren an den Schläfen nach und nach dem silbernen Weiß Platz. Sie ließen sich nicht so leicht bändigen, hauptsächlich, wenn er, wie so oft, vergessen hatte zum Friseur zu gehen.

»Ich habe kürzlich mit Professor Willebrand telefoniert und habe mich bei dieser Gelegenheit nach Ihnen erkundigt«, begann Daniel das Gespräch. »Er hat sie als eine junge und engagierte Mitarbeiterin beschrieben und gelobt. Wieso suchen Sie überhaupt nach einer neuen Stelle? Soweit ich gehört habe, sind Professor Willebrand und auch dessen Gruppenleiter mit Ihnen sehr zufrieden?«

Sie schaute zuerst unentschlossen zu David, dann senkte sie ihren Blick und zögerte ein wenig. Bevor sie jedoch antworten konnte, kam ihr David zuvor.

»Um die Wahrheit zu sagen, was ich von Frau Morgen bereits gehört habe, ist ihr die Arbeit nur mit Zellen und die ständige Proteinisolierung und deren Untersuchungen ein wenig langweilig geworden, richtig?« und er lächelte sie mit leichtem Augenzwickern an.

Bevor sie jedoch etwas hinzufügen konnte, fuhr

er unverzüglich selbst fort.

»Das ist sehr weit vom klinischen Einsatz entfernt und sie würde gerne auch mit Patienten arbeiten und sich an Tierexperimenten beteiligen. Außerdem hat sie von deinem Projekt gehört, das sie sehr interessant und spannend findet, nicht wahr?«

Mit einem Fragezeichen in seinen Augen schaute er Sofia Morgen herausfordernd an.

Sie nickte nur zögerlich mit leicht zusammengezogenen Augenbrauen, ohne David anzusehen. *Sie mag es nicht zu lügen, soviel ist klar*, wurde David dabei bewusst.

»Tatsächlich?«, Daniel lächelte sichtlich erfreut. »Bei uns werden Sie sicherlich keine Langeweile haben. Und mit Patienten werden Sie auch arbeiten können. Ich freue mich immer, wenn sich Wissenschaftler auch für die Klinik interessieren.«

Dann drehte er sich zu David, nickte zufrieden und der wusste, dass er so gut wie gewonnen hatte.

Daniel drehte anschließend seinen Kopf wieder in Richtung Sofia Morgen und fuhr fort. »Die Empfehlung von Professor Willebrand ist für mich ausreichend genug. Praktisch muss Doktor Markon entscheiden, ob Sie kompetent und somit für uns geeignet sind. Wir werden bald eine Entscheidung treffen und dann werden wir uns bei Ihnen melden«, und er stand auf.

Auch David und Sofia Morgen standen auf.

»Ich wünsche Ihnen noch einen schönen Tag«,

sagte Daniel zu der jungen Frau, schüttelte kurz
ihre Hand und sie und David begaben sich zur Tür.

»David?«, rief Daniel auf, gerade als sie sein
Zimmer verlassen wollten. »Kann ich dich noch
kurz sprechen?«

»Klar, kein Problem.« Er drehte sich noch zu Sofia und sagte zu ihr. »Würden Sie draußen auf mich
warten?«

Sie nickte und verschwand hinter der Tür.

Als die Tür zuschlug, äußerte sich Daniel mit einem drängenden Unterton in seiner Stimme zu David. »Wir müssen uns entscheiden, am besten
gleich. Wir haben alle Bewerber, hauptsächlich du,
gesehen und auch gesprochen. Für die zwei restlichen Stellen sind wir uns bei der einen einig, oder?
Wir nehmen Frau Doktor Moretti, sie hat bereits mit
künstlichen Minichromosomen gearbeitet und außerdem hat sie auch Erfahrung mit Tiermodellen,
was uns später nützlich sein kann.«

David nickte nur. Mit der Wahl von Doktor Moretti war er vollkommen einverstanden. Sie war
nicht nur kompetent, sondern auch ganz nett.
Sie war sehr gesprächig und schien immer zuversichtlich und überzeugend zu sein, wie es oft der
Fall bei den Südländerinnen ist. Das hatte Daniel
auf jeden Fall überzeugt. Sie stammte aus dem Sü-
den von Europa, er wusste jedoch nicht genau woher. Seit einigen Jahrzehnten gab es keine wirklichen

Grenzen mehr und einheitliche Währung. Nach außen gab es eigentlich nur noch das Vereinigte Europa, das sich im Osten bis zum Ural erstreckte. Frau Moretti war mittelgroß, dunkelhäutig und hatte schwarze, leicht gewellte Haare, die kurz über ihren Schultern endeten. Sie hatte ein hübsches Gesicht, kastanienbraune Augen und war stets gut gelaunt.

»Diese junge Dame da und er zeigte mit seinem Kinn Richtung Tür, scheint nett und nach der Aussage von Professor Willebrand auch zuverlässig zu sein, sie ist mir jedoch viel zu jung und unerfahren. Und ich vermisse bei ihr das gewisse Durchsetzungsvermögen. Ich würde lieber jemanden Selbstbewussteren bevorzugen. Ich meine die Frau Doktor...«, Daniel dachte kurz nach, »... Irina Kraslinskaja. Sie hat sogar zwei Abschlüsse, Biologie und Medizin und ich muss sagen, für mich klang sie sehr überzeugend.

»Das mag schon sein«, antwortete David, »ich muss mich dann aber mit ihr herumschlagen. Ich will keinen Zickenkrieg im Labor haben und ich bin mir nicht sicher, wie und ob überhaupt diese Russin mit unseren technischen Assistentinnen und den anderen wissenschaftlichen Mitarbeitern und Mitarbeiterinnen zurechtkommt. Ich bin ja für die Arbeiten in unserem Labor zuständig, oder? Und du hast gesagt, dass du die letzte Wahl schließlich mir überlässt. Für die Klinik haben wir ja bereits

Andreas Wallenfort.«

»Du hast ja Recht«, sagte Daniel mit einer besänftigenden Stimme, »diese Wahl überlasse ich dir alleine. Für wen würdest du dich entscheiden?«

David überlegte kurz. »Gib mir noch ein paar Stunden, bis heute Abend hast du meine Antwort.« Er war sich bereits fast sicher, er brauchte jedoch noch die Bestätigung und wollte sich das vorsichtshalber in aller Ruhe durch den Kopf gehen lassen.

»Einverstanden. Heute Abend will ich die endgültige Zusammensetzung von unserem Team haben, die Gelder sind bereits da und wir müssen auch mit der Rekrutierung der Patienten und Freiwilligen anfangen.«

Er drehte seinen Rücken zu David und fing wieder an zu telefonieren. Das Gespräch war beendet.

Als David das Büro von Daniel verließ, fand er Sofia Morgen, wie sie am Fenster auf der gegenüberliegenden Seite des Flurs stand, angelehnt an den Fensterrahmen und hinaussah. Sobald sie ihn jedoch hörte, drehte sie sich um und lächelte ihm schüchtern doch voller Hoffnung zu. Es war ihr bewusst, dass er und Daniel über sie gesprochen hatten. Er ging zu ihr hinüber. »Ich begleite Sie noch zum Ausgang«.

Ohne etwas Weiteres hinzuzufügen, begab sich David anschließend Richtung Treppenhaus und sie gesellte sich zu ihm. Ohne ein Wort zu sagen, gingen sie, Seite an Seite, zum Hauptausgang. David war die ganze Zeit in seine Gedanken vertieft und so erreichten sie das Treppenhaus der Eingangshalle. Oben vor der Treppe hielt er an und drehte sich zu ihr. Sie blieb ebenfalls kurz vor ihm stehen und betrachtete ihn mit ihren großen blauen Augen, angespannt und hoffnungsvoll.

»Frau Morgen«, fing David nachdenklich an, »wie Sie wissen, suchen wir einige wissenschaftliche Mitarbeiter für ein neues Projekt, von dem ich Ihnen kürzlich erzählt habe. Für drei davon haben wir uns bereits entschieden und es bleibt noch eine letzte Stelle übrig. Die Arbeitsplätze hier auf dem Forschungsgelände sind sehr begehrt, wie Sie selbst wissen und es gibt außerdem sehr viele Bewerber.«

Er bemerkte dabei, wie das Leuchten in ihren Augen langsam zu erlöschen begann. Sie tat ihm leid, doch er fuhr unbeirrt fort.

»Es gibt einige Bewerber, die nicht nur hervorragende Referenzen haben, sondern auch Erfahrung bei der Arbeit mit künstlichen Minichromosomen besitzen.«

Der erfreuliche Glanz ihrer Augen verschwand jetzt vollständig und David stellte fest, dass er durch Traurigkeit und Enttäuschung ersetzt wurde.

Interessant, dachte er, *wie sie ihre Gefühle bloß durch ihre Augen ausdrücken kann. Oder anders herum gesagt, wie sich ihre Gefühle einfach in ihren Augen widerspiegeln.*

»Wir haben hier eine vielversprechende Kandidatin, die Professor Strass richtig beeindruckt hat und die er gerne einstellen möchte«, fügte er schließlich hinzu.

Sofia hätte sich am liebsten sofort umgedreht und wäre weggerannt. Sie konnte ihre Tränen kaum noch zurückhalten. Dabei war ihr von Anfang an bewusst, dass sie nur eine kleine Chance hatte, diesen Job überhaupt zu ergattern. Sie kannte das Projekt gar nicht und hatte auch gar keine Erfahrung auf dem Gebiet der Minichromosomen. Was hatte sie erwartet? Obwohl sie nicht die besten Voraussetzungen mitbrachte, hatte sie trotzdem die ganze Zeit ein gutes Gefühl. Sie fand Doktor Markon sympathisch und fühlte sich in seiner Gegenwart wohl. Sie vertraute ihm vom ersten Augenblick an, was sie selbst überraschte. Sie konnte sich sehr gut vorstellen, unter seiner Leitung zu arbeiten, im Gegensatz zu der Arbeitsgruppe von Professor Willebrand. Und Doktor Markon hatte ihr noch dazu bei Professor ..., wie hieß er nochmal, a ja, Professor Strass, geholfen und stand eindeutig auf ihrer Seite. Wieso überhaupt? *Was soll's*, dachte sie, *ich finde eine andere Stelle. Auf keinen Fall bleibe ich bei Professor Willebrand.*

Sie spürte plötzlich, wie ihr die Tränen unaufhaltsam in die Augen stiegen. *Ich muss hier weg, sonst wird es noch peinlich*, überlegte sie und streckte ihre Hand schnell Richtung Doktor Markon, um sich zu verabschieden.

»Ich verstehe, kein Problem, ich möchte mich trotzdem für Ihre Hilfe und Ihr Entgegenkommen bedanken.«

Er reichte ihr jedoch nicht die Hand, sondern betrachtete sie ein wenig überrascht, mit leichtem Lächeln und seltsamen Funkeln in seinen Augen. Sofia war verwirrt, zog ihre Hand wieder zurück und wusste nicht, wie sie sich verhalten sollte.

David bemerkte ihre Verwirrung. *Sie hatte mich nicht verstanden,* überlegte er. *Sie gibt sehr schnell auf und zieht gleich falsche Schlussfolgerungen.*

»Wohin die Eile«, sagte er schließlich, »lassen Sie mich zuerst ganz ausreden.«

Sie wurde leicht rot und lächelte verlegen. Alles was sie tat, wie sie sich verhielt und wie sie sprach, fand David sympathisch und irgendwie anziehend. Er konnte sich nicht erinnern, so einer Frau je zuvor begegnet zu sein.

»Wie gesagt, Professor Strass bevorzugt eine andere Bewerberin, die sich sehr überzeugend präsentieren kann und auch sehr schlagkräftig ist. Ich bin jedoch für unseren experimentellen Teil seines Projektes verantwortlich und das bedeutet, dass die letzte Entscheidung bei mir liegt!«

Ihre Augen füllten sich wieder mit Hoffnung und fingen langsam an zu leuchten.

»Für mich ist der Mensch und das, was in ihm steckt wichtiger als das erworbene Wissen. Wir sind eine kleine Gruppe und ich möchte, dass wir alle gut miteinander auskommen und dass wir uns immer gegenseitig helfen. Ich bin jeder Zeit bereit allen meinen Mitarbeitern entgegenzukommen. Auf der anderen Seite erwarte ich, dass derjenige oder diejenige alles tut, was ich verlange und was für den Erfolg des Projektes notwendig ist.«

»Das ist für mich kein Problem!«, fiel ihm Sofia ins Wort. »Ich mache alles, was Sie wollen!«

David lächelte, »Sie haben mir ja noch nicht einmal mitgeteilt, ob Sie, falls ich Ihnen die Stelle anbiete, sie überhaupt annehmen? Sie kennen nicht einmal unser Labor und unsere Mitarbeiter.«

»Das ist nicht ganz richtig«, antwortete Sofia, »ich war gestern kurz in Ihrem Labor. Ich wusste nicht, wo ich Sie und Professor Strass finden sollte, deshalb habe ich dort nachgefragt. Ich kenne Ihre Labore, Professor Willebrand hat eine Kooperation mit dem benachbarten Labor von Doktor Sajkovic. Ich kenne auch beide Technische Assistentinnen von Ihnen, Frau Hecht und Frau Nikola, aus dem Aufenthaltsraum.«

Nach einer kurzen Atempause fügte sie hinzu. »Sie sind beide sehr nett.«

»Das wusste ich gar nicht«, bemerkte David, ganz überrascht. »Ich muss Sie trotzdem offiziell fragen, ob Sie bei uns arbeiten möchten?«

»Ja, ich will!«, antwortete Sie voller Begeisterung und ohne zu zögern.

»Na gut, ich hoffe, ich werde es nicht bereuen. Ich muss nämlich bei Professor Strass für Sie geradestehen.«

»Das werden Sie sicherlich nicht, ich verspreche es.« Und in diesem Augenblick belohnte sie David mit einem unglaublichen strahlenden Lächeln, das ihm fast den Atem verschlug.

»Alles klar, dann ist es abgemacht«, und er reichte ihr die Hand. Sie nahm sie entgegen und er schüttelte sie. Sie hatte lange, schlanke Finger und er hielt ihre Hand eine Spur länger als notwendig, was ihm erst im Nachhinein bewusst wurde.

»Bringen Sie mir bitte morgen alle notwendigen Unterlagen für eine Einstellung. Professor Strass kennt Professor Willebrand ganz gut, deswegen wird es kein Problem sein, nach gegenseitiger Vereinbarung innerhalb von zwei Wochen zu kündigen. Auf diese Weise können wir Anfang nächsten Monats, wie geplant, vollzählig mit dem neuen Projekt anfangen.

»Bereits in zwei Wochen?«, fragte Sofia überrascht.

»Gibt es dabei Schwierigkeiten?«, wunderte sich David.

»Nein, gar nicht. Ich freue mich bereits.«

»Bitte, Frau Morgen, Sie brauchen mich nicht anzulügen. Was ist los?«

Sofia überlegte eine Weile und dann sagte sie mit leiser Stimme. »Ich hatte dieses Jahr noch gar keinen Urlaub.«

»Oh, das tut mir leid. Ich kann versuchen, mit Professor Strass zu reden, ob Sie vielleicht später anfangen können. Ich fürchte jedoch, dass er nicht gerade begeistert sein wird.«

»Bitte, tun Sie das nicht!«, unterbrach ihn Sofia. »Ich will Ihnen keine weiteren Umstände bereiten. Ich bin froh, dass ich bei Ihnen arbeiten darf!«

»Vermutlich haben Sie Recht, Professor Strass um einen späteren Einstellungstermin bitten, das wäre kein guter Anfang«, überlegte David laut.

Nachdenklich machte er einen Schritt nach vorn und schaute durch das Fenster über ihren Kopf hinweg. Immer noch in Gedanken senkte er seinen Blick und sah Sofia Morgen an. Sie hatte ihn die ganze Zeit aufmerksam beobachtet.

Unglaublich, wie hübsch sie ist, fiel ihm dabei ein.

In diesem Augenblick wurde ihm bewusst, dass er sehr nah vor ihr stand und wich erschrocken einen Schritt zurück.

Was machst du da, du Narr?

Dann sagte er zu ihr. »Wir finden schon eine Lösung. Am Anfang müssen sich alle sowieso mehr oder weniger einlesen und in unsere Standardprotokolle einarbeiten. Dabei werden wir für Sie wenigstens ein paar freie Tage organisieren können, einverstanden? Das machen wir aber unter uns«, fügte

David hinzu. »Die oberste Etage muss ja nicht immer alles wissen, oder?«

»Dass Sie dann wegen mir keine Probleme bekommen«, sagte Sofia mit Bedenken.

»Machen Sie sich keine Sorgen, überlassen Sie das einfach mir.«

Er schüttelte erneut kurz ihre Hand.

»Dann bis bald und auf eine gute Zusammenarbeit!«, sagte er zum Abschied.

Sofia verabschiedete sich und lief anschließend leichtfüßig, voller Energie, glücklich und guter Laune, die Treppe hinunter. Am Treppenabsatz drehte sie sich noch um und schenkte David ihr außergewöhnliches Lächeln. Dann verließ sie das Gebäude.

II.

Das Projekt

07. September 2056

Seit mehreren Tagen kann ich nicht gut schlafen. Ich versuche das anstehende Projekt von Daniel soweit vorzubereiten, dass wir sofort, nachdem unsere Forschungsgruppe vollständig ist, loslegen können. Daniel wollte ein detailliertes Programm mit zeitlichen Meilensteinen für die nächsten sechs Monate. Wie kann ich jedoch so etwas planen, wenn nicht einmal die methodischen Protokolle etabliert sind? Ich habe versucht, nach meinem besten Gewissen, einen provisorischen Plan zusammenzustellen, der noch genügend Spielraum zulässt. Trotzdem bringt ein einziger Fehler in einer Versuchsreihe die ganze Planung durcheinander. Dazu gibt es immer noch das Problem mit der Toxizität und der Instabilität der neuen künstlichen Minichromosomen, das ich noch nicht gelöst habe!

Ich sollte mein Tagebuch endlich regelmäßiger und

konsequenter führen, am besten jeden Tag und nicht erst nach Wochen. Vielleicht wird es ja eines Tages meine einzige Erinnerung an mich selbst sein.

Und vielleicht geht sogar die ganze Welt unter und meine niedergeschriebenen Gedanken werden der einzige Beweis für unsere Existenz sein?

Ein absurder Gedanke.

Ich habe in die Projektplanung, verdeckt, auch einige meiner eigenen Versuche eingeplant. Ich muss jedoch vorsichtig sein, um keinen Verdacht zu erwecken. Ich muss mich einfach gedulden, aber das ist schwierig. Ich bin kein geduldiger Mensch!

Ich hoffe, dass meine Bewerbung für die Forschungsleiterstelle in unserer Abteilung, die vor kurzem nur für die Forschung erschaffen wurde, gelingt. Daniel will alle unsere Projekte bündeln und dafür hatte er einen neuen Posten ausgeschrieben. Ich müsste zwar dadurch mehrere Projekte gleichzeitig und noch mehr Leute betreuen, ich hätte aber mehr Kompetenzen und eigenes Geld. Dadurch wäre ich Daniel nur bedingt untergeordnet und könnte daher auch meine eigenen Ziele verfolgen. Eigentlich bin ich der geeignetste Kandidat, der die meiste Erfahrung auf dem besagten Gebiet besitzt. Es gibt jedoch noch weitere vielversprechende Bewerber, die deutlich jünger sind als ich und bereits viel geleistet haben. Sie haben auf jeden Fall einen eindrucksvolleren Werdegang als ich. Ich habe dagegen vielerlei in meinem Leben ausprobiert, bevor ich mich am Ende für die Wissenschaft entschied und es auch war kein geradliniger und einfacher Weg. Dennoch bereue ich nichts. Es war mein eigener Weg, der mich zu dem gemacht hat, was ich jetzt bin. Für die Bewerbung zählt jedoch nur das, was mit dem jetzigen Beruf zu tun hat.

Einer davon, Doktor Brandau, hat dazu noch sehr gute Beziehungen und ist somit eine ernstzunehmende Konkurrenz. Ich hoffe nur, dass die Berufungskommission zu meinen Gunsten entscheidet. Bei solchen Machtkämpfen hatte ich bislang nie Glück. Ich sollte öfters mit den anderen Professoren und Projektleitern essen gehen und an den regelmäßigen Treffen, Kongressen und Schulungen teilnehmen. Daniel ist ständig unterwegs, er macht es schon richtig. Er wird es sicherlich weit bringen. Ich hasse jedoch diese Arschkriecherei und falsches Spiel, nur um den anderen zu gefallen. Ich sollte mich dennoch überwinden.

Die Forschungsleiterstelle ist meine allerletzte Chance, um in meiner Karriere aufzusteigen. Bald werde ich zu alt für so etwas sein.

***

»Ich heiße euch alle bei unserem ersten Treffen willkommen!«, sagte David feierlich.

Er betrachtete dabei seine neue Forschungsgruppe, die aus zwei Technischen Assistentinnen,

Rosita Hecht und Helena Nikola, und vier wissenschaftlichen Mitarbeitern, Akira Shinobu, Andreas Wallenfort, Veronika Moretti und schließlich der hübschen Sofia Morgen, bestand. *Eigentlich sind es nur drei, Andreas Wallenfort wird glücklicherweise nicht im Labor arbeiten*, korrigierte sich David in Gedanken selbst.

»Wir treffen uns heute das erste Mal vollzählig«, fuhr David fort, »und ich möchte, dass wir uns ab diesem Zeitpunkt regelmäßig jede Woche treffen. Wir werden eure Ergebnisse und Probleme besprechen und gemeinsam nach Lösungen suchen. Es geht mir darum, dass wir zueinander ehrlich sind. Ich will, dass jeder von den wissenschaftlichen Assistenten über die wichtigsten Resultate, die er die Woche zuvor erzielt hat, kurz berichtet. Auch wenn es keine neuen Ergebnisse gibt, kann man es einfach erwähnen und begründen. Außer, selbstverständlich Doktor Wallenfort, der im klinischen Bereich zu tun hat«, und David schaute zu ihm hin. Andreas Wallenfort saß rechts an der Wand, gemütlich ausgebreitet auf einem der gepolsterten Sessel und starrte gerade Sofia Morgen von der Seite an. Als er seinen Namen hörte, drehte er überrascht seinen Kopf zu David.

»Was?«

»Ich sagte«, wiederholte David geduldig, jedoch mit einer deutlich kühleren Stimme, »dass Sie für den klinischen Bereich zuständig sind und ich möchte Sie bitten, uns regelmäßig über die Fortschritte und Geschehnisse in der Klinik berichten?«

»Ja, ja, selbstverständlich, gerne. Ich muss es aber vorher mit Professor Strass besprechen«, antwortete Andreas Wallenfort.

»Aber natürlich!«, fügte David mit einem leicht spöttischen Unterton hinzu, »wir wollen ja hinter dem Rücken von Professor Strass nichts Böses anstellen, nicht wahr?«

Andreas schaute ihn nur konsterniert an.

David drehte sich wieder zu den Anwesenden und fuhr fort.

»Es ist mir wichtig, dass wir alle über die einzelnen Experimente, aber auch um die Probleme der anderen, Bescheid wissen. Das Projekt ist nicht auf vier Wissenschaftler verteilt, sondern die Arbeit von euch allen ist für das gesamte Projekt unerlässlich. Der Erfolg jedes einzelnen wird früher oder später von den Vorarbeiten der anderen abhängen. Wir sind ein Team und ich möchte, dass wir auch als Team arbeiten.«

David überlegte kurz und dann fügte er dazu. »Und weil wir, wie bereits angedeutet, eine kleine Arbeitsgruppe sind, schlage ich vor, dass wir uns alle duzen.«

Er legte eine kleine Pause ein und dann fragte er die Anwesenden, »oder haben Sie, ...nein, ...habt ihr etwas dagegen?«

Und David schaute jeden einzelnen an. Dabei

stellte er fest, dass Andreas Wallenfort erneut unverschämt Sofia mit seinem Blick fixierte. *Sie gefällt dir, du arroganter Schnösel,* dachte sich David dabei. Im selben Augenblick bemerkte Sofia, dass Andreas sie ansah. Sie drehte sich in seiner Richtung und lächelte ihm freundlich zu. Er gaffte sie weiterhin an, ohne jedoch zurückzulächeln.

»Dann sind wir uns einig, ich bin David«, und er verbeugte sich theatralisch.

»Ihr habt euch bereits ein wenig in den Stoff eingelesen und ich habe euch allen unsere Standardprotokolle, die wir derzeit im Labor verwenden, zur Verfügung gestellt. Wir fangen mit einigen Zelllinien an und nachdem die Methoden etabliert sind und ihr sie problemlos durchführen könnt, werden wir auf die autologen primären Zellen aus den Patienten und gesunden Probanden, die Professor Strass für das Projekt bereits angefangen hat zu rekrutieren, umsteigen.«

Dabei richtete er seinen Blick direkt auf Sofia Morgen. »Dafür wirst du teilweise zuständig sein.«

Sie nickte und fügte hinzu, »Das mache ich gern, Doktor Markon.«

David hob seine Augenbrauen. »Ich dachte, wir duzen uns ab jetzt?«

»Entschuldigen Sie, Doktor Markon«, sie lächelte verlegen und korrigierte sich anschließend, »...David. Daran muss ich mich erst noch gewöhnen.«

»Ich habe es euch allen angeboten, weil ich

denke, dass wir uns damit näherkommen und besser zusammenarbeiten können. Falls es euch aber Schwierigkeiten bereitet, können wir uns weiterhin siezen.«

Er betrachtete die Anwesenden, außer Regina und Helena, mit denen er bereits per du war, mit einem fragenden Blick. Einer nach dem anderen schüttelte jedoch den Kopf. Nur der arrogante Andreas glotzte weiterhin Sofia an, ohne die Ansprache von David zu verfolgen. Sofia drehte erneut ihren Kopf zu Andreas und lächelte ihn erneut mit ihrem strahlenden Lächeln an. Diesmal lächelte er zurück, es war jedoch viel mehr ein selbstgefälliges Grinsen, als ein ehrliches Lächeln. *Wieso tust du das, Sofia*, fragte sich David, *er ist nichts für dich*. Vielleicht gefällt er ihr aber, kam ihm der Gedanke. Er ist ein hübscher junger Mann mit markanten regelmäßigen Gesichtszügen. Möglicherweise mag sie solche Typen. *Sei bloß vorsichtig, Prinzessin*, dachte er sich dabei, *dass du dich nicht verbrennst*. Er war über diesen Gedanken selbst überrascht. *Wieso nennst du sie Prinzessin?* Sie schien ihm einfach irgendwie zerbrechlich und viel zu vertrauensselig zu sein. Verbunden mit ihrer besonderen Schönheit könnte er sich tatsächlich so eine Frau als eine Prinzessin der alten Zeit vorstellen, eine wahre Prinzessin, um die Prinzen werben, Ritter sich bekämpfen und Kriege geführt werden. *Seit wann bist du ein Poet geworden?* fragte sich David selbst.

Ob sie Andreas mag oder nicht, ist nicht mein Problem, versuchte er sich zu überzeugen.

Er wandte sich anschließend wieder dem eigentlichen Projekt zu, schaltete den 3D-Monitor ein, der sich über die ganze vordere Wand des Seminarraums erstreckte und fuhr fort.

»Ich möchte heute kurz das Projekt zusammenfassen und die wichtigsten Meilensteine, die vor uns liegen, ansprechen. Wir haben einen bestimmten Zeitplan, den wir einhalten müssen.«

David ging dann, ohne sich weiter ablenken zu lassen, seinen Vortrag durch und erklärte den Anwesenden nach und nach die wichtigsten Punkte des bevorstehenden Projektes.

III.

Sofias Lösung

06. Oktober 2056

Ich schaffe es einfach nicht, regelmäßige Einträge in mein Tagebuch zu schreiben. Viel zu viel Arbeit? Das glaube ich nicht. Vermutlich bin ich zu faul. Nein, das ist es auch nicht. Ich mag es einfach nicht, meine Gefühle zu zeigen und auch nicht, sie niederzuschreiben. Gut das ich ein Wissenschaftler und kein Poet bin...

Alle Mitarbeiter haben sich gut eingearbeitet. Die Etablierung der Standardprotokolle lief reibungslos und die erste experimentelle Reihe wurde bereits gestartet. Der einzige, den ich nicht mag, ist Andreas Wallenfort. Aber da muss ich durch. Glücklicherweise sehe ich ihn nur selten. Er kommt meistens nur zu unseren Montagstreffen, oder bringt eine Hiobsbotschaft von Daniel Strass mit. Einige Male habe ich ihn auch mit Sofia gesehen. Ich hoffe, er belästigt sie nicht. Sofia ist ein Lichtpunkt in dem Projekt. Nicht nur, dass sie stets wie ein

Sternchen am Himmel strahlt (Wenn sie sich nicht gerade den Kopf zerbricht, warum ihre Ergebnisse nach einer Wiederholung nicht identisch sind. Dabei unterscheiden sie sich meist nur minimal!), sondern auch, dass sie sehr fleißig arbeitet. Oft übertreibt sie es sogar mit der Präzision, aber besser so, als anders herum. Ich bin wirklich froh, dass ich mich für sie eingesetzt habe. Sie kam als die allerletzte, und wenn wir die Entscheidung der Stellenbesetzung nicht ständig verzögert hätten, wäre sie gar nicht eingestellt worden. Interessant. Schicksal? Wenn ich in meinem Leben zurückblicke, scheinen mir viele meiner Entscheidungen nicht gerade zufällig zu sein. Auch das Schlechte, das ich erfuhr, oder scheinbar falsche Entscheidungen, die ich traf, hatten oft zum Schluss einen positiven Ausgang zur Folge. Und all das hat mich hierhergeführt?

Mit der Forschungsleiterstelle sieht es nicht sehr rosig aus. Ich glaube, dass ich sie nicht bekomme. Der junge Bewerber »Doktor Doktor« (Medizin und molekulare Genetik!) Stefan Brandau hat sich sehr gut verkaufen können und sein Vater, ein bekannter Chirurg, hat für ihn noch interveniert. Er selbst ist ein schlanker Typ, groß und ansehnlich und kann sich ausgezeichnet präsentieren (behaupteten Kolleginnen, ich fand ihn arrogant. Aber die meisten führenden Persönlichkeiten sind ja arrogant und eingebildet. Um sich durchzusetzen und zu behaupten, geht es vermutlich nicht anders. Deshalb bin ich dafür vermutlich sowieso nicht geeignet). Ich habe

zwar mit Daniel und dem Institutsdirektor kürzlich gesprochen und beide waren zuversichtlich, dass ich die
Stelle bekomme, ich habe aber irgendwie kein gutes Gefühl dabei. Alles ist nur ein Spiel. Es ist mir inzwischen
klargeworden, dass nicht die Kompetenz und Kenntnisse
zählen, sondern Beziehungen und Politik. Und was
bringt dem Institut den meisten Gewinn? Doktor
Brandau kommt von außerhalb, ich dagegen sitze bereits
hier. Ich hasse Politik. Alle Politiker sind gleich, alles nur
totreden, ohne zum Wesentlichen zu kommen. Vielleicht
ist es mein Schicksal, für die anderen den Laufburschen
zu spielen.

Am vorigen Samstagnachmittag war ich im Labor
und blieb bis nach Mitternacht. Was soll ich auch alleine
in meinem kleinen Apartment? In der letzten Zeit ist
mein Arbeitszimmer im Grunde mein wahres Zuhause
geworden. Furchtbar. An diesem Wochenende war niemand hier, sonst hatten bislang beide, Sofia und Veronika, fast jeden Samstag im Labor gearbeitet, sogar auch
an Sonntagen. Fleißige Bienchen! Über die Wahl der
Mitarbeiter kann ich mich wirklich nicht beschweren. Ich
habe ihnen jedoch verboten, diesen Samstag oder Sonntag
zu kommen.
Sie sind jung und sollen ihre Freizeit auch genießen,
man lebt nur einmal. Und nicht jeder muss so wie ich
enden. Außerdem konnte ich dadurch an diesem Wochenende endlich die ersten Experimente für mich selbst
durchführen. Zuerst die Synthese, eins nach dem anderen.

Ich muss alle Gene sorgfältig auswählen und lieber mehrere künstliche Minichromosomen konstruieren und austesten. Es wird jedoch deutlich länger dauern. Die Synthese wird nicht das Problem sein, sondern die Vermehrung der einzelnen Minichromosomen. Mal sehen. Einfach Geduld, Geduld, Geduld. Von der habe ich derzeit jedoch nur wenig....

***

David saß auf einem Stuhl neben dem kleinen Schreibtisch am Fenster und beobachtete nachdenklich Sofia. Es war spät Nachmittag und sie waren gerade alleine im Labor. Sie stand, leicht gebeugt, vor der Arbeitsplatte und verteilte für ihr nächstes Experiment konzentriert das hergestellte Gemisch aus verschiedenen Substanzen und Lösungen in kleine Röhrchen, die vor ihr auf dem Tisch standen. Alle waren akribisch genau beschriftet und sie hatte jedes Mal sorgfältig überprüft, ob das entnommene Volumen stimmte und dass es auch in das richtige Röhrchen hineinkam. *Sie arbeitet sehr präzise,* dachte sich David, *fast mit übertriebener Vorsicht,* und er lächelte in sich hinein.

Sie trug enge Hose aus einem jeansähnlichen Stoff, die ihre schlanke weibliche Figur noch mehr betonte und dazu gemütliche Turnschuhe.

Eigentlich habe ich Sofia noch nie in einem Rock gesehen, überlegte David. *Dabei hat sie schöne lange Beine. Ihr würde sogar ein Minirock stehen.*

Er hatte schon viele Frauen gesehen, die Miniröcke trugen und es sah oft mehr abstoßend als anziehend aus. Sofia würde jedoch sicherlich sehr sexy aussehen. Aber jedem das Seine. Es ist oft so, dass die, die so etwas tragen können, nicht das Bedürfnis haben, es zur Schau zu stellen. Und es ist vielleicht sogar gut so.

Oben hatte sie eine dunkelviolette Bluse an, mit kurzen Ärmeln und einem kleinen Ausschnitt. Die Bluse lag eng an ihrem Körper und hob ihre weiblichen Kurven deutlich hervor. *Dafür, dass sie so schlank ist, hat sie verhältnismäßig große Brüste,* kam David in den Sinn. *Ich sollte mich zügeln,* ermahnte er sich anschließend selbst, *ich gaffe sie jetzt genauso an, wie Andreas in dem Konferenzraum vor einigen Wochen.* Sie bemerkte, dass er sie ansah, drehte ihren Kopf in seine Richtung und lächelte ihn freundlich an. Dann widmete sie sich wieder ihrer Arbeit.

»Ich bin gleich fertig, dann kann ich dir die neuen Ergebnisse zeigen. Ich bin neugierig, was du davon hältst. Aber wir können auch jetzt reden, während ich hier meine Experimente vorbereite.«

»Kein Problem, ich kann warten.«

Er genoss die Anwesenheit von Sofia. Sie brachte ihn auf andere, erfreulichere Gedanken.

»Übrigens wollte ich mich bei dir für die freien

Tage bedanken«, sagte sie nach einer Weile.

»Kein Problem, das war selbstverständlich, ich habe es dir ja versprochen«, antwortete David.

»Es war nicht selbstverständlich, du musstest es ja gar nicht tun«, erwiderte sie entschieden, »Weiß überhaupt Professor Strass davon?«

»Muss er alles wissen?«, konterte David.

»Es war ein Risiko für dich. Was wenn er es herausgefunden hätte?«

»Das lässt du bitte meine Sorge sein. Und jetzt sprechen wir nicht mehr darüber, einverstanden?«, sagte schließlich David.

»Wie war überhaupt euer Urlaub?«, fügte er anschließend hinzu.

»Wunderschön«, antwortete Sofia und drehte sich erneut mit einem strahlenden Gesicht zu ihm. »Wir waren in Spanien und dann sind wir für einen Tag nach Marokko in Afrika geflogen. Ich hatte die Wüste Sahara noch nie gesehen. Sie ist so wunderschön und einzigartig!« vertieft in ihre Erinnerungen blickte Sofia sehnsüchtig aus dem Fester.

Sie steht vermutlich geistig gerade mitten in der Wüstenlandschaft, überlegte David.

»Wir haben sogar einen kleinen Sandsturm erlebt!«, erzählte sie weiter und schaute mit voller Begeisterung David an. Ihre Augen leuchteten dabei wie zwei große blaue Diamanten.

Sie lässt sich so schnell begeistern, stellte er weiterhin mit Freude fest. »Es freut mich wirklich, dass du dich gut amüsiert hast und auch ein paar Tage entspannen konntest.«

Beide blieben dann still und Sofia konzentrierte sich weiter auf ihre Arbeit. Ihre Haare waren hinten zu einem Pferdeschwanz zusammengebunden, der ihren langen schlanken Hals entlanglief und ihre kleinen schön geformten Ohren enthüllte. Einige unbezähmbare Haarsträhnen kamen jedoch immer wieder frei und jedes Mal, wenn sie ihren Kopf über die Arbeitsplatte senkte, fielen sie ihr ins Gesicht. Sie versuchte sie entweder weg zu pusten, oder mit ihren Handrücken aus dem Sichtfeld zu streichen, meistens jedoch vergeblich. Ihre Bewegungen waren dabei so zauberhaft, dass sie David in dem Augenblick die Welt um ihn herum vergessen ließen.

Sofia war sich sehr wohl bewusst, dass David sie die ganze Zeit beobachtete. Es störte sie jedoch nicht im Geringsten. *Seltsam,* dachte sie, *bei jemand anderem würde es mich vermutlich in Verlegenheit bringen, insbesondere bei Andreas Wallenfort! Bei David finde ich es jedoch ganz normal.* Sie genoss seine Gesellschaft, er war nie aufdringlich und immer hilfsbereit. Er wusste stets einen Rat, egal womit sie zu ihm kam. Ob es sich dabei um Probleme mit den Experimenten oder im Labor handelte, Schwierigkeiten mit dem Computer, oder ob einfach im Schreibraum die Klimaanlage aussetzte. Dafür bewunderte sie ihn. Er tat ihr aber auch leid. Er war ständig im Labor oder in seinem Arbeitszimmer. Egal, wie früh sie morgens gekommen war, David befand sich bereits im Büro. Und wenn sie nach Hause ging, hat er immer noch gearbeitet.

Trotzdem war er nie schlecht gelaunt oder aufgebracht. Meistens war er ruhig und versuchte mit kühlem Kopf an die Probleme heranzugehen. Sie war stolz darauf, so einen Chef zu haben. Sie würde alles für ihn tun! Er brauchte jedoch nie etwas. Und egal wann sie zu ihm kam, fand er Zeit für sie. Nur an seinen Augen konnte sie erkennen, dass er müde, überarbeitet oder gestresst war. Sie sahen dann besonders traurig aus. Sofia freute sich immer, wenn er ins Labor kam und am liebsten wenn sie alleine waren. Sie hatte das Gefühl sich mit ihm über alles unterhalten zu können. Und dabei kannte sie ihn ja erst seit ein paar Wochen. Sofia drehte erneut ihren Kopf zu David und lächelte ihn an. Er lächelte zurück und seine sonst traurigen Augen gewannen dabei an Freude.

»Weißt du, Sofia, dass du mich bei dem Vorstellungsgespräch belogen hast?«, sagte schließlich David.

»Ich?«, fragte sie überrascht und schaute ihn entsetzt an. »Ich würde dich nie belügen! Was habe ich Falsches gesagt?«

»Nicht falsch, du hast mir jedoch verschwiegen, dass du zu uns wolltest, weil sich unsere Labore in der Nähe des Arbeitsplatzes deines Freundes Elias befinden!«, fuhr David fort.

»Ich, ich...«, sie stotterte und suchte zuerst vergeblich nach Worten. Schließlich antwortete sie leicht befangen, »ich wollte es dir nicht vorenthalten! Ich habe es damals nicht für wichtig befunden und außerdem...«, fügte sie mit einer festeren Stimme hinzu, »...wusste ich nicht einmal, ob du mich überhaupt nimmst!«

»Ich habe es nicht ernst gemeint, Pr...«, *verdammt, fast hätte ich mich versprochen*, tadelte sich David, »...Sofia, mach dir keine Gedanken darüber.«

Und David hörte lieber auf zu reden und schaute aus dem Fenster. *Ich werde sie noch Prinzessin nennen, wie peinlich*, dachte er sich dabei. *Was wird sie über mich denken. Meine Gefühle sind meine Sache, sie gehen niemanden etwas an!*

Nach einer Weile schaute er wieder zurück zu Sofia. Sie war voll in der Vorbereitung auf ihr Experiment versunken. Er schwenkte in seinen Gedanken zu dem vorherigen Gespräch. *Ich finde es faszinierend, wie Sofias Gesicht, hauptsächlich ihre Augen, unweigerlich jegliche Gefühle widerspiegeln, die sich in ihr gerade abspielen*, überlegte David, *wie vor einiger Zeit...*

Er konnte sich sehr gut daran erinnern, weil er es in seinen Gedanken fast den ganzen Tag mit sich herumgetragen hatte. An dem Tag war er ins Labor gekommen, um mit Rosita einige Experimente zu besprechen. Er hatte ihr gerade gezeigt, was er von ihr wollte, als Sofia das Labor betrat. Sie schaute ihn mit ihren großen blauen Augen an, die irgendwie noch größer geworden waren und einen besonderen Glanz ausstrahlten. Er begrüßte sie und schenkte dem keine weitere Beachtung. Er wandte sich wieder Rosita zu, anschließend sprach er noch kurz mit Helena. Wenn er zwischendurch Sofia ansah, schaute sie ihn immer wieder an, ohne jedoch etwas zu sagen. Ihre Augen besaßen ständig den gleichen besonderen Ausdruck.

Weil sie jedoch nichts sagte, stand er nach dem Gespräch mit Helena auf und ging zur Tür. Die Hand bereits am Knauf, drehte er sich doch noch um und sah erneut zu Sofia hinüber. Ein seltsames Gefühl hielt ihn zurück. Sie starrte ihn immer noch an.

In dem Moment begriff er, lächelte und kehrte zu ihr zurück. Sie lächelte ihm ebenfalls zu und ihre Augen strahlten wie zwei Juwelen.

»Möchtest du mir vielleicht etwas zeigen, Sofia?«, fragte er schließlich.

Sie nickte verlegen und antwortete überglücklich, »ich habe gestern die Zellen mit den neuen künstlichen Minichromosomen transfiziert, fast alle Zellen haben sie aufgenommen und sind positiv! Möchtest du es gerne sehen?«

Transfektion - Einschleusen fremder Gene in die

Zellen - war ein etabliertes Protokoll, nichts Besonderes, aber sie selbst hatte so etwas das erste Mal mit den künstlichen Minichromosomen durchgeführt. Sie war so begeistert und überglücklich, dass es funktionierte, dass er nicht ablehnen konnte.

»Zeige es mir bitte.«

Sie schenkte ihm eines ihrer schönsten Lächeln, die er bislang erlebt hatte und ging vor ihm zum Zellkulturlabor. Sie nahm die Zellkulturflasche aus dem Brutschrank und zeigte ihm unter dem Mikroskop die Zellen. Alle künstlichen Minichromosomen besaßen ein Fluoreszenzgen, somit leuchteten alle Zellen, die das Minichromosom in sich trugen, unter dem Fluoreszenzlicht des Mikroskops grün. Er schaute sich die Zellen an. Alle waren tatsächlich positiv. Er blickte dann wieder zu Sofia, ihre strahlenden blauen Augen waren voller Erwartung. Er lächelte sie freundlich an und sagte, »eine sehr gute Arbeit, Sofia!«

»Vielen Dank!«, erwiderte sie sanft, fast verlegen und strahlte wie die Sonne selbst.

Den ganzen Tag sah er dann vor seinem inneren Auge ihr glückliches Gesicht und ihre strahlenden Augen. Dabei musste er immer wieder in sich hineinlächeln. Im Grunde war es nur ein unbedeutendes Ereignis, trotzdem hatte sie ihm damit den ganzen Tag versüßt!

»David..., David!«

Sofias Ruf brachte ihn wieder zurück in die Gegenwart. Er war so vertieft in seine Gedanken gewesen, dass er gar nicht bemerkt hatte, dass Sofia ihre Arbeit bereits abgeschlossen hatte und zu ihm gekommen war.

»Es tut mir leid, Sofia, ich war in Gedanken«, entschuldigte sich David.

»Macht nichts, ich habe es an deinen Augen erkannt. Du hast mich angesehen und sogar leicht gelächelt, aber du hast einfach durch mich hindurchgesehen«, sagte Sofia freundlich und fügte hinzu, »es waren offensichtlich schöne Erinnerungen.«

David betrachtete sie nachdenklich.

»Ja, es waren tatsächlich sehr schöne Erinnerungen«, antwortete er schließlich.

»Jetzt aber zu dir, du wolltest mir etwas zeigen, oder?«, und er zog seine Augenbrauen hoch.

»Ja«, sagte sie, ein wenig verlegen. Sie war sich immer noch nicht sicher, ob es überhaupt etwas bedeutete. Sie hatte lange überlegt, bevor sie sich entschied, es ihm zu zeigen.

»Ich bin neugierig, was du dazu sagen wirst«, fuhr sie fort. »Aber vermutlich ist es nichts. Ich wollte nur deine Meinung hören.«

»Alles klar, dann los, zeig mir, was du hast.«

»Gleich«, und Sofia setzte sich neben David und zog ihr Laborbuch, das vorne am Fenster lag, zu sich. Sie schlug es auf und fing an, in ihren Einträgen zu suchen. *Es ist interessant,* dachte sich David dabei, *auch in der Welt der Digitaltechnik, werden Laborbücher und das bereits seit vielen Jahren, immer noch auf die alte Weise geführt, nämlich per Hand geschrieben.* Er beobachtete Sofia von der Seite. Ihre Haarsträhnen fielen ihr wieder ins Gesicht. Sie schob sie einfach weg und neigte ihren Kopf nach links, um sie aus dem Blickfeld zu haben. Er könnte ihr stundenlang zusehen, egal was sie tat, alles an ihr fand er einfach bezaubernd.

David erwartete nichts Besonderes. Vermutlich hatte sie kleine Unterschiede in ihren Ergebnissen entdeckt, die sie nicht hatte erklären können und brauchte dazu seinen Rat, ob sie die Experimente wiederholen sollte. Sofia blätterte weiter durch ihr Laborbuch und lief mit ihrem Zeigefinger über die Zeilen. Sie hatte eine schöne und gut lesbare Schrift. Dabei schrieb sie immer akribisch genau und ausführlich alles nieder, was sie durchführte. Das fand er bewundernswert. Er selbst war nie so konsequent in seiner Laborbuchführung. Er behielt immer viele Sachen einfach im Kopf und nur hin und wieder vermerkte er es, meistens nur knapp und unregelmäßig, in seinem Laborbuch.

»Ich hab's«, sagte schließlich Sofia, schob das Laborbuch vor David und zeigte ihm die Bilder, die sie alle aus dem Computer übertragen, eingeklebt und beschriftet hatte.

»Kannst du mir bitte erklären, was das ist?«, fragte David. »So, dass ich schneller reinkomme.«

»Klar, hier, ich habe aus den Zellen, nachdem sich die Toxizität der künstlichen Minichromosomen präsentiert hatte, die DNA isoliert und elektrophoretisch aufgetrennt. Als Kontrolle habe ich noch zwei andere alte künstliche Minichromosomen aufgetragen, um sie mit unseren zu vergleichen. Dabei stellte ich fest, dass unsere Minichromosomen ein wenig länger sind. Ich dachte, dass es nur ein Zufall sei und habe die Versuche viermal wiederholt«, beendete sie ihre Erklärung ein wenig verlegen und mit Schuld in ihrer Stimme.

Es waren Versuche, die gar nicht eingeplant geworden waren und David hätte dem sicherlich nicht zugestimmt. Für ihn wäre es vermutlich nur verschwendete Zeit gewesen. Das war auch der Grund, warum sie damit solange gewartet hatte, bevor sie überhaupt wagte, es ihm zu zeigen.

David schaute sich aufmerksam die vier Bilder mit den Banden der einzelnen Minichromosomen an. Sie waren alle fast identisch, so dass man es als eine Unregelmäßigkeit übersehen könnte. Doch diese geringen Unterschiede gab es auf allen vier Bildern.

»Du hast Recht«, bemerkte er nach einer Weile, »aber du weißt ja, Sofia, dass unsere Minichromosomen andere Gene tragen, als die Alten, die du als Kontrolle verwendet hast?«, David schaute dabei Sofia ernsthaft an.

»Ja, das weiß ich«, antwortete sie immer noch

verlegen, »aber ich habe noch einen spezifischen Restriktionsverdau durchgeführt, in dem ich die DNA fragmentiert habe, um zu sehen, in welchen Abschnitten die Unterschiede liegen«, fuhr sie mit leiser Stimme fort.

David zog die Brauen zusammen. »Warum, Sofia? Es ist verlorene Zeit und es ist vermutlich auch der Grund, warum du so spät abends immer noch da bist und auch am Wochenende hier arbeitest.«

Sofia schaute ihn verblüfft an. Sie war überrascht, dass er wusste, wie oft sie bis in die Nacht oder am Wochenende hier gewesen war. Sie versuchte meist unbemerkt spät abends nach Hause zu gehen, weil es meistens ihr Fehler war, warum sie so lange blieb. Sie musste immer alles mehrere Male überprüfen und durch ihre akribische Präzision dauerten bei ihr die Vorbereitungen und Experimente deutlich länger als bei den anderen. Sie wollte sich immer sicher sein, dass alles in Ordnung war und ihre eigenen Fehler ausschließen.

»Ich weiß«, sagte sie schließlich, »es tut mir leid. Ich war einfach neugierig. Ich hoffe, du bist mir nicht böse.«

David lächelte vor sich hin. »Sofia, ich kann und werde dir nie böse sein. Du machst es schon richtig, wie ein wahrer Wissenschaftler, der Sache immer auf den Grund zu gehen.«

Er hob seine Hand, als ob er ihre Haare streichen wollte, zog sie jedoch schnell wieder zurück. »Mir geht es um dich, du bist jung und sollst das Leben genießen! Und es nicht in einem Labor mit irgendwelchen Zellen verbringen!«

Sie lächelte ihn leicht befangen an. Ihr Gesichtsausdruck spiegelte Schuldgefühle für das wider, was sie getan hatte, so dass David sie am liebsten umarmt und geküsst hätte.

»Zeig mir bitte die Resultate«, sagte er schließlich. Sie blätterte noch eine Seite weiter, und zeigte ihm die Restriktionsanalyse. David ging nachdenklich die Ergebnisse durch. Dann fragte er mehr sich selbst als sie.

»Das ist doch der Bereich der Centromere, oder?« er zeigte dabei auf einige Banden in ihren Bildern.

Sofia nickte nur und beobachtete David neugierig. Sein ganzes Verhalten veränderte sich allmählich und er sah sich jetzt mit größter Aufmerksamkeit die Bilder an. Dann schaute er aus dem Fenster, dann erneut die Bilder und schließlich Sofia an.

»Erkläre mir bitte noch einmal die Reihenfolge. Hier links sind die Kontrollen, dann unsere Minichromosomen und die Chromosomen der Zellen, stimmt das?«

»Genau«, antwortete Sofia, ließ ihre Augen jedoch nicht von David ab. Er wirkte plötzlich angespannt.

»Wenn ich es richtig verstehe, sind die Centromere unserer neuen künstlichen Minichromosomen

länger, als die Centromere der Zellchromosomen.«
Er sprach erneut mehr zu sich selbst, als zu Sofia. Er
schaute sie mit einem nachdenklichen Blick an,
doch er sah sie nicht, sondern blickte durch sie hindurch, völlig in seine Gedanken vertieft.

»Warte kurz, mir ist etwas eingefallen«, er drehte
ihr den Rücken zu, schob seinen Stuhl vor den Computer und lief mit seinen Fingern über die Tastatur.
Dann griff er mit seiner Hand in den virtuellen Monitor hinein und fing an, in den Ordnern und Da-
teien herumzuwirbeln. Dokumente wurden geöffnet und wieder geschlossen und alles ging so
schnell, dass Sofia nicht ein einziges Wort nachlesen
konnte. David reichte es jedoch offensichtlich völlig
aus. Sie bewunderte seine Geschwindigkeit und Ge-
schick, mit dem er seine Finger in dem virtuellen
Raum bewegte.

»Ich hab's«, sagte er schließlich und öffnete das
gesuchte Dokument. Er las kurz einige Zeilen und
dann drehte er sich zu Sofia. Seine Augen hatten
den Ausdruck von jemandem, der gerade ein Wun-
der erlebt oder im Lotto gewonnen hatte, es aber
einfach nicht glauben konnte.

David schob seinen Stuhl wieder zu Sofia hinüber und schaute sich noch einmal die Restriktionsanalyse an. Dann drehte er seinen Kopf zu ihr und
auf seinem Gesicht erschien plötzlich ein breites
Grinsen.

»Das ist es, Sofia, das ist die Lösung!«

Plötzlich wandte er sich zu ihr und umarmte sie.

Er zog sich jedoch gleich wieder zurück und sagte. »Entschuldige, Prrr..., Sofia. Aber du hast vermutlich gerade das Problem gelöst, an dem wir bereits seit Monaten arbeiten. Und wir sind nicht die einzigen, die damit zu kämpfen haben.«

Sofia verstand nicht, sie war immer noch verblüfft, weil David sie umarmt hatte und wusste nicht, wie diese Ergebnisse, die für sie im Grunde schlecht waren, irgendetwas lösen konnten.

»Ich verstehe nicht...«, sagte sie schließlich, »was bedeutet das alles?«

David grinste sie immer noch an. Seine Augen leuchteten wie zwei grüne Smaragde. Es war bereits spät Nachmittag, die Sonne bahnte sich ihren Weg zum westlichen Horizont und das Licht spiegelte sich gerade in seinen Augen. Sie wusste, dass er braungrüne Augen hatte, aber in diesem Augenblick waren seine Augen einfach nur grün. Ihre Tiefe faszinierte sie.

David beobachtete Sofia ohne zu blinzeln, mit Bewunderung und Freude. Sie erwiderte dennoch unbefangen seinen Blick, so wie sie es immer tat.

»Ich werde es dir gleich erklären«, sagte er nach einer Weile und schweifte mit seinem Blick zum erneut Fenster. Dann fuhr er fort. »Es gibt einige wenige Arbeiten, die gezeigt haben, dass eine Überlänge der Centromere, die für die Aufteilung der Chromosomen in die Tochterzellen nach deren

Verdopplung und Teilung der Zellen verantwortlich sind, toxisch   wirken kann. Die Centromere sind repetitive DNA-Sequenzen, die sich mehrere hundert bis mehrere tausend Male wiederholen. Solche Sequenzen sind von Haus aus instabil und es kann leicht zu einem doppelsträngigen DNA-Bruch kommen. Das kann sich toxisch auf die betroffene Zelle auswirken. Verstehst du?«

Sofia verstand, die Erklärung war einfach und schlüssig.

»Und du glaubst, dass es der Grund ist, warum die Zellen sterben, nachdem wir unsere Minichromosomen eingeschleust haben?«, fragte sie schließlich.

»Ein einziger DNA-Doppelstrangbruch wird vermutlich nicht ausreichend sein, falls es jedoch zu mehreren solcher Brüche kommt, kann es eine verheerende Wirkung auf das Zellüberleben haben. Wir müssen jetzt überprüfen, ob unsere Hypothese tatsächlich stimmt«, fuhr David fort. »Ich möchte dich bitten, die Versuche zu wiederholen. Aber wir müssen dabei die Stabilität der Centromere verfolgen. Ich werde für dich dafür bis morgen ein entsprechendes Protokoll vorbereiten, in Ordnung?«

Sofia nickte. »Klar, das mach ich gerne. Ich bin froh, dass ich helfen konnte«, und sie lächelte David mit ihrem unvergesslichen Lächeln zu. David lächelte zurück und stand auf.

Auf einmal legte er seine Hand auf ihren Kopf

und strich sanft durch ihre Haare. Sofia blicke verwundert zu ihm auf.

David schaute aus dem Fenster, tief versunken in seinen Gendanken, seine Finger glitten dabei durch ihr Haar. Dann sagte er nachdenklich. »Das ist die erste gute Nachricht, seitdem wir mit dem Projekt angefangen haben. Es wird uns schlagartig vorwärts bringen und das alles haben wir dir zu verdanken, Sofia.«

In dem Augenblick wurde er sich bewusst, was er da tat. Er schaute verblüfft auf seine Hand und zog sie schnell wieder zurück.

»Entschuldige..., ich..., eine sehr gute Arbeit, Sofia, wahrlich, meine Hochachtung.« Er drehte sich zur Tür. »Ich muss mir die nächste experimentelle Reihe gut überlegen, wir sprechen morgen darüber.«

An der Tür blieb er noch stehen. »Sofia, könntest du Akira suchen und zu mir schicken? Er muss einige neue Synthesen durchführen.«

Und ohne auf ihre Antwort zu warten verließ er das Labor.

Sofia blieb noch eine Weile sitzen. Sie lächelte vor sich hin. Sie spürte immer noch seine Finger in ihren Haaren. Es war ihr nicht unangenehm, seine Hand war warm und sanft. *Und er wusste vermutlich nicht einmal, dass er das tat,* fiel ihr dabei ein. *Siehst du David, jetzt kannst du nicht sagen, dass du eine schlechte Wahl trafst, als du dich für mich entschieden hast.* Und sie spürte nach langer Zeit wieder Freude und Zufriedenheit mit dem, was sie tat. Sie arbeitete gerne im Labor. Und David hatte sie gelobt! Er war mit ihrer Arbeit zufrieden! Sie würde sich jetzt noch mehr Mühe geben und sich noch mehr anstrengen, um ihn weiterhin zufrieden zu stellen. Er sollte stolz auf sie sein! Sie stand auf, räumte noch schnell das Labor auf und begab sich auf die Suche nach Akira.

IV.

Intermezzo

(Zukunft 2064)

David schaute sich die Zellen unter dem Mikroskop bereits das dritte Mal an. Dann warf er die ganze Zellkulturflasche, völlig außer sich vor Wut, mit einem heftigen Schwung direkt in den Abfallkorb. *Wieder nichts!* schrie er innerlich in Verzweiflung. Dieser Wutanfall passierte ihm nur sehr selten. Doch es fiel ihm nichts mehr ein, was er noch tun konnte. Er hatte alles versucht, alles! Wie lange war er bereits hier und arbeitete ganz alleine, freiwillig eingesperrt in diesem Laborkomplex? Er wusste es nicht mehr genau, sieben oder acht Jahre. Soviel Zeit und wie schnell sie vergangen war! Und bislang alles ohne Erfolg. Er war wieder am Anfang.

Plötzlich fingen die Neonlichter an der Decke zu flackern an und für einige Sekunden gingen alle Lampen aus. Dann hörte man aus der Ferne, wie die

Generatoren wieder ansprangen, die Leuchten flackerten erneut und ein warmes Licht breitete sich wieder im ganzen Raum aus. *Das ist diese Woche bereits das vierte Mal gewesen,* überlegte David. Er versuchte die Ursache herauszufinden, bislang jedoch vergeblich. Alles schien einwandfrei zu laufen. *Ich muss bald eine Lösung finden. Falls der Strom für längere Zeit ausfallen sollte, werden alle Proben auftauen und zugrunde gehen. Dann wäre alles vorbei, alles, woran ich arbeite, wäre zunichte und meine einzige Hoffnung ebenfalls.* Er dachte dabei an sie. Seit acht Jahren arbeitete er fast ununterbrochen an einer Lösung. Wieso hatte es bislang nur bei ihm funktioniert? Vielleicht sollte er wieder bei sich anfangen.

Ja, das ist eine gute Idee, wenigstens eine Idee.

Er wusste sowieso keine andere Möglichkeit mit dem alten Projekt fortzufahren. *Zuerst muss ich jedoch ein sicheres Labor finden und alles neu einrichten.* Er ging in den anderen Raum, der ein Fenster über die ganze Wand besaß, und schaute aus dem dritten Stock hinaus. Der Tag näherte sich seinem Ende zu und die Sonne stand bereits nah über dem westlichen Horizont. Er bemerkte auch den Park in der Ferne, dessen Bäume die umliegenden Gebäude bereits überragten. Dann fiel ihm plötzlich etwas ein. *Direkt am Park stehen doch die Laborräumlichkeiten der Mikrobiologie. Es ist zwar nur ein eingeschossiges Gebäude, jedoch mit zwei oder drei Untergeschoßen. Und das Dach besitzt sogar eigene Solarzellen. Somit könnte ich das Gebäude von der Zentralversorgung unabhängig machen,* überlegte David. *Zusammen mit dem Umzug und der Neueinrichtung des Labors wird es sicherlich mehrere Wochen in Anspruch nehmen. Somit komme ich auf andere Gedanken. Ein wenig Abwechslung wird mir sicherlich nicht schaden.* Seine Entscheidung stand fest.

Er ging wieder zurück zur Laborwerkbank, schaltete alle Geräte, die er benutzt hatte, ab und deckte sie sorgfältig mit einer Schutzfolie zu. Er versuchte alle Apparate mit größter Sorgfalt zu behandeln, so dass er sie so lange wie möglich verwenden konnte. Er machte dann das Licht aus, verließ die Laborräumlichkeiten und schloss die Tür ab. Es war eine unbewusste Handlung. Er musste die Labore nicht abschließen. Es gab ja niemanden, der einbrechen und etwas zerstören oder entwenden konnte. Im Treppenhaus fingen die Lichter erneut an zu flackern. *Verdammt noch mal,* fluchte David leise vor sich hin, *ich muss mit dem Umzug so schnell wie möglich beginnen.*

Als er das Erdgeschoß erreichte, blieb er stehen und betrachtete eine Zeitlang unentschlossen die Treppe in das Kellergeschoss. Was, wenn die Stromausfälle auch die Anlage unter der Erde beeinträchtigten? Das wäre unverzeihbar! Er war bereits seit mehreren Monaten nicht unten gewesen. David hatte einfach Angst, dass er es nicht mehr ertrüge. Jedes Mal, als er unten gewesen war, war es schlimmer geworden. Nach dem letzten Besuch hatte er fast eine Woche gebraucht, bis er sich wieder einigermaßen ausgeglichen fühlte. Er zögerte zuerst, dann machte er doch den ersten Schritt und lief schließlich die Treppe hinunter. Er passierte gerade den Eingang in die Wartungstunnel. Die Tür stand weit offen. David hatte vermutlich vergessen sie zuzumachen, als er das letzte Mal hier unterwegs gewesen war. Er schaute neugierig hinein. Die Gänge hier waren eng, die Decken niedrig und entlang der Wände verliefen verschiedenste Rohrleitungen und Stromkabel. Es kam ihm dabei plötzlich eine besondere Erinnerung in den Sinn und er lächelte traurig vor sich hin.

Es war kurz nach dem Ausbruch. Er war mit ihr in den Wartungstunneln unterwegs und sie hatte sich dabei ihren Knöchel leicht verstaucht. Zuerst versuchte sie einfach weiterzugehen und sie setzten auf diese Weise ihre Reise fort, indem sie neben oder hinter ihm her humpelte. Nach einer Weile reichte es ihm jedoch, er hielt an und bevor sie etwas sagen konnte, hob er sie in die Arme. Sie schaute ihn zuerst überrascht und sehr ernsthaft in die Augen, dann jedoch legte sie ihre Arme um seinen Hals und ihren Kopf sanft auf seine Schulter. So verharrte sie die ganze Zeit, indem er sie in den Armen trug. Sie war leicht, leichter als erwartet und er hätte nie geglaubt, sie soweit tragen zu können.

Auch nachdem sie ihr Ziel erreicht hatten, hielt er sie immer noch fest. Er spürte ihren Körper, ihre Wärme und ihre Haare auf seinem Hals. Und sie roch so gut. Er hätte sie bis in alle Ewigkeit so halten können. Er wollte nicht loslassen. Als er sie schließlich doch auf den Boden stellte, behielt sie ihre Arme um seinen Hals und schaute ihn direkt aus der nächsten Nähe an. Ihre Augen hatten dabei einen ganz besonderen Glanz. Sie schien ihm in diesem Augenblick so unglaublich schön, dass er seine gesamte Kraft aufbringen musste, um sie nicht zu küssen. Vielleicht hätte sie sich nicht einmal gewehrt, kam ihm der Gedanke. Doch er durfte nicht. Sie war nicht die Seine. Sie spürte irgendwie seinen inneren Kampf und nahm schließlich ihre Arme von seinem Hals. Bevor sie das jedoch tat, schenkte sie ihm eines ihres schönsten Lächelns und bedankte sich.

Immer noch in seinen Gedanken und Erinnerungen, gelangte David schließlich zu seinem Bestimmungsort. Er stand vor einer massiven Metalltür, die nur durch einen Zahlencode zugänglich war. Er zögerte ein wenig, dann nahm er seinen Mut zusammen und tippte die einzelnen Zahlen ein. Er hörte ein leichtes Klicken, als sich der Türmechanismus löste. Er nahm den Öffnungshebel in seine rechte Hand und drückte ihn langsam nach unten. Die Tür ließ sich lautlos und ohne Widerstand in die

Wandöffnung einschieben. Die Lichter in dem Raum gingen automatisch an und er trat zögerlich und voller Unbehagen ein.

V.

Sofias Vortrag

15. November 2056

*Die Entscheidung ist gefallen, die Stelle des For-
schungsleiters bekommt der junge Akademiker, »Doktor
Doktor« Stefan Brandau. Na ja, dann hab' ich halt Pech
gehabt. Man hat mich getröstet, dass ich an zweiter Stelle
bin, was sehr gut sei. Zweite oder letzte Stelle, was für
einen Unterschied macht das aus? Die Frage, die ich mir
jetzt stelle, ist, ob ich bleiben oder gehen soll. Im Grunde
habe ich noch nicht richtig darüber nachgedacht. Vielleicht sollte ich mich einfach wo anders bewerben? Das
Problem ist, dass mir die Arbeit hier Spaß macht und ich
habe gerade meine eigenen Experimente am Laufen.
Wenn ich wo anders hingehe, muss ich wieder von vorne
anfangen. Vielleicht aber auch nicht. Als ein selbständi-
ger Forschungsleiter oder Lehrstuhlinhaber hätte ich ja
mehr Befugnisse und auch mehr Kompetenzen. Ich
könnte sogar, ohne heimlich am Wochenende alleine an*

meinen Versuchen zu arbeiten, einfach eine technische Assistentin darauf ansetzen, die angeblich einige Vorarbeiten zu einem neuen Projekt durchführen würde. Ich müsste mich ja vor niemandem rechtfertigen. Ich sollte es versuchen, einige Bewerbungen verschicken und schauen, was daraus wird.

Die Synthese der neuen Minichromosomen für meine eigenen Zwecke wird sicherlich noch mehrere Wochen in Anspruch nehmen. Einige habe ich unter dem Vorwand, es seien unsere künstlichen Minichromosomen, amplifizieren und über die Forschungsgelder von Doktor Strass begleichen lassen. Das kann ich jedoch nicht jede Woche veranlassen. Ich werde ab jetzt jedes Mal, wenn wir unsere Minichromosomen vermehren, auch ein bis zwei von meinen eigenen hinzufügen. Mal sehen wie lange die Rechnung aufgeht.

In der letzten Zeit denke ich oft an Sofia. Ich freue mich immer, sie zu sehen. Am liebsten aber, wenn sie alleine im Labor ist. Es kommt jedoch nur sehr selten vor, wie das letzte Mal, wo sie mir die Unterschiede bei den Minichromosomengrößen zeigte. Sie hat durch ihre übertriebene Sorgfalt tatsächlich einen Durchbruch in unserem Projekt geschafft. Unglaublich. Wir wissen jetzt warum die Zellen, in die wir die künstlichen Minichromosomen einschleusen, sterben. Unsere weiteren Versuche zeigten schließlich mehrere Doppelstrangbrüche der Minichromosomen gerade im Bereich der Centromere, wie *ich es erwartet habe. Die Ergebnisse wurden ebenfalls durch frühe Apoptose der Zellen, gleich nachdem die DNA-Brüche zustande kamen, eindeutig bestätigt. Sofia ist einfach genial. Die Wahl, sie einzustellen war scheinbar schicksalshaft.*

Das Schicksal selbst zu uns sie brachte
und sie mehr tat als mancher es dachte

Bin ich jetzt ein Poet geworden? Meine kleine Prinzessin inspiriert mich einfach. Es tut gut, sie hier zu haben. Wenn ich bleibe, dann nur wegen ihr. Die anderen können sich alle zum Teufel scheren.

Und das Rad der Zeit dreht sich unaufhaltsam weiter...

***

David saß unbequem auf seinem Stuhl. Die Krawatte, die er so ungern trug, schien ihn regelrecht zu erwürgen und er fing langsam an, trotz der laufenden Klimaanlage, in seinem Anzug zu schwitzen. Er beobachtete gelangweilt die Anwesenden, die sich im Konferenzraum versammelt hatten. Es war das erste große Treffen zwischen der Klinik und den Arbeitsgruppen aus Human- und Molekulargenetik gewesen, die sich an der Entwicklung der künstlichen Minichromosomen beteiligen und zu dem laufenden Projekt beitrugen. David erkannte Professor Rutterford und Professor Niedermayer, zusammen mit deren Arbeitsgruppenleitern. *Sogar unser Direktor, Professor Eberhard ist gekommen*, stellte David fest. In den meisten Fällen wurde er von Daniel vertreten. Insgesamt waren über fünfzig Wissenschaftler, Mediziner und andere Mitarbeiter anwesend.

Neben David saß Sofia. Den Kopf über ihre Unterlagen gebeugt, ging sie erneut, vermutlich bereits das hundertste Mal, ihren Vortrag durch. Sie war sichtlich nervös, das konnte man ihr deutlich anmerken. Sie wippte heftig mit ihren Beinen unter dem Tisch. Dabei hatte sie die Präsentation selbst sehr gut vorbereitet. David hatte nur ein paar kleine Bemerkungen dazu gehabt, hauptsächlich bei der Einführung, um ein wenig mehr Theorie über die künstlichen Chromosomen und die Struktur der Centromere zu erzählen, um allen Anwesenden die Problematik, mit der sie sich auseinandersetzten, verständlich zu machen. Er hatte sie auch gebeten, die Daten von Akira, seine Eigenen und einige Resultate der technischen Assistentinnen zu zeigen, um die Sache schön rund darzustellen. Sofia wollte aber nicht. Sie weigerte sich etwas zu präsentieren, was sie nicht selbst durchgeführt hatte. Er musste sie regelrecht zwingen, diese Daten in den Vortrag einzubauen.

»Und was, wenn mich jemand frägt, wie ich es gemacht habe?«, sagte sie. »Wie kann ich diese Frage beantworten, wenn ich diese Experimente nicht selbst durchgeführt habe?«

»Dafür bin ich ja da, oder? Du verweist einfach an mich und ich werde solche Fragen selbst beantworten«, argumentierte David.

Ursprünglich wollte Daniel Strass, dass David die Ergebnisse präsentierte, weil er die ganze experimentelle Reihe ausgearbeitet und auch das Projekt nach vorne gebracht hatte. David wollte jedoch nicht. Sofia hatte sehr hart gearbeitet, hatte viele vielversprechende Ergebnisse erzielt und nur dank ihrer übertriebenen Genauigkeit hatte das Problem mit der Toxizität der Minichromosomen gelöst werden können. Ohne Sofia hätten sie es sicherlich nicht so schnell entdeckt und ihr konnte eine gute Präsentation in ihrer Karriere sicherlich weiter helfen. Ihm dagegen, nachdem er die Forschungsleiterstelle sowieso nicht bekommen hatte, war es jedoch egal.

Sofia war zuvor etliche Male bei David gewesen, hauptsächlich wegen allen möglichen Fragen, die zu ihrem Vortrag auftauchen könnten.

»Sofia, du kannst nie die Antwort auf alle Fragen wissen«, sagte er ihr damals, »und es wird immer wieder Fragen geben, die nicht zu beantworten sind. Dann wirst du einfach keine Antwort haben.

So ist das Leben. Wichtig ist nur das Beste zu versuchen.«

»Das ist leicht gesagt«, antwortete Sofia, »aber ich kann meine Angst nicht so einfach ignorieren, ich bin so wie ich bin. Ich bin mir dessen sehr wohl bewusst, ich möchte einfach, dass der Vortrag perfekt ist und dass alle mit mir zufrieden sind.«

»Das wirst du aber nie schaffen können, Prr..., Sofia.« *Schon wieder!* »Du musst auch lernen, damit zu leben, dass du nicht immer allen alles recht machen kannst!«

Er sah ihr jedoch an, dass sie trotzdem nicht zustimmte.

Der Einzige, der in dem Konferenzraum noch fehlte, war Daniel Strass und selbstverständlich sein Laufbursche Andreas. Gerade in dem Augenblick kamen jedoch beide herein. Daniel ging sofort zu den Professoren und begrüßte sie persönlich, indem er ihre Hand schüttelte.

Sehr gut Daniel, dachte sich David dabei, *so macht man das. Nicht wie du, sich einfach in einem Eck unauffällig verkriechen und bevorzugen lieber mit niemandem sprechen zu müssen. Das ist auch einer der Gründe,* überlegte er weiter, *warum die Forschungsleiterstelle nicht ich, sondern jemand anderes bekommen hat.*

Daniel ging dann vor, schaute alle Anwesenden schweigend an und wartete, bis sie aufgehört haben zu reden. *Er hat eine autoritäre Ausstrahlung, das muss man ihm lassen,* wurde David bewusst. Nach einer

Weile herrschte im Konferenzraum völlige Stille. Dann fing er mit seiner Ansprache an.

»Ich möchte gerne alle Anwesenden herzlich begrüßen, insbesondere Professor Rutterford, Professor Niedermayer, Professor Eberhard, ...«.

Daniel nannte zuerst alle wichtigen Personen im Konferenzraum, bevor er weiter sprach.

»Ich möchte mich ebenfalls bedanken, dass sie sich die Zeit genommen haben, an unserem ersten Treffen teilzunehmen. Es ist auch ein bedeutender Moment, weil uns ein kleiner Durchbruch gelungen ist, mit dem nicht nur wir, sondern auch andere Forschungsgruppen bislang zu kämpfen hatten. Ich werde zuerst selbst kurz das ganze Projekt zusammenfassen und dann werden unsere Mitarbeiter die einzelnen Aspekte des Forschungsvorhabens mit den ersten erzielten Ergebnissen detaillierter vorstellen.«

David musste lächeln, als er die Präsentation von Daniel verfolgte. Daniel hatte ja eigentlich für die Projektzusammenfassung Davids eigene Präsentation verwendet, die er ihm vor einigen Wochen geschickt hatte, die er durch ein paar klinische Daten ergänzt hatte. Es war ihm jedoch egal. Daniel konnte sehr gut und überzeugend präsentieren, sicherlich besser als David selbst. Danach kam Andreas Wallenfort an die Reihe. Seine Präsentation gefiel ihm nicht so gut. Es war nur heiße Luft und nichts dahinter. David mochte die arrogante und überzeugende Art, mit der er alles vorstellte, einfach nicht. Den anderen gefiel es jedoch offensichtlich. Es fiel ihm dabei ein, dass dort viele Daten, soweit er wusste, auch von Sofia stammten, die sie selbst in der Klinik erhoben hatte. *Hat sie ihm diese einfach gegeben?* fragte er sich. Vermutlich. Er fand es aber irgendwie unfair, weil Andreas Sofia mit keinem einzigen Wort erwähnte und alles als seine eigenen Ergebnisse präsentierte.

Danach kam Veronika Moretti an die Reihe. Sie lieferte auch einen guten Vortrag ab, zuversichtlich und überzeugend, jedoch nicht wie Andreas, sondern auf eine angenehme Art. Ein paar Folien waren zwar ein wenig chaotisch, das fiel jedoch nur demjenigen auf, der sich mit dem Stoff gut auskannte und David war in diesem Raum vermutlich der Einzige. Er bemerkte, dass Sofia immer nervöser wurde. Sie tat ihm leid. Er legte seine Hand auf ihre, um sie zu beruhigen. Sie drehte ihren Kopf in seine Richtung und lächelte schwach. David zwinkerte ihr zu, um ihr Mut zu machen. Sie nickte nur und wandte sich wieder nach vorn.

Schließlich wurde ihr Vortrag angekündigt. David sah, wie ihre Hände leicht zitterten, als sie den Laserpointer entgegennahm. Sie stellte sich vor das Auditorium, beugte sich leicht nach hinten und drehte ihren Kopf zu der Leinwand. Er dachte, dass sie zu diesem Anlass einen Rock anzöge, sie tat es jedoch nicht. Sie hatte eine dunkelgraue enge Hose an und eine weiße Bluse mit langen Ärmeln. Um den Hals trug sie einen bunten Schal. Ihre Haare waren wie immer hinten zu einem Pferdeschwanz zusammengebunden. Sie waren dieses Mal jedoch nicht lose gebunden, sondern zu einem Zopf geflochten. Sie sah dennoch fabelhaft aus. Die ersten paar Sätze zeichneten sich noch durch eine leichte Nervosität aus, die jedoch niemand bemerkte. Sie kam schnell in ihren Vortrag hinein. Die Präsentation war perfekt, sehr gut strukturiert und Sofia überraschte David, wie gut und klar sie vorsprechen konnte. Er hatte sie noch nie einen Vortrag abhalten sehen. Für ihn war es überhaupt der beste Vortrag, den er seit langem gehört hatte. Und dazu noch ihre zauberhafte Gestalt. David schaute sich verstohlen um. Alle starrten sie an, sie war wunderschön. Ihre Bewegungen waren anmutig und graziös. Was ihn jedoch am meisten bei dem Vortrag von Sofia faszinierte, war die Art, wie sie alle Anwesenden ansah. Sie schaute einfach allen direkt in die Augen, die ganze Zeit. *Sogar mich hat sie ein oder zwei Mal angesehen,* kam ihm in den Sinn und er lächelte in sich hinein. Als sie jedoch zu den Ergebnissen der anderen kam, erklärte sie, dass es die Daten der Mitarbeiter der Arbeitsgruppe gewesen waren. Dabei sah sie David kurz an. Ihre Augen sprachen für sie selbst. *Sie kann einfach nicht lügen.* Dabei war es ja keine Lüge, sondern nur die Präsentation von Daten, sie musste ja dabei niemanden erwähnen!

Aber so ist sie, meine Prinzessin, in jeder Situation gerecht. Auch alle Fragen konnte sie ohne Schwierigkeiten präzise beantworten. Nur bei einer war sie sich nicht sicher und schaute ein wenig hilflos David an. *Ich sagte dir, ich lasse dich nicht im Stich* und er beantwortete die Frage selbst, indem er darauf hinwies, dass diese Untersuchungen noch ausstünden und dass es seine Entscheidung war und nicht die von Sofia.

Daniel Strass strahlte und war offensichtlich sehr zufrieden. Es gab insgesamt sehr viele Fragen, die zur Zufriedenheit von allen beantwortet werden konnten und die Ergebnisse waren überzeugend. Daniel bedankte sich persönlich bei Sofia und wollte zu einem weiteren Vortrag überleiten, als ihn David unterbrach.

»Entschuldigen Sie Doktor Strass«, sagte er. In der Öffentlichkeit bezeichneten sie sich immer offiziell mit Nachnamen. »Ich möchte nur kurz eine Bemerkung vorbringen, wenn ich darf.«

»Aber natürlich Doktor Markon, nur zu.«

David stand auf, um seinen Worten mehr Bedeutung beizumessen. Dann fuhr er fort. »Ich möchte gerne hervorheben, dass es die hervorragende Arbeit von Frau Doktor Morgen gewesen ist, die uns diesen Durchbruch verschafft hat. Weiterhin ist es dem Fleiß und dem ständigen Einsatz den anderen wissenschaftlichen Mitarbeitern, Frau Doktor Moretti, Herr Doktor Shinobu und auch der technischen

Assistentinnen Frau Hecht und Frau Nikola zu verdanken, dass wir in so einer kurzen Zeit so weit gekommen sind. Es...«

»Das bezweifelt niemand«, unterbrach ihn Daniel, »es war tatsächlich eine hervorragende Arbeit. Aber lass uns jetzt zu unseren Gastvorträgen übergehen, wir sind bereits im zeitlichen Verzug«, und er wandte sich dem nächsten Vortragenden zu.

David setzte sich wieder, leicht errötet. Die Unterbrechung seiner Ansprache war peinlich gewesen, aber egal, er wollte sein Team vor den anderen loben und das hatte er auch getan. Solche Peinlichkeiten war er ja gewöhnt.

Sofia setzte sich in der Zwischenzeit wieder neben David und lächelte ihn glücklich und voller Dankbarkeit an. Er nickte nur und wandte seine Aufmerksamkeit den weiteren Vortragenden zu. Nach einer Weile schaute er von der Seite Sofia an, sie lächelte gerade Doktor Strass an, der gegenüber saß. Er lächelte leicht zurück und nickte, in Anerkennung ihres Vortrages. Das gleiche tat sie auch mit Andreas Wallenfort, der jedoch nicht zurücklächelte, sondern sie wie immer nur anglotzte. *Wieso lächelst du immer allen zu, Sofia,* fragte sich David nachdenklich, *willst du sie alle ins Bett bekommen? Schöne Frauen lächeln nicht, sie lassen sich anlächeln!*

David verfolgte die weiteren Vorträge nur mit halbem Ohr. Bis zum Ende der Vortragsreihe war er in seinen Gedanken vertieft, teils dachte er über

Sofia nach, teils über seine eigenen Experimente, wie er am schnellsten vorwärtskommen könnte. Und dann war die Konferenz endlich vorbei.

Als er schließlich aus dem Konferenzraum herauskam, sah er sich um und suchte nach Sofia. Er wollte sie für den hervorragenden Vortrag loben. Auch die anderen Professoren und Forschungsleiter waren begeistert und hatten ihn wegen Sofia gleich im Konferenzraum angesprochen. Er konnte zuerst keine Spur von ihr entdecken, dann erblickte er sie schließlich auf der anderen Seite des Korridors mit jemandem sprechend und bahnte sich seinen Weg zu ihr. Als er in ihre Nähe kam, stellte er fest, dass sie sich gerade mit Andreas Wallenfort unterhielt. Andreas legte gerade seinen Arm um ihre Schultern, zog sie kurz an sich und flüsterte ihr etwas ins Ohr. Von der Seite aus sah er, dass Sofia lächelte. *Sehr familiär*, dachte sich David dabei. *Was soll das Prinzessin, habt ihr doch etwas miteinander? Du hast ja einen festen Freund, Elias?* Vermutlich sind sie ja nur sehr gute Freunde, versuchte sich David einzureden und fühlte plötzlich einen stechenden Schmerz ums Herz. *Warum gerade Andreas? Alle anderen wären mir egal, aber dieser arrogante Schnösel? Es geht dich nichts an, David*, versuchte er sich zu trösten. Er drehte sich auf der Stelle um und begab sich in Richtung seines Arbeitszimmers. Er dachte weiterhin an Sofia und warum ihm überhaupt so viel daran lag, dass sie glücklich war. *Für dich ist sie ja sowieso unerreichbar und auch wenn sie frei wäre, du würdest nie in ihrer Liga spielen, warum sich dann so viele Gedanken machen?*

Auch früher käme ihm eigentlich nicht einmal in den Sinn, solche Frauen überhaupt anzusprechen.

Nicht meine Liga, dachte er sich dabei und lächelte in sich hinein.

Und auch wenn, warum sollte sie sich mit so einem Typen wie David überhaupt abgeben? *Zu viele »wenn«,* kam ihm in den Sinn und er lächelte traurig vor sich hin. Seine Gedanken drehten sich weiterhin um Sofia. Sie war während ihrer Präsentation einfach umwerfend gewesen. Nicht nur, dass sie sehr gut vorgetragen hatte, sie hatte dabei jedem die ganze Zeit in die Augen geschaut. Und ihre geschmeidigen weiblichen Bewegungen, mit denen sie die Bilder gezeigt hatte, wie sie ihre Arme bewegte…, wie sie sich ein wenig nach hinten beugte, bevor sie sich zu der Leinwand drehte… und wie ihre Haare dabei um ihren Kopf herum flogen… Alles an ihr war einfach faszinierend. Er hatte Sofia das erste Mal vortragen sehen und er war tief beeindruckt.

Sie trägt deutlich besser vor als ich, dachte er. *Wenn ich gute Tage habe, gelingen mir einige Vorträge, ich bin aber oft chaotisch und spreche im Eifer der Präsentation viel zu schnell.*

Sofia dagegen sprach die ganze Zeit deutlich und klar. Sie war überzeugend und eine sehr gute

Rednerin. Im Grunde hatte sie seine Erwartungen weit übertroffen. *Ich sollte sie öfters auswärts schicken, um unsere Ergebnisse zu präsentieren. Sie würde sie sicherlich besser verkaufen als ich,* wurde ihm bewusst und er lächelte vor sich hin. *Warum auch nicht?*

Als er gerade in den Korridor zu seinem Arbeitszimmer abbog, hörte er seinen Namen rufen.

»David, warte doch, David!«

Er drehte sich um und erblickte völlig überrascht Sofia, die offensichtlich die ganze Zeit hinter ihm hergelaufen war. Sie war ein wenig außer Atem und ihre Wangen waren durch die Anstrengung gerötet.

»Du hast mich nicht gehört?«, fragte sie, nachdem sie tief Luft holte.

»Nein, es tut mir leid. Aber ich sah dich doch, wie du dich mit Andreas unterhieltst«, antwortete David.

Sofia spürte dabei eine leichte Verdrossenheit in seiner Stimme.

»Er wollte mir nur zu meinem Vortrag gratulieren, das war alles.«

Ist das so, nur gratulieren? dachte sich David dabei, sagte jedoch kein Wort.

»Ich wollte aber von dir wissen, ob du mit meinem Vortrag zufrieden warst?«, fuhr Sofia fort.

»Was spielt es für eine Rolle, was ich von deinem Vortrag halte, Sofia?«, sagte David nach einer Weile. Er wollte gar nicht so abweisend sein. Er sah jedoch vor seinem inneren Auge immer noch Andreas, wie er seinen Arm um Sofia hielt. »Offensichtlich war dein Vortrag gut, ich habe mich nach der Konferenz mit den Professoren aus der Humangenetik und Doktor Strass unterhalten, alle waren begeistert.«

»Ich möchte aber deine Meinung hören. Die ist mir sehr wichtig, wichtiger als die der anderen«, wiederholte Sofia mit einem verwirrten Gesichtsausdruck. Sie verstand nicht, warum sich David so seltsam verhielt. *Hat ihm meine Präsentation nicht gefallen?* überlegte sie mit Entsetzen. *Und will er es mir nur nicht sagen?*

David erkannte, wie sich langsam Angst und Unbehagen in ihre schönen blauen Augen schlichen, die plötzlich noch größer wurden. *Sei nicht gemein, das verdient sie nicht. Du bist das Problem, nicht sie.*

Er lächelte schließlich und sagte, »dein Vortrag war hervorragend, Sofia. Er war sehr gut strukturiert und du hast ihn sehr klar und überzeugend präsentiert. Dabei hast du die ganze Zeit den Anwesenden in die Augen gesehen. Dafür hast du meine Bewunderung, ich selbst kann das nicht. Und auch die Diskussion hast du mit Bravur gemeistert. Wie gesagt, ich war mit deiner Präsentation sehr zufrieden, besser als ich je erwartet hätte.«

»Danke schön«, sagte Sofia, ihre Augen strahlten wieder vor Freude und sie schenkte ihm ein wunderschönes Lächeln aus einem Gemisch von Verlegenheit und Zufriedenheit, das er fast am liebsten hatte. In dem Augenblick war aller Groll in seinem Herzen wie durch Zauberhand verschwunden.

»Aber das war auch dein Verdienst«, fügte sie schließlich hinzu, »du hast mir mit dem Vortrag geholfen und hast mich auch bei der Diskussion verteidigt. Das habe ich nicht vergessen!«

»Das waren nur Kleinigkeiten, Prinzessin...«, rutschte David plötzlich aus. *Verdammt, jetzt machst du dich doch noch zum Affen.* »...entschuldige, Sofia«, sagte David, »das war alles dein Verdienst und auch nur durch dich sind wir eigentlich weiter gekommen. Das Lob gehört zu Recht dir, Pr...«. *Schon wieder.* David hätte sich am liebsten geohrfeigt. *Was soll das Ganze, kannst du dich nicht beherrschen?*

»Wie gesagt, ...Sofia, ich bin sehr stolz auf dich und ich bin froh, dass ich mich für dich entschieden habe. Du hast tolle Arbeit geleistet, wirklich. Und das meine ich ernst.«

Ihr ganzes Gesicht strahlte wie die Sonne und ihre Augen glänzten, als sie schließlich sagte. »Danke, das bedeutet mir sehr viel. Du bist zu bescheiden, David. Ohne dich hätte ich es sicherlich nicht geschafft und du warst derjenige der die ganze Tragweite dessen, was ich zufälligerweise entdeckt habe, überhaupt erkannt hat. Ich bin auch sehr stolz, so einen Chef wie dich zu haben. Ich würde für niemand anderen arbeiten wollen.«

Dann fügte sie nach kurzer Atempause hinzu.

»Und wenn du aus irgendeinem Grund weggehen solltest, gehe ich mit dir. Selbstverständlich, wenn du mich mitnimmst.«

Sie sah ihm dabei tief in die Augen, ohne zu blinzeln. »Auf keinen Fall bleibe ich ohne dich hier!«, beendete Sofia ihre Äußerung.

David betrachtete sie eine Weile sprachlos. Es kam ihr vor, als ob seine Augen feucht wurden. Er lächelte verlegen, dann drehte er sich plötzlich um und eilte zu seinem Arbeitszimmer, ohne etwas zu sagen.

Sofia blieb stehen und sah David hinterher, wie er in seinem Büro verschwand. Sie war zufrieden und glücklich. David war stolz auf sie und das war das einzig Wichtige, was für sie zählte. Sie hatte ihn offensichtlich mit ihrer letzten Bemerkung überrascht und sogar in Verlegenheit gebracht, kam ihr im Nachhinein der Gedanke. Dazu fiel ihr noch etwas anderes ein. Er hat sich in der letzten Zeit, als er sie beim Namen nennen wollte, oft versprochen, »Pr...«. Sie wusste nicht, was er damit meinte und dachte, dass sie ihn vielleicht an eine andere Frau erinnert Pr... Priscilla? Jetzt wusste sie es. Er wollte sie Prinzessin nennen. Warum? Niemand nannte sie Prinzessin und sie wusste nicht richtig, was David damit meinte. Sie fand es aber schön, als Prinzessin bezeichnet zu werden. Dass er sich jedoch voll versprochen hatte, brachte David offensichtlich aus der Bahn. Das sah sie ihm an. Das war vermutlich auch einer der Gründe, warum er so schnell in seinem Arbeitszimmer verschwunden war.

Weiterhin in ihren Gedanken versunken, drehte sich Sofia um und ging langsam in ihren Schreibraum. Zu den anderen zurückzugehen, darauf hatte sie keine Lust mehr, sie wollte lieber alleine sein.

VI.

Interne Weihnachtsfeier

20. Dezember 2056

Das Projekt schreitet gut voran. Es gibt stets viel zu tun, aber das Wichtigste, das Problem mit der Toxizität der künstlichen Minichromosomen, wurde gelöst (dank Sofia). Ich habe neue Synthesen veranlasst, in denen die Länge der Centromere entsprechend angepasst wurde. Weiterhin habe ich die DNA-Sequenz im Bereich der Doppelstrangbrüche analysieren lassen und durch vergleichbare stabile Sequenzen ersetzt. Gemäß den neuesten Ergebnissen mit einigen Zelllinien scheinen diese neuen Minichromosomen bislang stabil zu sein und die Zellen soweit in Ordnung. Wir müssen sie jedoch mehrere Wochen in Kultur halten, bevor wir sicher sein können. Unsere (meine?) wissenschaftlichen Mitarbeiter, Akira, Veronika und selbstverständlich auch Sofia, zusammen mit Regina und Helena, haben sich richtig ins Zeug gelegt, um alle erforderlichen Experimente und Tests durchzuführen und damit die neuen Minichromosomen mit den stabilen Centromeren zu validieren. Somit können wir bereits nach Weihnachten die ersten Versuche mit autologen patienteneigenen Zellen starten. Die erneute Synthese und Vermehrung der modifizierten künstlichen Minichromosomen kam mir gerade recht. Ich konnte unter dem Vorwand der weiteren Stabilisierung der Centromere fast alle meine eigenen Chromosomen synthetisieren und sogar amplifizieren. Somit kann ich bald mit den ersten Tests in den Zellen anfangen. Soweit war ich noch nie. Ich bin neugierig, was herauskommen wird. Am liebsten würde ich damit sofort anfangen. Ich muss mich jedoch weiterhin in Geduld üben.

Vor ein paar Tagen hatte ich im Labor eine kleine Vorweihnachtsfeier organisiert. Lediglich für unsere Arbeitsgruppe, nur Andreas habe ich selbstverständlich nicht eingeladen. Ich habe ein paar Getränke, Snacks und Sekt besorgt und die anderen haben mit Begeisterung selbst Kuchen und Weihnachtsgebäck mitgebracht, oder sogar selbst welche gebacken. Alle haben sich gefreut. Das Essen war sehr lecker und es ist so vieles übriggeblieben, dass es noch für einige weitere Tage reichte. Es ist außerdem etwas Besonderes vorgefallen. Ich habe Sofia das erste Mal mit offenen Haaren gesehen. Ich war mir ihrer Schönheit bewusst, als ich sie jedoch mit den offenen Haaren erblickte, war ich einfach sprachlos. Mit den nach hinten zusammengebundenen Haaren sieht sie mehr oder weniger mädchenhaft aus, mit den freien Haaren *dagegen hat sich ihre ganze Erscheinung jedoch auf eine besondere Weise verändert. Sie wirkte irgendwie reifer, eine erwachsene und gleichzeitig auch eine geheimnisvollere (?) Frau und dazu noch schöner denn je. Geht das überhaupt? Ich darf nicht so oft an sie denken, sonst....*

***

David saß in dem Aufenthaltsraum des Labortraktes zusammen mit seinen Mitarbeitern an einem mit verschiedenen Leckereien bedeckten Tisch. Es war spät Nachmittag und sie waren alleine in dem Raum. Diese Zeit war absichtlich gewählt worden, so dass niemand von den anderen Arbeitsgruppen anwesend war. Vor David stand jede Menge Essen, mindestens drei Sorten von Kuchen, allerlei Weihnachtsgebäck und Getränke. Er hatte bereits alles Mögliche probiert und war so satt gewesen, dass er keinen einzigen Bissen mehr herunterbekommen konnte. Zwischendurch hatte er immer wieder heimlich Sofia angeschaut.

Er wollte sie nicht angaffen, deshalb versuchte er sie nur dann anzusehen, wenn sie sprach. Das war jedoch nicht einfach. Am liebsten hätte er sie pausenlos betrachtet, um ihre Schönheit voll auszukosten.

David konnte sich noch sehr gut an die morgendliche Überraschung erinnern. Es war gleich morgen früh auf dem Flur gewesen.

Er hatte sich etwas zum Frühstück geholt und kehrte gerade zu seinem Arbeitszimmer zurück, wie immer mit dem Blick nach unten gerichtet und in seine Gedanken vertieft, als er plötzlich hörte.

»Guten Morgen, David.«

Er hob überrascht seinen Kopf, antwortete automatisch, »Morgen«, schaute flüchtig in Richtung der Person, die ihn begrüßte und wollte einfach weitergehen. Plötzlich blieb er jedoch, wie vom Blitz getroffen, stehen und sah sich erneut diejenige an, die ihn gerade begrüßte. Die Stimme war nicht zu verwechseln. Es war Sofia, die ihm freundlich zulächelte.

»Wie geht es dir? Du weißt ja, heute Nachmittag? Bitte, nicht vergessen.«

David gab keine Antwort von sich, er starrte sie nur an. Es dauerte ein paar Sekunden, bis er sich wieder unter Kontrolle hatte. Er sah Sofia das erste Mal mit offenen Haaren. Aus seiner Sicht war sie immer schön, egal was sie anhatte, oder wie sie ihre Haare trug. Die offenen Haare ließen sie jedoch irgendwie in einem ganz anderen Licht erscheinen. Mit ihren zusammengebundenen Haaren und ihrem Verhalten wirkte sie mehr oder weniger wie ein wunderhübsches nettes Mädchen. Die offenen Haare dagegen, die ihr über den Schultern lagen und ihr Gesicht umrandeten, veränderten sie und machten sie irgendwie reifer und erwachsener. Vor ihm stand eine unglaublich schöne Frau mit einem geheimnisvollen Glanz in den Augen.

»Was? Was ist heute Nachmittag?«, stotterte er und konnte seinen Blick von ihr nicht abwenden.

Sofia schaute sich verstohlen um, machte noch zwei Schritte in seiner Richtung, so dass sie direkt vor ihm stand, beugte sich nach vorn und flüsterte ihm ins Ohr. »Doch unsere kleine geheime Weihnachtsfeier«.

Ihre Haare berührten dabei sein Gesicht. Sie rochen nach Honig und Meer, nach weiter Ferne und Bergwiese im Spätsommer. Er konnte den Duft nicht zuordnen, er war jedoch sehr angenehm und David hätte ihn Stundenlang einatmen können.

Sofia machte wieder einen Schritt zurück und schaute ihn mit hochgezogenen Augenbrauen an. *Hat er es vergessen?*

David raffte sich endlich zusammen und antwortete, leicht errötet, »die Weihnachtsfeier, klar. Ich habe bereits Einiges besorgt und bringe es gegen Mittag ins Labor.«

»Wir haben ebenfalls etwas mitgebracht«, fügte Sofia hinzu und lächelte erneut.

David starrte sie weiterhin an, ohne etwas dazu zu sagen.

»Ist alles in Ordnung, David?«, fragte ihn schließlich Sofia. Sie war besorgt. David sah irgendwie verblüfft und verwundert aus.

Wach auf David! schrie sein Bewusstsein, *die Realität ruft!* Bis er sich wieder einigermaßen fangen konnte.

»Ja, alles ist in Ordnung, ich bin nur müde«, versuchte er sich herauszureden. »Dann bis heute Nachmittag, ich freue mich schon.«

»Ich freue mich auch«, antwortete Sofia, schenkte ihm seitlich ein zauberhaftes Lächeln, drehte sich um und ging weiter.

David blieb noch einen Augenblick stehen. *Du Trottel! Kannst du dich nicht einfach beherrschen? Was ist mit dir los! Sie ist nur eine hübsche Frau, genauso wie viele andere. Es hat nichts zu bedeuten!*

Trotzdem, ging ihm ihr neues Erscheinungsbild den ganzen Tag nicht mehr aus dem Kopf.

Die Vorweihnachtsparty, die sie organisiert hatten, gefiel allen sehr gut. Sie waren nur unter sich und amüsierten sich prächtig. Sie hatten zwar bereits spät Nachmittag angefangen, blieben jedoch bis spät abends. Sofia hatte sehr gute Laune und erzählte viel über sich. Sie lachte viel und ihre Augen strahlten wie zwei blaue Diamanten. David konnte seinen Blick nicht von ihr lassen. Es war jedoch einmalig. Am nächsten Tag kam sie wieder mit den am Hinterkopf zusammengebundenen Haaren, wie immer. Trotzdem blieb David ihre besondere Erscheinung mit den offenen Haaren vom Vortag sehr lange in seinem Gedächtnis hängen.

Ein paar Tage später gab es noch eine offizielle Weihnachtsfeier, welche von dem Institut, wo David arbeitete, organisiert wurde. Es waren über hundert Leute eingeladen. Es gab ein ausgelesenes Menü mit mehreren Gängen. David und seine Gruppe saßen zusammen an einem Tisch.

Sofia kam wie gewöhnlich mit ihren zusammengebundenen Haaren. Sie waren jedoch zu einem Zopf zusammengeflochten. Sie sah wie immer umwerfend aus, hatte eine weiße Bluse an und einen schwarzen Schal um ihren Hals. Am Anfang unterhielten sie sich alle nur untereinander, Sofia lächelte David immer wieder zu und schaute ihn freundlich mit ihren großen blauen Augen an. Es wurde auch offiziell der neue Forschungsleiter, Professor Stefan Brandau vorgestellt.

Nach einiger Zeit war David gezwungen zu ihm zu gehen und sich mit ihm und Daniel auch ein wenig zu unterhalten. Als er wieder zu seinem Tisch zurück wollte, saß an seinem Platz Andreas, der sich intensiv mit Sofia unterhielt. Sie schaute Andreas die ganze Zeit an und lächelte. David kam es vor, als ob sie ihn fast verliebt ansah. *Unsinn,* sagte er sich selbst, dennoch tat es David irgendwie weh. *Warum?* fragte er sich. *Weil ich ihn nicht mag! Und weil Sofia jemanden Besseren verdient. Sie hat jedoch bereits einen attraktiven Mann und Sofia liebt ihn.* Das behauptete sie wenigstens die ganze Zeit. *Was also soll das Ganze?* Er blieb deshalb weiter bei Professor Brandau sitzen und führte fortwährend seine »Pflicht-unterhaltung«.

Als er sich endlich losreißen konnte und zu seinem Tisch zurückkam, saßen dort nur Regina und Akira, Veronika war bei anderen Kollegen am Tisch nebenan und Sofia konnte er zuerst gar nicht finden. Dann erblickte er sie am Tisch mit den Assistenzärzten. Sie lächelte alle an und war die ganze Zeit inmitten der Gespräche. Die jungen Männer rissen sich darum, ihre Aufmerksamkeit auf sich zu lenken. *Sie soll sich ja auch amüsieren,* dachte sich David. Ihm selbst war jedoch nicht gerade zum Reden zumute. Er wechselte immer wieder ein paar Worte, sonst blieb er in seinen Gedanken versunken. Er fühlte sich müde und entschied sich schließlich nach einer Weile zu gehen.

Er verabschiedete sich nur bei Regina und verließ schnell den Saal. David hatte jedoch noch keine Lust, in sein Apartment zurückzukehren und deshalb machte er einen Spaziergang durch den naheliegenden Park. Es war eine wunderschöne Nacht und die Sterne leuchteten klar am Himmel. Es waren sogar einige Grad unter null, was heutzutage relativ selten vorkam. Die globale Erwärmung trug seit vielen Jahren maßgeblich zu den deutlich wärmeren Klimabedingungen in Europa bei. David streifte langsam durch die Parkanlage und dachte über sein Leben nach. Im Grunde hatte er gar kein

Leben gehabt. Plötzlich begannen seine Gedanken um seine verstorbene Frau zu kreisen. Diesmal jedoch ohne Groll und Verdrossenheit. Er erinnerte sich sogar mit Freude an einige schönen Momente, die sie miteinander erlebt hatten. Sie waren, kurz nachdem sie sich kennengelernt hatten, in der Südsee, lagen an einem Strand im Sand und beobachteten den Sternenhimmel, der fast genauso aussah wie in dieser Nacht.

Es war immer sein Traum gewesen, zu den Sternen zu reisen, neue Welten zu entdecken und andere Zivilisationen zu erforschen. *Ein einziges Leben reicht dazu jedoch nicht aus. Unsterblich müsste man sein, oder wenigstens mehrere tausend Jahre leben können.* Seine Gedanken kreisten weiter umher, bis sie wieder bei Sofia landeten. Sie war das Licht in »seiner Dunkelheit«, doch gleichzeitig war sie für ihn auch »ein Fluch«. Er stellte sich sogar die Frage, ob er sie überhaupt hätte einstellen sollen. Auch wenn er ihre Gegenwart genoss, brachte sie ihn gleichzeitig auch immer wieder aus dem Gleichgewicht. Sein Leben war bis dato fad und bedeutungslos und Sofia brachte wahre Freude in diese Totenstille. Aber hatte er das gebraucht? Wäre es nicht einfacher und gemütlicher gewesen, wenn er ihr nie begegnet wäre? *Ja vielleicht,* dachte er. Auf der anderen Seite, glaubte er auch an das Schicksal. Nichts geschieht zufällig. Alles hat seinen Sinn und Zweck, davon war er überzeugt. Es gibt stets Absichten, die man jedoch aus Unwissenheit als Zufälle wahrnimmt. Auch die Begegnung mit Sofia, ihre Einstellung, die Gespräche mit ihr, ihr Lächeln und ihre strahlenden blauen Augen, die ihn so faszinierten. Das konnte ebenfalls kein Zufall gewesen sein. Es gab keine solcher Zufälle, nicht in seinem Leben. *Ich muss nur herausfinden, welchen Zweck Sofia in meinem Leben erfüllen soll. Es geht nicht um den Wunsch, sie zu besitzen oder mit ihr zusammen zu sein, es geht um mehr. Oder vielleicht um weniger? Es handelt sich immer um ein Gleichgewicht. Das ganze Universum beruht auf Gegensätzen, die dadurch die einzigartige Vollkommenheit bilden. Und jede Reaktion hat eine Gegenreaktion zur Folge. Daraus lässt sich schlussfolgern,* überlegte David, *wenn Sofia hier ist, um mich zu erleuchten, bedeute ich für Sofia womöglich auch irgendetwas. Ich muss für sie auch einen Zweck erfüllen. Ich weiß jedoch nicht was, aber das werde ich noch herausfinden.*

David verspürte plötzlich eine innere Ruhe, die sich in ihm langsam ausbreitete, wie seit langem nicht mehr.

Falls Sofia mit Andreas tatsächlich etwas haben sollte, was er nicht glaubte, dann soll es so sein, überlegte er weiter.

Er bezweifelte es jedoch. Sie ist nicht der Typ, der auf solche Weise die eigene Beziehung aufs Spiel setzen würde. Und auch wenn sie mit allen Mitarbeitern der ganzen Abteilung etwas haben sollte, es geht dich nichts an. Für dich bleibt sie immer die gleiche Sofia, eine wahre Prinzessin und eine besondere Frau, wunderschön und geheimnisvoll wie die heutige Nacht.

David wurde es langsam kalt, er war es nicht gewöhnt, sich bei solcher Kälte draußen aufzuhalten. Er ging schließlich nach Hause und schlief das erste Mal seit Wochen die ganze Nacht friedlich durch.

VII.

Sofia will kündigen

08. März 2057

Ich habe seit fast drei Monaten kein Tagebuch mehr geführt. Nicht, dass ich viel zu wenig Zeit gehabt hätte, ich habe es einfach nur vergessen. Der neue wissenschaftliche Leiter Professor Brandau hat mir einiges abverlangt. Er ist zwar freundlich und wir duzen uns sogar gleich von Anfang an, trotzdem bestand er auf zusätzlichen Experimenten für das Projekt von Daniel. Ich wollte ursprünglich nur mit autologen Patientenzellen arbeiten, Stefan Brandau wollte jedoch, dass wir auch Versuche mit kleineren Tieren durchführen, Ratten und Mäusen. Von denen gibt es viele transgene Tiere, die fast alle bekannten menschlichen genetischen Mutationen in sich tragen. Weiterhin will er, ...ich werde ihn in meinem Tagebuch einfach mit Stefan bezeichnen... oder Professor Brandau? Er ist ja mein direkter wissenschaftlicher Vorgesetzter. Es gibt bereits therapeutische Vektoren, die einfache genetische Defekte reparieren können. Das hatte vor ein paar Jahren angefangen, nachdem Professor Gutenberg künstliche virusähnliche Transfervehikel entwickelte, die in der Lage sind, nicht-teilende Zellen selektiv und sehr effizient zu transfizieren.

Er hatte dabei ein künstliches Virus entwickelt, indem er die wichtigsten Eigenschaften verschiedener Viren miteinander kombinierte (patentiert und streng geheim gehalten, so dass niemand bislang genau weiß, wie die optimale Zusammensetzung lautet). Dadurch ist es ihm gelungen, besondere Transferpartikel zu entwickeln, die durch geeignete Modifikationen deren Bestandteile an jede Person angepasst werden können und somit eine individuelle Gentherapie ermöglichen. Das Problem bei diesen künstlichen viralen Vektoren ist jedoch, dass erstens nur ein bis zwei Gene eingeschleust werden können und zweitens gibt es Schwierigkeiten bei der homologen Rekombination, die nicht immer klappt und öfters sogar mehrere Male wiederholt werden muss. Die Integration in das Chromosom ist oft zufällig, was zusätzliche Schwierigkeiten mit sich bringt. Unsere künstlichen Minichromosomen hätten dagegen den Vorteil, dass sie autonom arbeiten und sogar multigenetische Erkrankungen therapieren könnten, sogar die Muskeldystrophie.

Die Mutation im Dystrophingen ist bislang nicht heilbar, weil dieses Gen 2,5 Millionen Basenpaare und fast achtzig Einzelsequenzen, sogenannte Exons, umfasst. Ausgehend von der Erfahrung mit den bereits existierenden gentherapeutischen Vektoren, sind, meiner

Meinung nach, keine Tests in Ratten und Mäusen mehr notwendig. Ich kann dagegen jedoch nichts machen. Ich habe versucht, Stefan und Daniel zu überzeugen, dass es nicht notwendig sei, aber ich glaube, dass beide damit noch eigene Ziele verfolgen. Die Tierexperimente sind schnell durchführbar und lassen sich sehr gut publizieren. Wegen den zusätzlichen Versuchen, die in dem Projekt von Daniel nicht enthalten sind, geraten wird jedoch in einen zeitlichen Verzug. Es müssen komplett neue Synthesen für die Ratten und Mäuse kompatiblen Minichromosomen durchgeführt werden und dazu, wegen der potentiellen Toxizität dieser Minichromosomen, die Centromere der Tiermodelle sequenziert werden, um sie richtig einzusetzen. Ich habe mich entschieden, Sofia, Akira und Veronika nicht zu viel mit diesen tierischen künstlichen Minichromosomen zu belasten. Ich wollte, dass sie in dem Projekt von Daniel weiter vorankommen. Aus diesem Grund versuche ich vieles selbst zu machen. Das hat mich einige Wochenenden und unzählige Abende gekostet, so dass ich an meinen eigenen Experimenten gar nicht weiter arbeiten konnte.

Betreffend Sofia mache ich mir ein wenig Sorgen. In der letzten Zeit schien sie irgendwie gestresst und wenig gesprächig zu sein. Ich hatte zwar nicht viel Zeit, trotzdem versuchte ich einige Male mit ihr zu reden. Es sah jedoch so aus, als ob sie mich während der letzten Tage sogar gemieden hätte. Habe ich ihr etwas getan? Oder habe ich etwas gesagt, was sie vielleicht gekränkt hat?

Es wurde mir im Nachhinein bewusst, dass ich ab und

zu Sofias Haare oder ihren Rücken streichelte, wenn sie traurig oder aufgebracht war. Ich wollte sie dabei einfach aufmuntern und aufbauen. Vielleicht fühlt sie sich damit jedoch belästigt? Ich sollte mehr aufpassen. Ich mache es nicht absichtlich. Wenn ich sehe, dass ihr etwas Sorge bereitet, fühle ich einfach den Drang, sie zu berühren oder sie zu streicheln. Ab und zu würde ich sie sogar am liebsten umarmen. Ich muss mein Verhalten ihr gegenüber besser kontrollieren. Vieleicht sollte ich mich bei Sofia entschuldigen.

***

Sofia stand bereits seit einer ganzen Weile vor Davids Tür. Sie war gestern schon hier gewesen, hatte sich aber nicht getraut hineinzukommen und es David zu sagen. Sie musste aber. Es führte kein Weg daran vorbei. Die letzten Tage waren für sie eine reine Qual gewesen. Sie überlegte sich immer und immer wieder alle möglichen Alternativen und besprach sogar das Ganze mehrere Male mit Elias. Er würde sie auf jeden Fall unterstützen, egal wie sie sich entscheiden sollte. Hauptsächlich wegen David tat es ihr jedoch leid. Sie wusste, dass er sie sehr mochte. Er würde es nicht verstehen, er hatte sich ja für sie von Anfang an eingesetzt. Nur ihm war es zu verdanken, dass sie eingestellt worden war und dass sie so lange durchgehalten hatte.

Sofia nahm endlich ihren ganzen Mut zusammen und klopfte schließlich an die Tür. Es meldete sich zuerst niemand und sie drehte sich gerade um, um wegzugehen, als sie ein gedämpftes »Herein« vernahm. Sie öffnete langsam die Tür und trat hinein. David saß wie gewöhnlich an seinem Schreibtisch und arbeitete am Computer.

»Einen Moment, bitte, gleich«, sagte er, ohne nach dem Besucher zu sehen.

Dann hob er seinen Blick und bemerkte Sofia. Es entging ihr nicht, dass er überrascht war, sie um diese Stunde zu sehen. Er hatte sie sicherlich nicht erwartet. Sie mied ihn die letzten Tage und das war ihm mit Sicherheit nicht entgangen.

Es tut mir so leid, David, dachte sie, *was ich dir jetzt mitteilen werde.* Sie musste ihre gesamte Kraft aufwenden, um nicht in Tränen auszubrechen. Sie wusste, dass es schwer sein würde, es ihm zu sagen. Als sie jedoch in seine traurigen Augen sah, schien es für sie plötzlich fast unmöglich zu sein. Dann dachte sie zurück an die letzten Tage. *Nein, es gibt kein anderer Ausweg, lieber ich selbst, als jemand anderes.*

David lächelte schwach. »Was führt dich zu mir, Sofia? Was kann ich für dich tun?«

Sofia zögerte ein wenig, dann senkte sie ihren Blick, um ihm nicht in die Augen schauen zu müssen und sagte schlicht und leise. »Ich habe mich nach gründlicher Überlegung entschieden zu kündigen. Morgen werde ich die offizielle Kündigung Doktor Strass vorlegen. Ich wollte, dass du es als Erster erfährst.«

Sie hatte sich genau überlegt, was sie ihm sagen würde, trotzdem gingen ihr die Worte nur sehr schwer über die Lippen. Nach ihrer Mitteilung hob sie ihren Blick und sah David an. Auch wenn sie wusste, dass sie ihn damit überraschte, brachte sie seine Reaktion fast zum Weinen.

Er war regelrecht geschockt. Er stand auf und starrte sie eine Weile an, ohne ein einziges Wort herausbringen zu   können. Dann drehte er sein Gesicht plötzlich weg und schaute aus dem Fenster. Es schien ihr, dass sich seine Augen mit Tränen gefüllt hatten und sie selbst konnte sich nur mit größter Mühe beherrschen. Sie hatte erwartet, dass er etwas sagen, dass er versuchen würde, sie zum Bleiben zu überreden. Er sagte jedoch kein einziges Wort, sondern starrte nur aus dem Fenster, so dass sie sein Antlitz nicht sehen konnte. Schließlich hob er seine linke Hand zum Gesicht, wischte es ab, drehte sich jedoch immer noch nicht zu ihr.

Weiterhin aus dem Fenster hinausschauend, sagte er mit kaum hörbarer Stimme. »In Ordnung, falls du tatsächlich kündigen willst, Sofia, werde ich dich selbstverständlich nicht aufhalten. Ich werde morgen, wenn du es möchtest, mit dir zu Daniel..., zu Doktor Strass... gehen, um dir das Verfahren zu erleichtern. Ich schreibe dir auch einen entsprechenden Empfehlungsbrief.«

Ernst dann wandte er sich endlich zu Sofia. Sein Gesicht war aschfahl und er schien innerhalb von Sekunden um Jahre gealtert. Sie konnte ihre Tränen nicht mehr zurückhalten, sie füllten ihre Augen und liefen ihr die Wangen herunter.

»Es tut mir leid, David, aber es gibt keinen anderen Weg«, flüsterte sie und versuchte die Fassung zu bewahren.

»Warum, Sofia? Könntest du mir wenigstens erklären warum? Falls ich dir etwas angetan oder gesagt habe, tut es mir leid. Ich habe es nicht so gemeint. Wir könnten sicherlich darüber reden!«

Sofia war verwirrt. David dachte tatsächlich, es sei seine Schuld. *Oh, armer David*, dachte sie, *du kannst gar nichts dafür. Nur wegen dir bin ich so lange geblieben.*

»Es ist nicht deine Schuld, David. Es hat nichts mit dir zu tun. Du warst derjenige, der mich immer unterstützt hat. Es tut mir leid, dass ich dir das antun muss. Du hast dich für mich eingesetzt, das weiß ich. Nur dank dir bekam ich diese Stelle. Es gibt jedoch für mich keinen anderen Ausweg. Glaube es mir. Ich habe lange und gründlich darüber nachgedacht.«

»Aber warum dann?«, wiederholte David.

»Was spielt das für eine Rolle, David«, antwortete Sofia, »ich habe die letzten Tage an nichts anderes gedacht. Ich habe es auch mit Elias besprochen und er unterstützt mich voll und ganz dabei.«

Als Sofia sein Arbeitszimmer betrat, war David sehr überrascht. Er hatte Sofia so spät am Abend und dazu nach den letzten Tagen, an denen sie ihn fast die ganze Zeit gemieden hatte, nicht erwartet. Trotzdem verspürte er Freude, als er sie erblickte. Sie hatte einen sehr traurigen Ausdruck in den Augen. Die Traurigkeit verlieh jedoch ihrer Schönheit sogar eine besondere Note. Wenigstens David empfand es so.

Als sie ihm jedoch mitteilte, dass sie kündigen wollte, war er so geschockt, dass er gar nicht sprechen konnte. Der Schock saß tief und die Nachricht war so überwältigend, dass er sogar seine Tränen nicht zurückhalten konnte, die plötzlich seine Augen füllten. Er selbst war über den eigenen Gefühlsausbruch so überrascht gewesen, dass er sich schnell zum Fenster drehen musste, um es vor Sofia zu verbergen. Sie würde ihn für immer verlassen und er würde sie nie wiedersehen. Und das war alles seine Schuld. Er war zu aufdringlich gewesen und sie wusste nicht, wie sie es ihm sagen sollte. Sie hatte es vermutlich mit Elias besprochen und er hatte ihr sicherlich geraten, sich von David fernzuhalten. *Wie peinlich*, dachte er. Warum hatte sie es ihm jedoch nicht früher gesagt? Vermutlich war sogar sein ganzes Verhalten gegenüber Sofia falsch gewesen. Er war überzeugt gewesen, dass sie gerne mit ihm zusammen war und dass sie sich gerne mit ihm unterhielt. Es war jedoch offensichtlich nur ihre Höflichkeit und ihre gute Seele. *Genauso wie sie dich angelächelt hat, hat sie ja dem verhassten Andreas zugelächelt und auch vielen anderen. Sie hat dich nur geduldet!* Wie peinlich, kam es David erneut in den Sinn. *Und du hast sogar geglaubt, dass sie dich mag. Aber wer weiß, was in Frauen vor sich geht, du sicherlich nicht. Woher auch? Na gut, es ist und war nicht die Letzte meiner falschen Entscheidungen,* überlegte er weiter. *Ich werde dich bei deiner Kündigung unterstützen, meine Prinzessin. Das ist das Mindeste, was ich für dich noch tun kann. Und ich werde die Schuld auf mich nehmen, keine Angst.*

Als sie ihm schließlich mitteilte, es sei nicht seine Schuld, war er zwar erleichtert, trotzdem wollte er es immer noch nicht richtig glauben. Warum wollte sie ihm nicht den Grund nennen? Ohne Erklärung würde er sie jedoch nicht gehen lassen. Es musste einen triftigen Grund haben, warum sie so plötzlich kündigen wollte.

»In Ordnung, Sofia, wenn du tatsächlich gehen willst, werde ich dich dabei selbstverständlich unterstützen, wie ich bereits gesagt habe.«

David ging zu Sofia hinüber. »Setzt dich.«

Er legte seine Hände auf ihre Schultern und drückte sie sanft in den Stuhl vor dem Tisch. Er setzte sich auf seinen Stuhl und schob ihn so nah heran, dass er sich direkt vor Sofia befand. Dann nahm er ihre Hände in seine und sagte.

»Bevor wir jedoch mit deiner Kündigung offiziell loslegen, möchte ich gerne den wahren Grund erfahren. Das bist du mir schuldig, Sofia.«

Er fixierte sie dabei mit seinem Blick. Große Tränen liefen ihr über die Wangen. Sie befreite ihre rechte Hand, um sie aus dem Gesicht zu wischen. Dann legte sie sie jedoch zurück in die von David.

»Es ist mir peinlich, dass du mich so weinen siehst, David, aber ich weiß einfach nicht mehr weiter«, sagte sie schließlich.

»Prinzessin«, rutschte David über die Lippen, aber es war ihm in diesem Augenblick vollkommen egal, »es muss dir nicht peinlich sein. Du bist wunderschön, egal ob du weinst oder lachst.«

»Danke«, unterbrach ihn Sofia, David fuhr jedoch unbeirrt fort.

»Und Tränen zeigen ja Gefühle und wir sind alle nur Menschen. Ich bin froh, dass du Gefühle hast. Dann bist du wenigstens nicht aus Stein, oder? Ich hatte ebenfalls Tränen in den Augen, als du mir mitgeteilt hast, dass du kündigen willst. Ich will dich nicht gehen lassen. Ich möchte gerne, dass du bleibst. Falls es jedoch deine endgültige Entscheidung ist, werde ich dich selbstverständlich nicht aufhalten. Du musst mir aber erklären, was dich dazu geführt hat.«

Sofia musste trotz ihren Tränen lächeln. David

schaffte es irgendwie immer, sie zu erfreuen und zu beruhigen.

»Es ist wegen Doktor Strass und hauptsächlich Andreas, ich hasse Andreas«, erwiderte sie schließlich auf seine Aufforderung.

»Das verstehe ich nicht«, sagte David überrascht mit hochgezogenen Augenbrauen, »ich dachte, du magst ihn?«

»Tu ich gar nicht«, fuhr Sofia nach leichtem Seufzen fort, »und er ist auch der Grund, warum ich fortgehen will. Ich muss morgen Doktor Strass einen Bericht vorlegen, den er vor dem Vorstand präsentieren muss. Davon hängt angeblich die weitere Finanzierung von unserem Projekt ab, hat mir Doktor Strass mitgeteilt. Aber ich habe den Bericht gar nicht fertig. Erstens weiß ich nicht genau, was Doktor Strass von mir will. Ich habe für ihn einen vorläufigen Bericht bereits geschrieben, er hat ihn mir jedoch vor ein paar Tagen zurückgegeben, mit der Bemerkung, er gefalle ihm gar nicht, ich solle ihn überarbeiten. Er sagte mir jedoch nicht wie und was an ihm überhaupt falsch sei. Zweitens verlangt er von mir noch den klinischen Teil, der ebenfalls für die weitere Finanzierung enorm wichtig sei und diese Daten hat nur Andreas. Ich habe ihn vor drei Tagen gebeten, mir seine Unterlagen zu geben, er weigerte sich aber.«

»Was?«, unterbrach sie David völlig aufgebracht. »Das darf er gar nicht! Ich spreche gleich morgen früh mit ihm darüber. Der wird sich noch wundern!«

Sofia schaute ihn mit dankbaren Augen an.

»Es wird nichts mehr ändern, David. Zum einen wird es morgen bereits zu spät sein und zum anderen hatte er es nicht direkt verweigert. Er sagte nur, dass er angeblich tagsüber zu viel zu tun hat, aber er könnte es mit mir abends besprechen.«

Sofia machte eine kleine Pause.

»...bei einem Dinner, wo wir auch den Bericht für Doktor Strass überarbeiten könnten. Er wusste vermutlich von ihm, dass etwas mit meinem Bericht nicht stimmt. Er hat versprochen, mir dabei zu helfen. Ich wollte aber mit ihm nicht essen gehen«, beendete schließlich Sofia ihre kleine Geschichte.

»Warum bist du nicht zu mir gekommen, Sofia?«, frage David völlig außer sich.

»Ich wollte dich damit nicht belästigen«, antwortete Sofia leise, »du hilfst mir bereits so viel, uns allen. Und ich weiß, dass du mit den neuen Experimenten für Doktor Brandau sehr viel um die Ohren hast.«

Dann fügte sie hinzu. »Wir sind nicht blind, David. Ich weiß, dass du uns die Arbeit abnehmen willst. Du kannst aber nicht alles alleine schaffen.«

Sofia blickte dabei David die ganze Zeit direkt in die Augen. *Du bist wahrlich etwas Besonderes, Prinzessin,* kam David dabei in den Sinn.

Er ließ Sofias Hände los, schob seinen Stuhl ein

wenig zurück und betrachtete sie nachdenklich. Das tat er eine Weile, ohne etwas zu sagen. Schließlich sah er zu Boden und überlegte weiter, bevor er seinen Blick wieder hob. »Ich möchte dir gerne etwas erzählen, Sofia, etwas über dich. Vermutlich wirst du denken, dass ich ein Spinner bin, es ist mir jedoch egal. Danach kannst du gerne kündigen, wenn du es immer noch willst, einverstanden?«

Sofia nickte nur, schaute ihm jedoch weiterhin, leicht verwirrt, direkt in die Augen.

David dachte noch eine Weile nach bevor er schließlich loslegte. »Sofia, du bist eine wunderschöne junge Frau. Ich bin sicherlich nicht der Erste und auch nicht der Letzte, der dir so etwas sagt. Und du selbst bist nicht dumm, um es nicht zu wissen. Aber…«, David legte eine kleine Pause ein, um seinen Worten mehr Nachdruck zu verleihen, dann fuhr er fort, »…du bist auch zu nett und viel zu zuvorkommend. Du lächelst ständig alle an, warum?«

»Aus Höflichkeit«, antwortete Sofia sofort.

»Was?«, sagte David völlig überrascht, »aus Höflichkeit?«

»Ja, wenn mich jemand ansieht, versuche ich zu lächeln, um, sagen wir, das Eis zu brechen«, ergänzte Sofia ihre Aussage.

»Das solltest du aber nicht, Sofia, nicht so«, erwiderte David.

»Wieso? Das verstehe ich nicht. Ich bin damit bislang immer zurechtgekommen«, entgegnete sie.

»Das mag wohl sein, Sofia, bis jetzt. Du darfst aber eins nicht vergessen, dein Lächeln ist nicht normal.«

»Was?«, sagte sie völlig überrascht.

»Ich meine damit, dass dein Lächeln etwas Besonderes ist. Wenn du lächelst, bekommen deine Augen einen besonderen Glanz, sie strahlen regelrecht und lachen mit. Ich habe so etwas bislang bei keiner anderen Frau gesehen. Dazu bist du wirklich wunderhübsch. Ich glaube sogar, dass deine Schönheit auch besonders ist.«

Jetzt denkt sie sicherlich, ich bin nicht ganz dicht, kam David dabei sofort in den Sinn. Sofia neigte ihren Kopf leicht nach links und betrachtete ihn nachdenklich, leicht verwirrt. Ihre Augen hatten einen ganz besonderen Glanz, den er bei ihr noch nie zuvor gesehen hatte.

»Und das ist meiner Ansicht nach dein Problem. Schöne Frauen lächeln nicht. Sie lassen sich anlächeln und entscheiden danach, ob sie überhaupt zurücklächeln sollen und ob der eine oder andere es überhaupt wert ist, ihm zuzulächeln. Schöne Frauen lächeln sicherlich nie zuerst. Wenn mich so eine schöne Frau wie du anlächelt, glaube ich sofort, dass sie an mir Interesse hat. Warum sollte sie mir sonst zulächeln?«

David beugte sich zur Sofia vor, nahm ihre Hand und stand auf.

»Komm«, und er führte sie vor einen Spiegel, der

über dem Waschbecken neben der Tür hing. Er legte seinen Arm um ihre Schultern und fragte sie. »Schau dich an, Sofia, was siehst du?«

Sofia sah kurz ihr Abbild im Spiegel an, dann senkte sie wieder ihren Blick und sagte. »Mich.«

David lächelte vor sich hin. *Das ist die Antwort einer wahren Prinzessin*, dachte er sich dabei.

»Ich sehe eine wunderschöne Frau mit großen blauen Augen. Ich sehe jedoch zum Beispiel keinen potentiellen Chef. Irgendwann einmal wirst du eine Gruppe leiten, davon bin ich überzeugt. Und du wirst sicherlich eine gute Laborleiterin sein. Du musst jedoch lernen auch unangenehme Entscheidungen zu treffen. Und wenn ich jemanden nicht mag, lass ich es ihn wissen, ich ignoriere ihn oder beschränke mich nur auf das Nötigste, wenn ich mit so jemandem arbeiten muss.«

David machte eine kleine Pause, schaute Sofia im Spiegel an und fuhr fort. »Versuche mich anzulächeln.«

Sofia blickte zu David durch den Spiegel und sagte. »Ich kann das nicht.«

»Dann tu es auch bei den anderen nicht. Du musst niemanden anlächeln. Das hast du nicht nötig, Sofia. Glaube es mir. Komm, setzen wir uns wieder.«

David führte sie zurück zum Stuhl, setzte sich ihr wieder gegenüber und fuhr fort.

»Das ist auch der Grund, warum dich Andreas

und auch Doktor Strass ausnutzen. Es ist nicht deine Pflicht, so einen Bericht zu schreiben. Es ist die Aufgabe von Daniel Strass oder wenn überhaupt, dann meine. Daniel weiß sehr wohl, dass ich ihm den Bericht nicht schreiben würde. Ich würde seinen um unsere Ergebnisse ergänzen oder ausbessern. Und wenn er ihn von mir tatsächlich verlangen sollte, würde ich sicherlich nicht den ganzen Bericht schreiben, sondern nur den experimentellen Teil. Es ist sein Projekt und du bist nur eine, oder sagen wir seine, Mitarbeiterin, Angestellte. Dafür kann dich niemand kündigen! Und aus meiner Sicht auch kein triftiger Grund, selbst zu kündigen! Glaube es mir einfach. Man kann mit dir höchstens schimpfen. Und es würde reichen, wenn du sagen würdest, du hast dein Bestes versucht. Es wäre für dich sogar einfacher, den Bericht so schlecht wie möglich zu schreiben. Das kannst du aber nicht, oder? Du versuchst immer das Beste zu geben, das ist mir klar. Wenn du es aber tun würdest, wärest du dafür halt nicht geeignet und die Aufgabe würde dann Andreas bekommen! Das wäre was, oder? Vielleicht war es mit dem Bericht sogar seine Idee?«

David lächelte dabei Sofia an. Ihre Augen waren nicht mehr mit Tränen gefüllt, sondern strahlten wieder.

»Egal, wo du in der Zukunft arbeiten wirst, wenn du immer so nett bist und alle mit deinem wunderhübschen Lächeln bescherst, wird dich jeder ausnutzen wollen und niemand wird dich ernst nehmen.

Du siehst immer noch mädchenhaft aus. Ich finde es selbst gut so, mir gefällt es sehr. Es ist jedoch nicht gerade optimal, wenn du Entscheidungen treffen musst. Und auch während eines wichtigen Gesprächs mit Vorgesetzten oder Kollegen, oder wenn du vortragen oder berichten sollst. Wenn du selbst ernst bist, werden dich deine Kollegen und auch die anderen ebenfalls ernst nehmen.«

David machte eine kleine Atempause und dann fuhr er fort. »Ich möchte dich um einen Gefallen bitten, Sofia, egal wo du landen wirst, lächle den Menschen nicht zu, solange sie es nicht verdienen, sondern sei ernst und wenn notwendig auch streng. Versprichst du es mir?«

Sofia nickte und lächelte David mit einem schwachen, doch zauberhaften Lächeln zu. Ihre Augen waren dabei jedoch ernst und nachdenklich. Offensichtlich hatte noch nie jemand mit ihr auf diese Weise gesprochen.

»Ich möchte dir mit allem, was ich dir gesagt habe, verdeutlichen, dass du etwas Besonderes bist. Ich bin noch nie so einer Frau wie dir begegnet. Deshalb könnte es passiert sein, dass ich mich selbst ab und zu komisch benehme. Dafür möchte ich mich bei dir selbstverständlich entschuldigen.«

Sofia beobachtete ihn mit einem nachdenklichen

Blick, als ob sie ihn fragen wollte, *was willst du mir damit sagen, David?*

»Ich muss dir noch etwas gestehen«, fügte David hinzu. »Ich mag es normalerweise nicht, anderen Menschen in die Augen zu sehen, insbesondere aus der Nähe. Bei dir jedoch stört es mich irgendwie gar nicht, ich genieße es sogar. Soweit ich mich erinnern kann, ist mir so etwas vorher noch nie passiert. Und ich kann sogar aus nächster Nähe in deine Augen sehen, ohne dass ich mich dabei unwohl fühle. Irgendwie verliere ich mich sogar in deinen Augen. Und auch das macht dich zu etwas Besonderem.«

Er atmete tief ein und sagte schließlich. »Ich hoffe, du nimmst mir meine Ehrlichkeit nicht übel«, und er lächelte schwach.

Sofia betrachtete ihn weiterhin nachdenklich, in sich gekehrt, ohne seine Offenbarung über sie mit einem einzigen Wort zu kommentieren. Schließlich, nach einer ausgedehnten Weile, entgegnete sie.

»Nein, David. Ich möchte mich bei dir für deine schönen Worte bedanken. Ich war mir dessen, was du gesagt hast, gar nicht bewusst. Aber ich glaube, dass du Recht hast. Ich werde ab jetzt versuchen, nicht zu lächeln.«

»Sehr gut, das freut mich«, sagte David, beugte sich nach vorn und nahm erneut ihre Hände in seine.

Dann fügte er hinzu. »Gar nicht? Das wäre aber schade. Ich würde zum Beispiel dein Lächeln wahnsinnig vermissen.«

»In Ordnung, ich werde mein Lächeln nur für dich und für Elias aufheben. Ich verspreche es«, erwiderte Sofia mit spaßigen Funken in den Augen.

»Das gefällt mir besser, danke«, sagte David und fügte hinzu. »Jetzt habe ich noch eine allerletzte doch sehr wichtige Frage an dich. Möchtest du immer noch kündigen?«

Sofia betrachtete David eine Weile, dann schüttelte sie unschlüssig den Kopf und erwiderte. »Ich weiß nicht, ...nein, ich glaube nicht. Aber was soll ich mit dem Bericht für Professor Strass machen?«

David fühlte eine Flutwelle von Glück und Freude. Sie würde ihn noch nicht verlassen. Heute noch nicht!

»Sehr schön. Dann schlage ich folgendes vor. Wenn du möchtest, können wir gemeinsam den Bericht für Daniel, ich meine Doktor Strass, zurechtbiegen. Viel Zeit haben wir jedoch nicht mehr. Das würde bedeuten, dass wir gleich loslegen müssen und du heute sicherlich sehr spät nach Hause kommst. Ich weiß nicht, was Elias dazu sagt?«

»Er wird es verstehen, ich rufe ihn sofort an«, antwortete Sofia mit Begeisterung und strahlendem Gesicht.

»Hast du den Bericht dabei?«

»Nein, aber ich werde ihn gleich holen, ich brauche nur eine Minute!«

Sofia sprang auf und im Nu war sie aus der Tür.

Sie lief den ganzen Weg zum Schreibraum und wieder zurück. Dabei lächelte sie wie ein Dummerchen vor sich hin. *Wenn mich jemand sieht, denkt er, dass ich verrückt bin,* dachte sie sich dabei. Es war ihr aber egal. Sie war seit Tagen das erste Mal wieder glücklich. Und das alles hatte sie wiederum nur David zu verdanken. Sie würde ihm ab jetzt alles erzählen, entschied sie. *Ich bedeute ihm sehr viel und dazu sieht er etwas Besonderes in mir. Das ist tausendmal mehr wert als all der Ärger mit Andreas und Doktor Strass,* überlegte sie weiter, während sie zurück zu David lief. Bevor sie darüber jedoch weiter nachdenken konnte, erreichte sie wieder, fast atemlos, sein Arbeitszimmer.

»Du bist schon da?«, fragte David mit einem breiten Grinsen. »Bist du vielleicht geflogen?«

Sofia nickte nur, sie war völlig außer Atem und musste zuerst tief durchatmen, bevor sie überhaupt sprechen konnte. David fing plötzlich von ganzem Herzen an zu lachen und sie schloss sich ihm an.

Sofia rief gleich Elias an, um ihm zu erklären, dass sie heute deutlich später kommen würde und beide arbeiteten dann bis nach Mitternacht an dem Bericht. Die Zeit verging wie im Flug und Sofia bemerkte gar nicht, dass bereits die Geisterstunde geschlagen hatte.

»Es reicht, Sofia«, sagte schließlich David. »Es ist soweit in Ordnung. Wir haben unser Bestes getan.

Doktor Strass wird es sicherlich nicht ganz gefallen, aber in diesem Falle wirst du argumentieren, dass ich es korrigiert habe. Und..., ich werde morgen sowieso mit dir hingehen.«

Er schaute Sofia ernst von der Seite an. »Das ist keine Bitte, Sofia, haben wir uns verstanden?«

Sie nickte nur und lächelte ihm glücklich zu. »Bevor ich zu Doktor Strass gehe, komme ich bei dir vorbei.«

»Alles klar, dann machen wir für heute Schluss«, sagte David schließlich und fügte hinzu. »Es ist jedoch bereits nach Mitternacht. Ich begleite dich lieber nach Hause. Ich möchte nicht, dass dir etwas zustößt. Es sei denn, du hast etwas dagegen?«

»Nein, David, es würde mich freuen«, antwortete sie mit lächelnden Augen.

Es war eine wunderschöne Nacht voller Sterne. Der Frühling meldete sich bereits, auch wenn die schwache Brise aus dem Norden noch unangenehm kühl und frisch war. Der Duft der Natur, die aus dem langen Winterschlaf nach und nach erwachte, hing schwer in der Luft. Sofia und David sprachen unterwegs über dies und jenes, bis sie schweigend die Nacht durchstreiften und jeder in seinen eigenen Gedanken den kleinen nächtlichen Spaziergang genoss. Schließlich gelangten sie vor das Blockhaus, wo Sofia und Elias wohnten.

»Wir sind da«, sagte schließlich Sofia, nachdem

beide eine Weile vor der Eingangstür gestanden waren, ohne ein Wort zu wechseln.

»Danke, dass du mich nach Hause begleitet hast«, fügte sie hinzu, »...und für alles, was du für mich getan hast, David. Das meine ich wirklich ernst.«

David schaute sie nachdenklich an.

»Ich habe es gerne getan und ich werde es wieder tun, wenn du mich um Hilfe bittest. Du musst nur fragen.«

Dann hob er seine rechte Hand, fuhr mit den Fingern durch ihre Haare und streichelte sanft ihre Wange.

»Du bist eine besondere Frau, Sofia. Das darfst du nie vergessen. Es gibt sicherlich nicht viele wie dich auf dieser Welt. Und vielleicht..., nein, ich bin mir fast sicher, du bist einzigartig. Ich bin sehr froh, dass ich die Ehre habe, dir begegnet zu sein.«

Er machte eine Pause und atmete tief durch.

»Schlaf gut, Prinzessin, morgen, ...nein bereits heute..., wird es für uns ein anstrengender Tag sein.«

Er fuhr erneut mit seiner Hand sanft über ihre Haare, dann drehte er sich auf einmal um und ging mit gesenktem Kopf zurück zum Labortrankt. Sofia schaute ihm nach, bis seine Gestalt mit den Schatten der Bäume am Rande der Siedlung verschmolz. Sie war sehr froh, dass sie ihn hatte.

Am nächsten Tag kam gleich früh am Morgen Sofia zu David, um gemeinsam mit ihm Doktor Strass die Unterlagen zu überreichen. Sie lächelte ihn immer noch überglücklich an und bedankte sich erneut für seine Hilfe. Ihre Augen strahlten dabei eine leichte Verlegenheit, Verträumtheit und Verspieltheit aus. Diese Kombination unterstrich erneut ihre besondere Schönheit. Es kam David wenigstens so vor.

Vermutlich aber nur mir, kam ihm dabei in den Sinn und er lächelte leicht vor sich hin.

Sofia erzählte David gerade etwas, er hörte jedoch gar nicht richtig zu, sondern betrachtete einfach ihre zauberhafte Erscheinung in der Gesamtheit, wie sie sich bewegte, wie sie ihren Kopf schwenkte, wie ihr dabei die zusammengebundenen Haare um den Kopf herumflogen, wie sie mit den Händen gestikulierte. Er lächelte leicht vor sich hin und genoss dieses wunderbare Spiel der, aus seiner Sicht, vollkommenen Schönheit. Er könnte ihr stundenlang zusehen.

»David, David! Du hörst mir gar nicht zu!«, unterbrach Sofia seinen Gedankenfluss.

»Was? Entschuldige, ich war einfach in Gedanken«, wehrte sich David verlegen.

»Ja, wie immer. Ich sagte gerade, dass ich heute früh eine Nachricht von Doktor Strass erhielt, dass wir uns wegen dem Bericht gleich jetzt treffen sollen, er hat später andere Termine. Wir müssen los.«

Sofia warf David einem tadelnden Blick zu, lächelte dabei jedoch.

»Alles klar, ich bin schon auf dem Weg«, entgegnete er. »Ich brauche nur mein elektronisches Notizbuch.«

David drehte sich im Raum zweimal um eigene Achse, konnte es aber nirgendwo entdecken.

»Hier, David, neben dem Computer unter dem Ordner«, zeigte ihm schließlich Sofia.

»Ah ja, danke. Ohne dich hätte ich es sicherlich nicht so schnell gefunden. Ihr Frauen könnt einfach besser suchen.«

Sofia lächelte nur und verließ bereits sein Arbeitszimmer. Als sie sich jedoch dem Büro von Doktor Strass näherten, wurde sie langsam nervös.

»Ich weiß nicht, David. Vielleicht sollte ich doch alleine hingehen«, und sie schaute ihn mit ihren blauen Augen an, die an Größe noch zunahmen und ihre Zweifel und Besorgnis deutlich widerspiegelten.

»Ich bin der Boss hier, Sofia, keine Diskussionen. Es ist meine Entscheidung, keine Widerrede.«

Sofia nickte nur und lächelte schwach. Sie war froh, dass David dabei war. Gleichzeitig wollte sie ihn aber auch nicht in Schwierigkeiten bringen. Schließlich erreichten sie das Arbeitszimmer von Daniel und David klopfte unverzüglich. Ohne auf die Einladung zu warten, öffnete er die Tür und betrat den Raum. Daniel saß hinter seinem

Schreibtisch und unterhielt sich gerade mit Andreas, der ebenfalls anwesend war. Als er David sah, hob er überrascht seine Augenbrauen und wollte etwas sagen. Dann erblickte er jedoch ebenfalls Sofia und verstand offensichtlich. Er zeigte zum Sofa und sagte nur:

»Setzt euch.«

David und Sofia nahmen den besagten Platz, Sofia fast wie bei dem Vorstellungsgespräch nur an den Rand der Polsterung, Hände auf den Beinen. Man sah ihr die Nervosität deutlich an.

»Sofia?«

»Ja?«

»Du überlässt mir das Reden, klar?«

Sofia nickte nur und schaute zurück zu Daniel und Andreas. Offensichtlich war ihr die Anwesenheit von Andreas nicht geheuer. Sie hatte damit sicherlich nicht gerechnet.

Daniel sagte noch schnell etwas zu Andreas. Beide kamen dann zum Sofa und setzten sich gegenüber. Auch Andreas schien überrascht zu sein, David hier zu sehen. Man sah ihm an, dass er sich nicht ganz wohl fühlte.

David schaute Daniel zuerst mit sehr einer ernsten Miene an und legte dann gleich los.

»Wir haben den Bericht, den du haben wolltest, mitgebracht. Ich habe ihn gestern Abend noch überarbeitet. Sofia, bitte, würdest du ihn Doktor Strass geben?«

Sofia nahm den Bericht, der in ihrem Schoß lag und reichte ihn Daniel. Er nahm ihn entgegen, öffnete ihn und blätterte schnell in dem elektronischen Dokument.

»Sehr gut, danke, Sofia«, sagte Daniel und lächelte Sofia mit seiner überlegenen und zuversichtlichen Art an.

Sie lächelte jedoch nicht zurück, das erste Mal, und David war froh darüber. Offensichtlich hatte sie doch verstanden, was er ihr gestern gesagt hatte und nahm sich das zu Herzen.

»Ich muss dazu jedoch noch etwas sagen«, fuhr David fort, »es fehlen einige klinische Daten. Ich habe leider vergessen, diese Daten von Andreas anzufordern«, dabei schaute er ihm direkt in die Augen. Sofia drehte sich überrascht zu David. Sie hatte nicht erwartet, dass er die Schuld auf sich nehmen würde und verstand zuerst nicht, was er vorhatte. Als sie David ansah, erkannte sie ihn fast nicht. Seine Gesichtszüge hatten sich verändert, er sah viel strenger aus und seine Augen waren eiskalt. Er betrachtete Andreas die ganze Zeit, ohne ein einziges Mal zu blinzeln und sprach bedacht weiter.

»Ich bin oft vergesslich, deshalb möchte ich dich Andreas bitten, dass du mir von jetzt an, sagen wir, alle zwei Wochen die klinischen Daten unaufgefordert vorlegst.«

Auch seine Stimme war kalt und schnitt durch die Luft wie ein Messer. Selbst Daniel entging diese

Spannung zwischen den beiden nicht.

»Doktor Strass ist damit sicherlich einverstanden, oder?«

David drehte mit hochgezogenen Augenbrauen seinen Kopf zu Daniel.

»Ja, sicherlich, das ist eine gute Idee«, antwortete Daniel. »Aber ich frage mich, was das Ganze soll?«

»Und ich frage mich, Daniel, warum du Sofia beauftragt hast, die Berichte zu schreiben. Ich dachte, dass ich der Projektleiter bin, oder? Denkst du, dass Sofia es besser kann? Sie ist ja nur mit einem Teil des Projektes beschäftigt, ich dagegen, habe den gesamten Überblick.«

»Du hast natürlich Recht, David. Aber ich wollte dich damit nicht belasten. Ich weiß, dass du sehr viel zu tun hast. Jetzt, wo der neue Forschungsleiter da ist, kamen auf dich sicherlich noch weitere Aufgaben zu. Deshalb fand ich die Idee von Andreas ganz gut, dass er und Sofia den Bericht übernehmen«. Er schaute dabei kurz zu Andreas rüber. Dann fügte er noch hinzu. »Ich wollte dich sowieso demnächst, zusammen mit Herrn Brandau, treffen, um einige zusätzliche Experimente für unser Projekt zu besprechen.«

Die Gesichtszüge von David veränderten sich wieder und wirkten plötzlich erschöpft. Seine Antwort kam mit einer müden Stimme. »Gerne, wann immer es dir und Stefan Brandau passt«.

Er warf Sofia einen kurzen Blick zu, dann wieder

Daniel. »Ich möchte aber gerne noch etwas zu den Berichten sagen. Ich schlage vor, dass ich sie ab jetzt selbst schreibe. Selbstverständlich nur den experimentellen Teil, den klinischen Teil könnte Andreas ergänzen und anschließend die beiden Teile zusammenfügen. Er kann ja sehr gut präsentieren und dazu hat er einen guten Schreibstil, oder, Andreas?«

Und David schaute Andreas erneut mit seinen kalten Augen an.

»Sicher, wenn Daniel damit einverstanden ist?« und er drehte seinen Kopf zu Doktor Strass.

Ah, ihr duzt euch bereits, dachte sich David dabei. Bevor jedoch Daniel etwas erwidern konnte, kam ihm David zuvor.

»Sicherlich ist Doktor Strass einverstanden, oder Daniel?«

»Ja, ja, eine gute Idee, machen wir es so«, antwortete schließlich Doktor Strass. Offensichtlich wollte er sich nicht weiter damit beschäftigen. Hauptsache er bekam seinen Bericht, ohne ihn selbst schreiben zu müssen.

David war von Anfang an davon überzeugt gewesen, dass es Andreas Idee gewesen war, Sofia für die Berichtschreibung anzuwerben. Er wollte vermutlich dadurch die Gelegenheit ergreifen, sie für sich zu gewinnen. Und sein Verdacht hatte sich bestätigt. Andreas war es sehr wohl bewusst gewesen, dass sie Probleme damit haben würde, diesen Bericht zu schreiben. Das hätte ihm die Möglichkeit gegeben, die ach so hilflose Sophia wie ein strahlender Prinz zu retten. Die ideale Situation um sie gefügig zu machen. Gerade als Andreas seinem Ärger einen Ausdruck verleihen wollte, kam ihm David zuvor.

»Sehr gut, dann haben wir das geklärt. Wir wollen dich, Daniel, nicht weiter aufhalten, nur noch eine Sache.«

Weil David ahnte, was Andreas offensichtlich vorhatte und dass er Sofia ständig umschwärmte, kam ihm eine Idee.

»Sofia möchte mit ihrem Freund Elias für ein Wochenende zum Meer fahren. Sie hat so viele Überstunden, dass ich ihr am kommenden Freitag frei gab. Ihr wollt ja bald heiraten, oder, Sofia?«, David drehte sich mit einem schalkhaften Blick zu ihr.

Sie starrte ihn nur mit ihren großen Augen unverständlich an.

David wandte sich wieder zu Daniel. »Ich hoffe, du hast nichts dagegen.«

»Natürlich nicht, das geht klar«, antwortete Doktor Strass, leicht überrascht aber nicht zu sehr beeindruckt. David beobachtete dabei aufmerksam Andreas. Er schien verblüfft zu sein und starrte Sofia fassungslos an. *Jetzt weißt du, dass sie einen festen Freund hat, du Schnösel*, dachte er sich dabei.

Er drehte sich erneut zu Sofia und sagte. »Komm, Sofia, wir wollen Doktor Strass und Doktor Wallenfort nicht weiter aufhalten«.

Dabei hatte er absichtlich den Titel und den Nachnamen von Andreas herausgepickt. Er schubste schnell Sofia Richtung Tür und aus dem Zimmer. Er wusste, dass sie nicht lügen konnte. Sie würde sich sicherlich gleich verraten.

Draußen drehte sie sich auch gleich, immer noch verwirrt, zu David.

»Was soll das Ganze, David?«, fragte sie ihn mit zusammengezogenen Augenbrauen.

»Weißt du das wirklich nicht?«, antwortete er mit einer Gegenfrage. »Jetzt wissen beide offiziell, dass du einen festen Freund hast und irgendwann Mal wollt ihr doch heiraten, oder? Gelogen habe ich nicht. Ich habe mich ja nicht zeitlich festgelegt, oder?«

»Ja, das schon, aber wir haben noch nichts Konkretes geplant.«

»Na und, was spielt das für 'ne Rolle? Ich hoffe, dass du Andreas jetzt los bist und ich spreche sowieso noch einmal mit ihm, keine Angst«, er musterte dabei Sofia mit funkelnden Augen.

»Und dazu habe ich dir ein freies Wochenende verschafft. Das bedeutet, du fährst entweder tatsächlich mit Elias zum Meer oder du bleibst drei Tage zu Hause und genießt die freie Zeit. Wehe, wenn ich dich in der Arbeit sehe, dann würdest du mich verraten!«

Er machte einen Schritt nach vorn, so dass er ganz nah vor ihr stand und nahm ihr Gesicht sanft in seine Hände.

»Und das würdest du mir doch nicht antun, o-
der?«

Davids Gesicht war so nah an Sofias, dass sich
ihre Nasen fast berührten. Seine Augen funkelten
und die grüne Farbe kam noch stärker zum Vor-
schein. Sie blickte tief in diese gütigen Augen und
musste schließlich lächeln. Sie nickte zustimmend.

»Sehr gut«, sagte David, legte seinen Arm um
ihre Schultern und fügte hinzu. »Komm, gehen wir,
den unangenehmen Teil des heutigen Tages haben
wir jetzt hinter uns, oder?

Sofia lächelte David von der Seite an, dann
neigte sie ihren Kopf nach rechts und berührte mit
ihrer Wange in Zustimmung leicht seine Schulter.
Sie war froh, dass sie Andreas jetzt endlich los sein
würde. Bereits als sie ihm das erste Mal begegnet
war, beschlich sie ein ungutes Gefühl. In seiner
Nähe fing sie immer an, sich unsicher zu fühlen. *Ir-
gendwas an ihm hat mich von Anfang an gestört*, überlegte sie. *Trotzdem habe ich die ganze Zeit gehofft, wenn
ich nur freundlich genug zu ihm wäre, wäre er es auch
zu mir. Wie anders sich das doch entwickelt hat... Bei David kann ich immer so sein wie ich bin, wie ich mich fühle.
Noch nie hatte ich bei ihm das Bedürfnis mich zu verstecken. Wieso gibt es Menschen, die Gefallen daran finden,
andere zu quälen? Und wieso laufe immer ich ihnen in
die Arme? Ziehe ich diese Menschen an? Sehen sie in mir*

ein Opfer? David hat Recht. In meiner Bestrebung jedem Menschen zu zeigen, dass man sich mit Freundlichkeit begegnen kann, bin ich viel zu offen für solche Angriffe. Es wird Zeit, dass ich daran etwas ändere.

VIII.

Die Prinzessin

02. April 2057

Es sind bereits einige Wochen nach dem Gespräch mit Sofia vergangen und es scheint alles wieder beim Alten zu sein. Ich sehe sie fast jeden Tag und wir sprechen über vieles, nicht nur über die Arbeit, sondern auch über Privates. Nachdem was ich Sofia gesagt hatte, habe ich befürchtet, dass sie sich von mir fernhalten würde. Überraschenderweise ist aber das Gegenteil passiert. Sie ist noch netter geworden und begrüßt mich immer mit einem freundlichen Lächeln. Um ehrlich zu sein, habe ich das nicht erwartet. Ich dachte, dass sie mich meiden würde, nachdem ich ihr offenbart hatte, wie wunderschön und besonders ich sie finde. Sie tat es jedoch nicht.

Ich kann mich noch sehr gut daran erinnern, wie ich während meines Studiums an der Universität meine Gefühle einer Kommilitonin gegenüber enthüllt habe. Danach wollte sie mit mir nicht einmal mehr sprechen. Bei

Sofia hatte das jedoch offensichtlich eine gegensätzliche Auswirkung. Das beweist erneut ihre Besonderheit. O-der vielleicht nur Naivität? Wer vermag es zu sagen.

Nachdem mir Sofia mitgeteilt hatte, dass sie kündigen wolle, habe ich mich entschieden, ihr offen zu sagen, wie ich sie sehe. Ich nahm dabei in Kauf, dass sie mir danach mehr oder weniger ausweichen wird. Ich muss zugeben, dass ich sehr glücklich darüber bin, dass das nicht der Fall ist. Auf der anderen Seite habe ich ihr gegenüber je-doch direkt keine Gefühle offenbart. Sofia ist für mich eine wahre Prinzessin und Elias ist ein glücklicher Mann. Ich muss zugeben, dass ich ihn beneide. So eine Frau gibt es nicht zweimal auf der Welt, da bin ich mir sicher. Es fal-len mir sogar poetische Verse ein, wenn ich an sie denke.

Sie ist das Licht in der Dunkelheit
die weiße Perle der sieben Meere
der Seelentrost für jedes Leid
die wahre Fülle der inneren Leere

die Stille der Nacht voller Sterne
die weiße Pracht der hohen Berge
der Sonnenaufgang in weiter Ferne
das Schneewittchen der sieben Zwerge

die wahre Prinzessin aus ferner Zeit
die Schönheit, der nichts sich gleicht
die Hoffnung bringt und Wunden heilt
doch das Herz zerbricht, wenn sie die Hand dir reicht

Ich darf mich nicht ablenken lassen, Träume bleiben Träume und zu viel zu träumen bringt gar nichts. Ich darf mich der Realität nicht verschließen. Nachdem ich Sofia die freien Tage verschafft hatte, fuhr sie schließlich doch mit Elias zum Meer, nach Griechenland. Ich war selbst noch nie dort. Überhaupt habe ich von der Welt noch nicht viel gesehen. Ich sollte vielleicht selbst einige Tage frei nehmen und irgendwo hinfahren. Ich habe seit Jahren keinen einzigen Tag Urlaub genommen. Aber alleine macht es ja auch keinen Spaß. Und ich habe niemanden, mit dem ich auf Reisen gehen könnte. Im Grunde habe ich nicht einmal Freunde. Ich brauche auch keine.

Ich komme alleine gut zurecht. Für mein Vorhaben ist es sowieso der beste Weg. Dennoch eine Partnerin zu haben, mit der ich meine Träume und Sorgen teilen könnte, wäre sicherlich erfrischend. Ich muss dabei an meine verstorbene Frau denken, sie fehlt mir so sehr...

Vor kurzem traf ich mich mit Daniel Strass und Stefan Brandau wegen der Planung von neuen Experimenten. Wie erwartet, wollten beide zuerst die Testung unserer neuen Minichromosomen in einem Mäusemodell durchführen. Weil ich es mit Stefan bereits vor einiger Zeit besprochen hatte, habe ich mit dem Design der neuen künstlichen Minichromosomen für Mäuse schon längst angefangen. Das gab ich jedoch nicht preis. Somit habe ich einen zeitlichen Vorsprung gewonnen. Diese Zeit kann ich jetzt für mich nutzen.

Ich habe die letzten drei Wochenenden alle anderen Arbeiten zur Seite geschoben und endlich wieder einmal an meinen eigenen Experimenten gearbeitet. Ich habe mir Blut entnommen und daraus Monozyten und Leukozyten isoliert. Weiterhin habe ich noch eine Haut- und sogar eine Leberbiopsie an mir selbst durchgeführt. Die Entnahme der Leberzellen hat höllisch wehgetan. Ich hoffe, dass ich alles richtig gemacht habe. Die rechte Seite tut mir immer noch weh und die Einstichstelle scheint stets gerötet zu sein. Ich hoffe, dass ich mir keine innere Verletzung oder Infektion zugezogen habe. Ich habe die komplette experimentelle Reihe mit allen meinen synthetisierten Minichromosomen auf einmal durchgeführt. Von den achtzehn Chromosomen waren sechzehn in Ordnung, die Centromere entsprachen eins zu eins den meinen. Die integrierten Gene habe ich in zwei Gruppen eingeteilt, DNA-Reparaturenzyme und Immungene. Das größte Problem hatte ich mit der Telomerase. Ich wollte ihre Expression auf einem niedrigen, doch konstanten Niveau halten, so dass die Telomere gerade erhalten bleiben. Sonst kann es zu karzinogenen Veränderungen kommen. Schließlich ist es mir gelungen, die Promotorenregion so zu modifizieren, dass die erwünschte Wirkung eingetreten ist. Ich lasse jetzt die Zellen mehrere Monate in Kultur, um mindestens achtzig bis hundert Zellteilungen nachzuvollziehen. Danach werde ich die gesamte Genetik und Epigenetik durchtesten, um zu überprüfen, wie weit sich die Zellen verändert haben. Ich hoffe nicht all zu sehr.

David schaute aus Langeweile abwechselnd aus dem Fenster und dann wieder auf die Präsentation des jungen Arztes. Er war bereits der sechste in der Reihe und weitere vier sollten noch folgen. Er saß seit mindestens zwei Stunden in dem großen Konferenzsaal, zusammen mit den Mitarbeitern der fast halben Abteilung. Außer dem Institutsleiter war auch Doktor Strass anwesend, genauso wie sein Laufbursche Andreas Wallenfort, Professor Brandau und viele junge Ärzte, die David nicht einmal kannte. Auch die Mitglieder seiner Forschungsgruppe waren dabei. Rosita und Helena ließ er jedoch im Labor. Für die technischen Assistentinnen wäre es zu viel und völlig unnötig. Es waren alles sehr spezifische Vorträge. Bald sollte nämlich auf dem eigenen Forschungsgelände ein internationaler Kongress stattfinden. Der Institutschef und Daniel waren direkt für die Organisation des Kongresses zuständig und es sollten vor allem eigene Resultate international präsentiert werden. Heute gab es die ersten Testvorträge. Der Kongress war hauptsächlich klinisch orientiert, somit musste David selbst keine Präsentation abhalten, was ihm sehr recht kam.

Daniel hatte ihn vor kurzem nach den jüngsten experimentellen Daten gefragt, weil er selbst das Projekt und die neuesten Ergebnisse vorstellen wollte. David hatte ihm gerne diese Resultate überlassen. Er selbst sollte nur bei einer molekular-genetischen Sitzung den Vorsitz übernehmen. Das war für ihn kein Problem. Selbst Professor Brandau wurde beauftragt, seine früheren Daten zu präsentieren. Es ging im Grunde nur um Prestige, sich so gut wie möglich international darzustellen. Das war David jedoch nicht wichtig.

Das Einzige was ihn im Konferenzsaal erfreute, war der Anblick von Sofia. Sie kamen zu spät, so dass sie nicht alle, wie gewöhnlich, zusammensitzen konnten. Sie und Veronika nahmen Platz auf der gegenüberliegenden Seite des Saals. Akira setzte sich ganz vorne hin und David musste sich zwischen Daniel und Stefan einquetschen. Nicht gerade die angenehmste Sitzposition. Er hatte jedoch wenigstens einen guten Blick auf Sofia. Ihre Haare waren wie immer am Hinterkopf zusammengebunden, eine Haarsträhne war dennoch frei und fiel über das linke Auge bis zu ihrem sinnlichen Mund. Er mochte es, wie ihre Haare jedes Mal herumschwenkten, wenn sie den Kopf drehte. Ihre Blicke begegneten sich ein oder zwei Mal und Sofia versuchte nicht zu lächeln, sie hatte nur ihre Lippen zusammengepresst.

Sehr gut, und David lächelte zufrieden vor sich

hin und schaute weg. Er wollte nicht, dass sie dachte, dass er sie die ganze Zeit anstarrte. Deshalb sah er immer wieder weg, sobald sie ihren Kopf in seine Richtung wendete. Gerade, als er sie wieder ansah, stellte er fest, dass Andreas Sofia genauso, wie so oft, angaffte. Sie erwiderte seinen Blick, lächelte jedoch nicht. Das erste Mal seitdem David Sofia kannte! Ohne mit der Miene zu zucken, schaute sie ihm in die Augen und dann wieder weg. *Es war erstaunlich, wie schnell sie begriffen und es gleich umgesetzt hatte*, kam David dabei in den Sinn. Er musste plötzlich lächeln und schaute rasch zu Boden, um sein Grinsen zu verstecken. *Die anderen würden sich sicherlich über meinen Gesichtsausdruck wundern.*

David dachte an die letzten Wochen und die Gespräche mit Sofia. Wie sie sich benahm, sprach, lachte, wie sie ihn ansah. Es waren erfreuliche Gedanken, die die Zeit im Konferenzsaal angenehmer verstreichen ließen. Dabei fiel ihm jedoch noch etwas anderes ein. Er realisierte, dass er sie des Öfteren Prinzessin nannte. Sie sagte nie etwas dazu, David wusste jedoch nicht, ob ihr das gefiel. Er muss ihr unbedingt erklären, warum er sie so nannte und was für ihn eine wahre Prinzessin bedeutete. Und das am besten gleich, entschied er nach einer Weile. *Ich werde sie heute Nachmittag zu mir bestellen und sie aufklären. Wenn sie sagt, dass es ihr nicht gefällt, werde ich versuchen, es in Zukunft zu unterlassen. Ich hoffe nur, es gelingt mir.*

Endlich waren die Präsentationen zu Ende. Gleich nachdem David den Konferenzsaal verlassen hatte, suchte er Sofia auf. Sie stand zusammen mit Veronika draußen auf dem Flur vor den Fenstern, wo sie auf ihn warteten.

»Und ..., wie haben euch die Präsentationen gefallen?«, fragte David mit einem leicht spöttischen Unterton, nachdem er zu ihnen gestoßen war.

»Ziemlich langweilig«, antwortete Veronika, »die Hälfte habe ich sowieso nicht verstanden, das war alles viel zu medizinisch.«

»Finde ich auch«, fügte Sofia hinzu.

»Ja, das mag wohl stimmen«, bestätigte David ihre Meinung, »aber ihr dürft nicht vergessen, dass es sich dabei um einen medizinischen Kongress handelt, keine Grundlagenforschung. Und wir arbeiten schließlich in der Medizin, oder?«, meinte David.

»Es ist trotzdem notwendig, dass ihr auch solche Vorträge verfolgt und versucht, das Grundlegendste zu begreifen. Ihr müsst lernen, jeden Vortrag soweit zu verstehen, dass ihr am Ende auch Fragen stellen könnt. Es ist wichtig, wenn ihr zum Beispiel ein Seminar leitet, oder wie ich einen Vorsitz in einer Sitzung bei einem Kongress habt. Wenn niemand eine Frage stellt, müsst ihr immer in der Lage sein zu fragen.«

»Ich wusste gar nicht, dass du bei dem Kongress einen Vorsitz hast?«, sagte Sofia. »Du bist ja kein

Mediziner, oder?«

»Das stimmt, Sofia«, antwortete David, »aber das ist eine Mischung aus Medizin und Grundlagenforschung und Daniel, Doktor Strass, hat mich darum gebeten.«

Dann fügte er noch hinzu.

»Ihr werdet auch anwesend sein. Wir sollen die Stärke unserer Abteilung repräsentieren. Deshalb, bitte, für diese drei Kongresstage keine Experimente planen!«

Und David schaute lächelnd mit weit geöffneten Augen Sofia an. »Ich meine hauptsächlich dich, Sofia! Haben wir uns verstanden?«

Und er legte seine Hand auf ihre Schulter. Sie lächelte zurück. »Ich werde es versuchen, David, aber versprechen kann ich es nicht«, antwortete sie mit einem spaßigen Unterton.

»Diese Antwort reicht mir vollkommen, Sofia. Mehr kann ich ja von dir nicht verlangen, oder?«, sagte David auf die gleiche Weise. »Es gibt noch etwas anderes. Ich möchte dich heute Nachmittag gerne sprechen. Wenn du Zeit hast, komm einfach bei mir vorbei, in Ordnung?«

»Gerne. Worum geht es?«, fragte Sofia neugierig.

»Ich werde dir alles erklären, wenn du kommst«, antwortete David, ohne weiter darauf einzugehen.

»Habe ich etwas getan? Ist etwas nicht in Ordnung?«, fragte Sofia erneut, ihre Gesichtszüge wurden plötzlich ernst.

David lächelte nur geheimnisvoll und wiederholte seine Aussage. »Wie gesagt, ich erkläre dir alles heute Nachmittag. Ich muss jetzt weiter, wir sehen uns später.«

Daraufhin drehte er sich um und verschwand. Sofia schaute ihm mit gemischten Gefühlen nach. Sie konnte sich nicht vorstellen, um was es ging und ob es etwas Gutes oder Schlechtes zu bedeuten hatte.

Sofia war leicht nervös, als sie an Davids Tür klopfte. Sie wusste nicht, warum er sie sprechen wollte. Er tat so geheimnisvoll, was sie verwirrte und gleichzeitig neugierig machte.

David hatte Sofia bereits erwartet.

»Hallo Prinzessin, komm rein. Danke, dass du gekommen bist.« Er stand vom Tisch auf und ging ihr entgegen.

»Setz dich, bitte.«

Er nahm den Stuhl gegenüber, ließ sich auf ihn sinken, lehnte sich zurück und beobachtete sie eine Weile. Sie entgegnete seinen Blick unbefangen wie immer und lächelte schwach.

»Du fragst dich sicherlich, was ich von dir will«, fing David schließlich an. »Es hat nichts mit der Arbeit zu tun, keine Angst. Und du hast auch nichts falsch gemacht. Es hat aber mit dir zu tun.«

Er schaute zur Seite und dachte einen Augenblick nach, dann wieder zu Sofia.

»Ich möchte dir gerne etwas erklären. Ich habe mir bereits überlegt, was ich dir sage, aber ich weiß nicht, wie ich anfangen soll.«

»Du machst mich neugierig, David«, sagte Sofia, »worum geht es?«

Er schaute sie nachdenklich mit einer sehr ernsten Miene an und begann mit seiner Erklärung.

»Du hast sicherlich bemerkt, dass ich dich oft als eine Prinzessin bezeichne. Ich hoffe, du nimmst mir das nicht übel.«

Sofia lächelte. »Nein, David, das macht mir nichts aus. Ich finde es sogar nett, dass du mich so nennst.«

Sie sah, wie sich seine Gesichtszüge entspannten und er lächelte zurück. David fiel buchstäblich ein Stein vom Herzen.

»Danke«, sagte er. »Ich bin wirklich froh darüber. Ich möchte dir trotzdem erklären, warum ich dich Prinzessin nenne.«

Er atmete tief ein und legte dann los.

»Ich will nicht, dass du den Begriff »Prinzessin« missverstehst und das, was ich mir darunter vorstelle. Für mich ist eine Prinzessin nicht jemand, der ständig umgarnt oder bedient werden will. Die wahre Prinzessin ist in meiner Vorstellung immer eine sonderbare, sogar mystische Gestalt, die, dachte ich, es gar nicht wirklich gibt.

Sie ist wunderschön, graziös und anmutig, gütig und anständig und immer hilfsbereit. Sie selbst braucht oft Unterstützung, doch kommt sie auch ohne diese zurecht. Sie scheint zerbrechlich zu sein, doch innerlich ist sie stark.

Und aus jeder Auseinandersetzung, unabhängig davon wie sie auszugehen vermag, kommt sie als Sieger hervor. Und sie ist ständig auf der Suche, nicht nach Anerkennung oder Ruhm, Reichtum oder Macht, sondern lediglich nach Geborgenheit und Liebe. Nach jemandem, der ihr würdig wäre. Er muss kein Prinz, kein Ritter oder vermögender Mann sein. Sie sehnt jemanden herbei, der sie nicht nur wegen ihrer Schönheit begehrt, sondern der auch ihre wahren Werte erkennt. So stelle ich mir eine wahre Prinzessin vor und bevor ich dir begegnet bin, war mir gar nicht bewusst, dass es so eine Frau tatsächlich geben kann.«

David machte eine Pause und schaute Sofia in die Augen. Sie beobachtete ihn mit einem seltsamen Blick, den er bei ihr noch nie zuvor gesehen hatte. Ihre mädchenhafte Ausstrahlung verschwand wie durch Zauberhand. Ihr Kopf war leicht geneigt. Sie lächelte nicht, sondern betrachtete ihn nachdenklich auf eine seltsame Weise, ohne ein einziges Wort zu sagen.

David fing an, sich unwohl zu fühlen und fügte schließlich hinzu. »Das sind die Gründe, warum ich dich Prinzessin nenne. Ich weiß, dass man oft Frauen als Prinzessinnen bezeichnet, meistens jedoch, weil sie selbst denken, sie sind etwas Besseres.

Sie sind immer schön angezogen und versuchen ja nichts anzufassen, um nicht schmutzig oder schäbig zu werden. So eine bist du nicht. Für mich bist du die wahre Prinzessin, so wie ich sie dir gerade beschrieben habe. Ich möchte nur, dass du mich richtig verstehst. Ich...«

David wollte noch etwas sagen, hörte jedoch mitten im Satz auf. Er wusste nicht was.

Sofia blicke ihm weiterhin mit einem seltsamen und nachdenklichen Gesichtsausdruck, den er bei ihr noch nie gesehen hatte, tief in die Augen, was ihm langsam nervös machte. Schließlich schaute sie zu Boden und dann wieder zu David.

»Danke, David. Das ist sehr schön, was du gesagt hast und ich weiß es wirklich zu schätzen. Ohne dich würde ich hier nicht bleiben wollen. Ich käme alleine nicht zurecht.«

Davids Miene verzog sich widerwillig zu einem matten Lächeln.

»Doch, das würdest du. Bislang bist du auch ohne mich mit allem fertig geworden, oder?«

»Ja, aber da war ich noch nicht hier! Mit Doktor Strass oder Andreas würde ich auf keinen Fall arbeiten können!«, antwortete Sofia, diesmal mit einer feurigen Stimme. Ihre Wangen waren vor Aufregung sogar leicht errötet.

»Doch, du bist stark. Du machst dir nur viel zu viele Gedanken und nimmst dir alles viel zu sehr zu Herzen. Du würdest dich einfach anpassen, das müsstest du, sonst würdest du daran zerbrechen.«

David sah Sofia eine Weile schweigend an. Seine Augen wurden plötzlich traurig und der freudige Ausdruck verschwand vollständig aus seinem Gesicht. Dann sagte er plötzlich. »Ich werde nicht immer da sein, vielleicht gehe ich sogar fort. Ich weiß es noch nicht. Dann musst du auch ohne mich auskommen.«

Nach den letzten Worten schaute David aus dem Fester und blieb still.

Sofia beobachtete ihn mit ungläubigen Augen.

»Wenn du gehst, dann gehe ich mit! Ohne dich bleibe ich hier keinen einzigen Tag. Und warum solltest du überhaupt fortgehen, David?« Sofia war völlig aufgebracht. Sie konnte sich gar nicht vorstellen, dass David nicht da sein sollte. Sie hat sich an ihn gewöhnt. Sie genoss ihre Gespräche und freute sich immer, ihn wiederzusehen. Er gehörte zu ihrem Leben genauso wie Elias. David war ihr einziger wahrer Freund, den sie hier hatte. Bevor sie Elias begegnet war, gab es niemanden mit dem sie über alles sprechen konnte. Sie hatte ihn sogar gefragt, was sie für ihren Vortrag anziehen sollte und er hatte sie gut beraten. Und sie hatte großes Vertrauen in ihn. Sie wusste, dass egal was passieren würde, David würde ihr helfen und sie unterstützen.

Sofia warf David einen verwunderten Blick zu. »Du denkst tatsächlich darüber nach, fortzuzugehen? Warum?«

David antwortete zuerst gar nicht. Er schaute immer noch aus dem Fenster, dann drehte er seinen Kopf langsam zu Sofia. »Das stimmt. Ich denke darüber seit einiger Zeit nach. Ich möchte dich jedoch bitten, es niemandem zu erzählen.«

Bevor er weitersprechen konnte, fiel ihm Sofia ins Wort. »Ich schweige wie ein Grab, David. Niemand wird von mir etwas erfahren!«

David lächelte zwar, sein trauriger Gesichtsausdruck hatte sich jedoch nicht verändert.

»Danke, Sofia. Weißt du, ich habe jetzt zwei Bosse, zwei Vorgesetzte, für die ich arbeiten muss. Ich bin nicht mehr mein eigener Herr. Als ich nur für Daniel, Doktor Strass, arbeitete, der wenig Ahnung von der eigentlichen Forschung hatte, konnte ich die Richtung mehr oder weniger lenken. Nachdem jedoch auch Professor Brandau da ist, der sich ganz gut mit der Forschung auskennt und eigene Vorstellungen hat, bin ich mehr oder weniger bloß ein Laufbursche für beide Seiten. Und das habe ich nicht nötig. Deshalb versuche ich mich ein wenig umzusehen. Es ist jedoch nicht so einfach, etwas zu finden, das mir auch Spaß machen würde.« *Und wo ich auch an meinen eigenen Experimenten endlich ungestört arbeiten könnte*, fügte er in seinen Gedanken hinzu.

»Dann musst du mich aber mitnehmen. Das musst du mir versprechen!«, sagte Sofia völlig aufgebracht und verängstigt.

David musste plötzlich lächeln und der freundliche Glanz in seinen Augen, der erschien, sobald er Sofia erblickte, kehrte langsam wieder zurück. Ihre Spontanität erfreute ihn richtig.

»Du bist wahrlich etwas Besonderes, Sofia. Ich nehme dich gerne mit, falls du es auch wirklich wollen würdest. Du weißt, dass ich dich sehr mag und gerne mit dir arbeite. Ich genieße auch deine Gesellschaft, das ist dir sicherlich nicht entgangen, oder?« und er zog seine Augenbrauen fraglich hoch.

»Ich bin auch gerne in deiner Gesellschaft, David«, entgegnete Sofia, ohne zu zögern.

»Das freut mich sehr«, sagte David. »In dem Falle nehme ich dich selbstverständlich gerne mit, wenn du das möchtest. Wie gesagt, ich habe jedoch noch nichts gefunden. Wenn ich etwas habe, wirst du die Erste sein, die es erfährt. Einverstanden?«

Sie nickte nur und schenkte ihm wieder einmal ein wunderschönes Lächeln, das ihm fast die Sprache verschlug.

»Ich mache alles, was du willst, David«.

IX.

Intermezzo

(Zukunft 2064)

David lehnte sich völlig erschöpft mit der Schulter an die Wand neben dem Fenster des neu eingerichteten Labors und schaute nachdenklich hinaus. Man hatte hier einen wunderschönen Blick direkt auf den Park. Seit dem Ausbruch hatte ihn niemand mehr gepflegt. Die Bäume ragten hoch hinaus in den Himmel und überschatteten das erststöckige Gebäude der alten Mikrobiologie, seinem neuen Wohnort und Arbeitsstätte. Die Wege, die durch den Park führten, gab es lange nicht mehr. Sie waren vollständig von dem dichten Unterholz überwachsen. Die ganze Parkanlage war mittlerweile zu einem undurchdringlichen Laubwald geworden, wobei sich die Natur unaufhaltsam ihren Weg auch in das Forschungsgelände bahnte. Der schwarze Straßenbelag zwischen den Gebäuden wurde an unzähligen Stellen angehoben und sogar gesprengt. Überall wuchs Gras, Sträucher und sogar einige Bäume stießen in den Himmel empor. Diese Umstände hatten David den Laborumzug sichtlich erschwert. Er hatte über zwei Monate gebraucht, um alle notwendigen Gerätschaften in das Gebäude der Mikrobiologie zu transportieren. Er war nicht mehr der Jüngste und seit Jahren hatte er keinen richtigen Sport mehr betrieben. Am Anfang versuchte er zwei bis dreimal die Woche zu laufen und in einem der Fitnesszentren der Forschungseinrichtung zu trainieren. Nach und nach war es jedoch immer weniger geworden, bis er schließlich vor zwei Jahren völlig aufgehört hatte. Er spürte auch ständig Schmerzen in Gelenken und Rücken, so dass der Sport mehr Qual als Vergnügen bereitete.

Für einige Großgeräte hatte er mehrere Tage gebraucht, um sie an Ort und Stelle zu transportieren. Er hatte gerade die wichtigsten Geräte angeschlossen und das Labor bereits provisorisch zum Arbeiten vorbereitet. Bis jedoch alles einwandfrei laufen würde, würden sicherlich noch einige Wochen vergehen.

Das Einzige, was noch fehlte, war der Transport des Sarkophags. David hatte alles im Keller der Mikrobiologie vorbereitet, alle Anschlüsse waren bereits vorhanden. Das Problem war jedoch der Sarkophag selbst. *Wie schaffe ich es, ihn zu transportieren, ohne die Versorgung zu unterbrechen?* überlegte er. *Ich*

*muss eine mobile Versorgungseinrichtung zusammen-
basteln. Aber wie? Damit werde ich mich noch auseinander setzten müssen und das so schnell wie möglich.* Während der vergangenen zwei Monate war die Stromversorgung im alten Labor mehrere Male am Tag
ausgefallen und zwei Mal sogar für mehrere Stunden. Aus Angst, dass der Sarkophag beschädigt
würde, hatte er eine externe Stromquelle installiert,
um diese Ausfälle zu überbrücken. Sie reichte jedoch nur für ein paar Tage. Die Mikrobiologie war
dagegen völlig unabhängig von der zentralen
Stromversorgung. Das hatte David bereits überprüft. *Sobald der Sarkophag hier ist, fange ich wieder an,
mich mit der Lösung des Problems zu beschäftigen,*
überlegte er müde.

X.

Patient Null

Theodor Greenwald war ein stämmiger Mann Mitte vierzig. Er fühlte sich bereits seit einigen Tagen nicht mehr richtig wohl in seiner Haut. Dabei lief am Anfang alles so wunderbar. Er konnte endlich schmerzfrei gehen und sogar laufen, ohne dass er alle paar Schritte eine Verschnaufpause einlegen musste. Das Gefühl, ständig zu ersticken war wie durch Zauberhand verschwunden. Und das im Grunde gleich nach der Behandlung, auch wenn sie mehrere Male wiederholt werden musste, weil der erste Gentransfer nicht richtig funktioniert hatte. Er glaubte eigentlich gar nicht an diese sogenannte Gentherapie. Er war ein einfacher Angestellter, hatte seine Arbeiten am Schreibtisch und am Computer erledigt und musste sich nie ernsthaft um etwas kümmern. Er hatte immer gerne und gut gespeist. Als Folge dessen nahm sein Bauchumfang jedes Jahr unaufhaltsam zu und damit auch die

Atembeschwerden. Als man bei ihm schließlich akute Bronchitis feststellte, bekam er einfach entsprechende Medikamente und das Leben ging weiter. Mit dem Alter und dem Übergewicht gesellten sich jedoch weitere Probleme hinzu. Die Medikamente halfen nicht mehr, so dass er außer Atem kam, wenn er die Treppen hinaufsteigen musste. Dann, nach und nach ging ihm die Puste bereits bei kurzen Wegstrecken aus und zum Schluss litt er unter Hustenanfällen auch während er einfach nur da saß oder lag. Als ihm sein Hausarzt mittteilte, dass seine Krankheit ein einfacher Gendefekt sei, den er vermutlich von seinen Eltern geerbt hatte und der heutzutage heilbar wäre, war er zuerst skeptisch. Nachdem er sich jedoch informiert hatte, stimmte er schließlich zu, sich der Gentherapie zu unterziehen. Nach einigen medizinischen Untersuchungen, die seine Eignung prüften, wurde er schließlich in die größte Forschungseinrichtung der Welt, mitten in Europa, geschickt.

Die Behandlung selbst war schmerzfrei. Er verbrachte dort sechs angenehme Tage. Alle kümmerten sich liebevoll um ihn und er genoss wahrlich den Aufenthalt in der Klinik für mononukleare Generkrankungen. Nachdem sie ihm das Blut entnommen und sein gesamtes Genom vollständig sequenziert hatten, wurde das defekte Gen repariert und in einen speziellen Gentransfervektor eingebaut, wie ihm die Ärzte erklärt hatten. Das auf diese

Weise präparierte und korrigierte Gen, verpackt in ein spezielles Transfervesikel, bekam er anschließend intravenös verabreicht. Am nächsten Tag wurden die Effizienz und der Erfolg der Behandlung getestet. Weil das gesunde Gen nicht gleich in das Lungengewebe eingeschleust werden konnte, wurde die Behandlung mehrere Male wiederholt. Es gab auch einige Probleme dadurch, dass das richtige Gen woanders in ein anderes Chromosom integriert wurde. Es störte ihn jedoch nicht. Die paar Nadelstiche waren es Wert, wenn er dafür wieder beschwerdefrei atmen konnte. Am Ende war seine Behandlung erfolgreich. Bereits nach ein paar Tagen spürte er eine deutliche Verbesserung seiner Atmung und nach zwei Wochen wusste er nicht einmal, dass er je Atembeschwerden gehabt hatte. Er konnte sich matt erinnern, dass ihm die Ärzte mitgeteilt hatten, er habe auch eine hohe Konzentration des Gentransfervektors in der Bauchspeicheldrüse, Milz und Leber, wo ebenfalls das Gen integriert worden war. Angeblich an einer anderen Stelle im Chromosom als vorgesehen. Das interessierte ihn jedoch wenig. Nach den Aussagen der Ärzte war es sowieso ungefährlich. Er war wieder gesund, und das war das Einzige, was in diesem Augenblick für ihn zählte.

Die ersten Monate nach der Therapie waren für Theodor Greenwald wie ein neues Leben. Er fing an regelmäßig Sport zu treiben, nahm ein paar Kilo ab und lernte sogar eine nette Frau kennen. Als sie eine Zeit lang zusammen waren, entschlossen sie sich, einen gemeinsamen Urlaub zu machen und einige Wochen in Asien zu verbringen. Der Urlaub fing sehr schön an, doch leider verlief er dann anders als geplant. Nach ein paar Tagen bekam er Fieber und Husten. Er dachte zuerst, er habe etwas Schlechtes gegessen. Der zuständige Arzt teilte ihm jedoch mit, dass es sich um ein Grippevirus handelte. Es dauerte über eine Woche, bis er das Hotelzimmer wieder verlassen konnte. Er fühlte sich sehr schwach, nach und nach ging es ihm aber wieder besser und er konnte den Rest seines Urlaubs am Ende doch noch auskosten.

Seitdem waren mehrere Monate vergangen. Alles lief wunderbar, er und seine neue Freundin planten gerade zusammenzuziehen und waren auf der Suche nach einer gemeinsamen Wohnung. Er fühlte sich jedoch seit einigen Tagen wieder unwohl, war müde geworden und hatte wieder Schwierigkeiten mit dem Atmen. Er hatte sich in der Arbeit entschuldigt und blieb einfach den ganzen Tag im Bett. *Wenn es mir in den nächsten Tagen nicht besser geht, muss ich zum Arzt,* überlegte er ernsthaft. Und es ging ihm nicht besser. Somit begab er sich einige Tage später zum Arzt. Der Hausarzt untersuchte ihn ausführlich, wusste sich jedoch nicht zu helfen und schickte ihn in die nächste

Klinik. Dort wurden weitere Untersuchungen durchgeführt und er wurde drei Tage später erneut in die Klinik einbestellt.

»Setzen Sie sich, Herr Greenwald«, sagte der zuständige Arzt. Er blätterte erneut durch die Unterlagen und Befunde, bevor er ihn ansah.

»Ich habe leider eine unerfreuliche Nachricht für Sie.« Er machte eine Pause und fuhr schließlich unbehaglich fort.

»Ich weiß nicht, wie ich es Ihnen erklären soll. Es gibt dafür auch keine vernünftige Erklärung, wenn ich es mit Ihren früheren Befunden vor einem halben Jahr vergleiche«.

Er räusperte sich einige Male, bevor er schließlich dem Patienten die Diagnose mitteilte.

»Sie haben Krebs.«

»Was?«, fragte Theodor Greenwald ungläubig. »Ist es schlimm?«

Er wusste, dass heutzutage fast alle Krebsarten erfolgreich behandelt werden konnten. Deshalb war er nicht besonders beunruhigt.

»Sie haben einen Bauchspeicheldrüsenkrebs im fortgeschrittenen Stadium, mit einer stark ausgeprägten Metastasierung«, antwortete der Arzt. »Es sind sogar bereits Knochen und Lymphknoten befallen«.

Theodor Greenwald betrachtete den Arzt mit Entsetzen. »Aber wie ist so etwas möglich? Ich habe mich vor einiger Zeit einer Gentherapie unterzogen und dabei wurde ich vollständig untersucht.«

Der junge Arzt beobachtete ihn eine Weile, bevor er erwiderte. »Sie haben vollkommen Recht. Ich habe mir Ihre Befunde zukommen lassen. Und die Bilder und alle klinischen Untersuchungen zeigten einen vollkommen gesunden Menschen. So eine schnelle Tumorausbreitung habe ich noch nie gesehen.«

»Können Sie etwas dagegen tun?«, fragte Theodor Greenwald, die Augen voller Angst.

»Wir sollten sofort mit der Chemotherapie und der Strahlentherapie anfangen. Weiterhin würde ich noch die Immuntherapie empfehlen. Im Rahmen der Untersuchung wurde Ihnen das Blut entnommen und zu unserem Labor geleitet, wo es bereits analysiert wird. Es werden entsprechende Tumorantigene hergestellt, um eine spezielle Antikörpertherapie einzuleiten. Aufgrund des Schweregrades Ihrer Krebserkrankung schlage ich vor, dass Sie gleich in der Klinik blieben.«

Theodor Greenwald lag im Bett und konnte sich kaum bewegen. Die Ärzte hatten alles versucht. Er war mehrere Male bestrahlt worden und jedes Mal war ihm danach so übel geworden, dass er sich übergeben musste. Einige Tage nachdem er stationär aufgenommen worden war, fingen die Ärzte mit der adjuvanten Therapie an. Seit fast vier

Wochen ging er von einer Behandlung zur anderen. Es wurde sogar eine neuartige Behandlungsmethode ausprobiert, die in der Klinik derzeit getestet wurde. Theodor Greenwald fühlte sich wund, zerschlagen und schrecklich müde. Zudem schmerzten seine Glieder und Gelenke unheimlich. Er hatte die ganze Zeit fast nur geschlafen oder schwebte in einem Zustand zwischen Traum und Wirklichkeit.

Plötzlich wurde er aus seiner Trance durch einige Stimmen in die Realität zurückgeholt.

»Herr Greenwald«, vernahm er eine raue Stimme. Als er seine Augen öffnete, erblickte er ein runzeliges altes Gesicht einer Person im weißen Kittel. Er versuchte zu sprechen, sein Mund war jedoch so trocken, dass er nur unartikulierte Geräusche von sich geben konnte. Neben seinem Bett bemerkte er noch weitere Ärzte, die herumstanden und sich unterhielten.

»Professor?«, sagte einer der jungen Ärzte zu dem alten Mann, der sich gerade über Theodor Greenwald beugte.

»Ja?«

»Sollten wir den Patienten nicht aufklären?«

»Ja, ja, sicherlich, das tun wir auch.«

Der Klinikdirektor drehte seinen Kopf wieder zu Theodor Greenwald, schaute ihn sehr ernsthaft an, räusperte sich zuerst und verkündete dann trocken die Hiobsbotschaft.

»Lieber Herr Greenwald, ich muss Ihnen leider

mitteilen, dass unsere Bemühungen, sie zu heilen, fehlgeschlagen sind. Wir haben alle uns zur Verfügung stehenden therapeutischen Möglichkeiten ausgeschöpft, jedoch vergeblich. Solch eine aggressive Krebsart habe ich in meinem Leben noch nicht gesehen«.

Er machte eine kleine Pause und dann fuhr er fort. »Der Krebs hat sich trotz allem weiter ausgebreitet und bereits die wichtigsten Organe befallen. Wir können für Sie leider nichts mehr tun, so leid es mir auch tut. Sie sind seit vielen Jahren der erste Patient, dem wir nicht mehr helfen können«, fügte er noch hinzu.

Theodor Greenwald war viel zu schwach und zermürbt, als dass es ihn hätte erschüttern können. Er hatte genug von den Ärzten, er wollte nur noch nach Hause. Er versuchte sich ein wenig aufzustützen und schließlich gelang es ihm auch, einige Worte aus seinem Mund herauszupressen.

»Wie viel?«, fragte er leise.

»Was?«, erwiderte der alte Professor, »ich kann Sie nicht richtig verstehen!« und er beugte sich erneut über den Patienten.

»Wie viel Zeit habe ich noch?«, wiederholte Theodor Greenwald mit größter Mühe.

»Ich verstehe nicht?«, doch dann begriff er. »Ach so«, erklang die Stimme des Professors nach einer Weile. Er betrachtete nachdenklich seinen schwierigsten Fall.

»Wie gesagt, solch eine Art Tumor ist mir noch nie unter die Hände gekommen. Deshalb ist es schwer, eine Prognose auszusprechen. Einige Wochen, vielleicht aber sogar nur Tage.«

Theodor Greenwald fiel wieder zurück in sein Bett und schloss seine Augen. Er wollte nichts mehr hören und nichts und niemanden mehr sehen. Er vernahm nur matt, wie aus weiter Ferne, dass sich der alte Mann, den sie Professor nannten, an einen der Ärzte wandte.

»Erhöhen Sie vorsichtshalber seine Dosis und lassen Sie ihn schlafen.«

In der gleichen Nacht starb Theodor Greenwald durch ein multiples Organversagen.

XI.

Unerwarteter Vortrag

20. Mai 2057

*Der Kongress auf dem Campus der Forschungsein-
richtung rückt näher. Alle Ärzte sind gestresst, inklusive
Daniel. Mich berührt es jedoch nur wenig. Dieser Auf-
ruhr brachte sogar einige Vorteile mit sich. Unsere Forschungsgruppe kann in aller Ruhe arbeiten, wir müssen
keine Berichte schreiben. Daniel hat von mir bereits genügend Ergebnisse für sein Projekt bekommen, um die
Kongressteilnehmer zu beeindrucken. Somit hat sich das
Arbeitstempo ein wenig aufgelockert und keiner von unseren wissenschaftlichen Mitarbeitern muss am Wochenende arbeiten. Sogar Sofia habe ich an den letzten Wochenenden nicht im Labor gesehen. Und das ist auch gut
so. Ich verfolge weiterhin die Testung meiner eigenen
künstlichen Minichromosomen. Es wurden bereits über
fünfzig Zellteilungen vollzogen. Bislang sehen die Zellen
gesund aus, ohne sichtbare Veränderungen. Ich war*

***

David starrte reglos den virtuellen Monitor an. Er wusste nicht, wie lange er so da saß, aber es waren mit Sicherheit mehrere Minuten vergangen, bevor er sich wieder im Griff hatte. Das erste Mal in seinem Leben hatte er tatsächlich Lust alles hinzuschmeißen. Er hatte sich bereits darauf eingestellt, dass er einen Laufburschen für zwei Parteien spielen würde. Doch das, was ihm gerade wiederfuhr, überstieg einfach seine Vorstellungskraft. Und die Art, wie es ihm mitgeteilt wurde, fand er am schlimmsten. Man überließ ihm die Wahl, gab ihm aber dennoch keine.

Er war an diesem Tag wie gewöhnlich sehr früh in seinem Arbeitszimmer und bereitete sich gerade auf den Vorsitz vor. Heute gab es der zweite Tag des Kongresses und er war mit seiner Session gleich am frühen Vormittag an der Reihe. Er ging die Angaben aller Vortragenden durch. Diese hatte er einige Tage zuvor besorgt, um mehr über die Referenten zu erfahren. Er wollte sie erstens vor deren

Präsentationen standesgemäß und fachgerecht vorstellen und zweitens wollte er mehr über die Forschung der einzelnen Gruppen erfahren, wodurch er leichter Fragen zu den Vorträgen finden konnte. Gerade, als er damit fertig wurde und zu den Kongresshallen aufbrechen wollte, rief ihn Daniel am Telefon an.

»Hallo David, einen schönen guten Morgen.«

Seine Stimme ist viel zu süß und viel zu nett für seine Art, dachte sich David gleich dabei.

»Morgen«, sagte er nur kurz, »ich bin bereits auf dem Weg, wir sehen uns in ein paar Minuten.«

Auf der anderen Seite der Leitung herrschte Stille.

»Ist etwas los?«, fragte David schließlich.

Daniel räusperte sich und dann sagte er behutsam. »Ich habe gerade erfahren, dass Stefan, ... Professor Brandau, krank ist. Er war im Ausland unterwegs und sollte gestern wieder zurückkommen. Heute früh rief er mich jedoch an, dass er an unserem Kongress nicht teilnehmen kann, weil er sich nicht wohl fühlt.«

»Und ist es so schlimm, dass er gar nicht kommen kann?«, äußerte sich David dazu. Er selbst würde sich hinschleppen, egal was es ihn kosten würde, wenn er versprochen hätte, einen Vortrag zu halten.

»Das weiß ich leider nicht, auf jeden Fall wird er den Vortrag nicht abhalten.«

»Na gut«, sagte schließlich David, nachdem er kurz überlegte. »Ich werde einfach am Anfang meiner Session seine Präsentation absagen, spreche mit den Medienleuten und wir werden die anderen Vorträge einfach entsprechend verschieben. Dadurch haben wir sogar mehr Zeit für die Diskussion. Es wird sowieso ständig überzogen.« beendete David schließlich seine Gedanken, die er am Telefon offenbarte.

»Und da liegt das Problem«, erklang die zögernde Antwort von Daniel.

»Ich verstehe nicht?«, unterbrach ihn David.

»Es sieht einfach nicht gut aus, wenn unsere eigene Präsentation so plötzlich ausfällt. Es ist für uns kein gutes Renommee. Wir haben den Kongress selbst organisiert und jetzt wissen wir nicht einmal, dass unsere eigenen Leute krank sind?«

»Das ist doch nicht deine Schuld«, sagte David, »Professor Brandau hätte dich früher informieren sollen, er selbst trägt die Verantwortung!«

»Ich bin jedoch für die Organisation der Konferenz zuständig, nicht er. Es wirft einfach kein gutes Licht auf mich«, antwortete Daniel verlegen.

Hier liegt der Hund begraben, dachte sich David. *Es geht gar nicht um den Herrn Brandau, es geht um dich, nur um dich.* Und David musste lächeln.

»Und was soll ich deiner Meinung nach tun?« und dann sagte er aus Spaß, ohne es ernst zu meinen, »selbst seine Präsentation übernehmen?«

Die plötzliche Stille auf der anderen Seite bestürzte ihn und er begriff langsam, warum ihn Daniel überhaupt angerufen hatte und warum er so nett und geduldig am Telefon gewesen war. Trotzdem blieb er still und wartete ab. Er würde es ihm keinesfalls leicht machen.

Nach einer Weile erklang schließlich Daniels Stimme.

»Du könntest tatsächlich seine Präsentation übernehmen. Es würde unsere Situation retten und ich wäre dir dafür sehr dankbar. Und sicherlich auch Professor Brandau.«

Dann fügte er noch hinzu, »selbstverständlich kann ich dich nicht zwingen, du hast für die Vorbereitung weniger als zwei Stunden. Aber das Thema muss nicht das Gleiche sein, einfach etwas Ähnliches. Wie gesagt, zwingen kann ich dich nicht. Die Entscheidung überlasse ich dir.«

Er schwieg noch eine Weile am Telefon und weil er von David keine Antwort erhielt, legte er schließlich auf.

Seitdem waren sicherlich mindestens zwanzig Minuten verstrichen, ohne dass David irgendetwas getan hatte. Er dachte zuerst lange nach, wie er sich überhaupt entscheiden sollte und dann starrte er einfach gedankenlos auf den Monitor. Er hatte keine Wahl, das war ihm klar. Langsam riss er sich zusammen und fing an, aus seinen Vorträgen und dem Vortrag von Stefan Brandau, den ihm Daniel gleich nach dem Telefongespräch geschickt hatte, seine Präsentation zusammenzustellen. Daniel rechnete fest damit, dass David sie abhalten würde. Er sollte es nicht tun. Er sollte sie einfach im Stich lassen. Sie hatten nie etwas für ihn getan und würden es auch in der Zukunft nicht tun, bloß, wenn sie von ihm etwas bräuchten. Es verstrich mindestens eine weitere halbe Stunde, bevor er die Folien grob zusammenstellen konnte. *Ich habe weniger als eine Stunde*, stellte er erschreckend fest.

Nur keine Panik, Ruhe bewahren. Ich mache es nicht für sie, ich mache es für mich. Ich will mir einfach selbst beweisen, dass ich es kann. Dass ich ein Profi bin, der einen Vortrag aus dem Stegreif halten kann. Er ging zuerst in Gedanken durch die Präsentation und dann versuchte er sie einmal laut vorzutragen, um die Zeit besser abschätzen zu können. Der Vortrag war immer noch zu lang, aber das würde er während seiner Rede anpassen müssen. Im schlimmsten Fall würde er einfach ein oder zwei Folien überspringen. Er schaute auf die Uhr. Es war an der Zeit zu gehen.

Sofia schaute sich um. Sie konnte David nirgendwo entdecken und das kam ihr seltsam vor. Gestern war er bereits von Anfang an dabei gewesen, saß sogar die meiste Zeit neben ihr und begleitete sie auch mittags zum Essen. Sie war froh darüber.

Sie hatte sich schick angezogen, um die Abteilung angemessen zu präsentieren. Das Kleid, strahlte schlichte Eleganz aus und lag sehr eng an ihrem Körper. *Vielleicht ist es etwas zu eng*, überlegte Sofia. Sie hatte es eigentlich nur David zuliebe angezogen, weil er kurz zuvor erwähnte, dass ihr ein Kleid oder ein enger Rock gut stehen würde. Er hatte ihr dafür auch Komplimente gemacht. Seine Augen strahlten und er konnte seinen Blick nicht von ihr lassen. Es brachte sie ein wenig in Verlegenheit, aber irgendwie erfreute sie es auch. Sie schätze David sehr und ihm zu gefallen war ihr viel wichtiger, als die Meinungen der anderen. Selbstverständlich außer Elias. Der war ihr immer am wichtigsten und stand immer an erster Stelle. Sie merkte auch, wie sie die jungen Ärzte anstarren und einige hatten sie wortwörtlich mit den Augen ausgezogen. Aus diesem Grund war sie froh, wenn David sie begleitete. Er versuchte nie, sich irgendwie zu profilieren oder sich mit ihrer Anwesenheit zu schmücken. Auch wenn er sie ab und zu anfasste oder ihre Haare streichelte, war es meist eine spontane Handlung und er hatte nie ihr Vertrauen zu missbrauchen versucht. Es hatte sie nie gestört, im Gegenteil, es war ihr vertraut und verstärkte nur ihr Gefühl der Geborgenheit. Auf der anderen Seite konnte sie sich nicht vorstellen, dass sie so etwas jemand anderem erlauben würde. Bei David jedoch gehörte es einfach zu der Beziehung zwischen ihnen beiden. Als sie darüber nachdachte, musste sie plötzlich lächeln.

Heute trug sie sogar ihre Haare offen. David war immer fasziniert von ihren offenen Haaren und beschwerte sich vor kurzem aus Spaß, dass er es vermisse und schade fände, dass ihre Haare immer hinten zusammengebunden seien. Sie wusste jedoch, auch wenn David spaßte, dass er es ernst meinte. Er sagte immer, was er auf dem Herzen hatte. Dafür hatte sie ihn auch so gern. Er verstellte sich nie und sagte immer gerade heraus, was er dachte.

Sofia war an diesem zweiten Tag der Kongresstagung alleine bei den ersten Vorträgen und fühlte sich unbehaglich. Sie konnte auch Akira und Veronika nirgendwo finden und David war seltsamerweise ebenfalls nicht da. Normalerweise fand er sie immer als Erster und ging sofort zu ihr.

Bei der zweiten Präsentation setzte sich Andreas neben sie und drückte sich dabei von der Seite fest an sie. Sein arrogantes Lächeln war ihr zuwider und sie fühlte sich in seiner Anwesenheit immer unwohl. Er erzählte ihr irgendetwas, aber sie hörte gar nicht zu, sondern dachte an David.

Ist etwas passiert? Wieso kann ich ihn nicht finden? Besorgte Gedanken wirbelten in ihrem Kopf herum.

Schließlich fragte sie Andreas. »Weißt du vielleicht, wo David steckt? Ich habe ihn heute noch nicht gesehen.«

Andreas schaute verwirrt Sofia an. »David? Wieso? Keine Ahnung, ich habe ihn auch noch nicht gesehen. Vielleicht ist er mit Daniel«, er machte eine kleine Pause, verzerrte sein Gesicht und dann fuhr er fort, »für dich selbstverständlich Doktor Strass, zusammen. Er hat ja sowieso gleich die nächste Session.«

Das mit David und Doktor Strass stimmt sicherlich nicht, dachte sich Sofia, Doktor Strass hatte sie bereits gesehen, aber ohne David. Gleich nach dem ersten Vortrag nutzte sie den Vorwand, dass sie auf die Toilette müsse, um Andreas loszuwerden und verschwand im Vorraum. Sie wanderte durch die Industriestände, begleitet von den Blicken der umherstehenden Männer. Sie war in Sorge. *Wo bist du David, ist etwas passiert?* Schließlich fasste sie eine Entscheidung und begab sich zu seinem Arbeitszimmer. Die erste Sitzung war bereits vorbei und die nächste sollte gleich anfangen. Und David hatte den Vorsitz! *Vielleicht hat er es einfach vergessen?* überlegte sie. *Er ist oft zerstreut*, lächelte sie in sich hinein. *Und wenn er an etwas Neuem arbeitet, vergisst er oft die Zeit.*

Im selben Moment erblickte sie ihn. Er ging mit gesenktem Kopf direkt in ihre Richtung, einige Unterlagen unter dem Arm haltend und blätterte dabei noch in seinem elektronischen Notizbuch.

»Hallo David«, sagte sie und schenkte ihm ihr schönstes Lächeln. Er hob jedoch nicht einmal den

Kopf, schaute sie nur von unten kurz an. Sie lächelte weiter und ihre Augen strahlten wie die Sonne. Sie strich sich gerade ihre prächtigen goldenen Haare, die ihr auf den Schultern lagen nach hinten. Sie wollte ihn mit ihrem Lächeln aufheitern, weil sie sah, dass er besorgt und im Stress war.

Doch er lächelte nicht zurück, er schaute durch sie hindurch, als ob sie eine Fremde wäre.

»Hallo Sofia«, war seine knappe Antwort und dann ging er einfach weiter. Ohne etwas zu sagen, ohne sich umzudrehen, verschwand er im Vorraum der Kongresshalle.

Sofia war wie erstarrt. Als ob man sie unter eine kalte Dusche gestellt hätte. Sie war fassungslos.

So etwas hat David noch nie getan! Sie drehte sich um und erblickte ihr Gesicht in einem Spiegel an einer der Litfaßsäulen. Sie war blass wie Kreide. Sie wollte es einfach nicht glauben. Normalerweise, dass wusste sie, würde sie David anlächeln und ihr sagen, wie toll sie aussehe. Das hatte er oft genug gesagt. Nicht, dass sie unbedingt darauf stehen würde.

Sie selbst fand sich nicht sonderlich schön. Sie war zwar nicht hässlich, das wusste sie, aber sie fand sich auch nicht besonders. David behauptete jedoch immer, dass sie etwas Besonderes ist, eine Prinzessin. Sie mochte es, wenn er sie so nannte. Seine Stimme klang immer so weich und vertraut, wenn er sie auf diese Weise ansprach.

Etwas stimmt nicht, da war sie sich vollkommen sicher. Hier konnte sie jedoch nichts ausrichten. Deshalb kehrte sie wieder zurück in die Kongresshalle. Sie sah sich um, um bloß Andreas nicht über dem Weg zu laufen. Dann erblickte sie glücklicherweise Veronika, die ebenfalls den Vorsitz von David nicht verpassen wollte und gesellte sich zu ihr. Beide setzten sich weiter nach vorn und Sofia erwartete mit Spannung und einem Knoten im Magen Davids Auftritt.

David setzte sich hinter den kleinen Tisch auf der Bühne neben Professor Mason, der den zweiten Vorsitz hatte und begrüßte ihn mit einem kurzen Händeschütteln. Persönlich kannten sie sich nicht. Er besprach mit ihm kurz, wer anfangen sollte und wer die zweite Hälfte der Präsentationen leiten würde und erklärte ihm die Veränderungen mit Professor Brandau und dass er selbst den Vortrag halten würde. Erst dann schaute er in das Auditorium. Der Saal war voll, mindestens vierhundert Leute waren anwesend. Wenigstens betreffend die Kongressorganisation war Daniel erfolgreich. Die Teilnahme war mehr als ausreichend. Er ging in Gedanken seinen Vortrag noch kurz durch und suchte nach ein paar geeigneten Worten, um die Session einzuleiten. Dabei schweifte sein Blick über die Anwesenden. Plötzlich erblickte er Sofia. Sie lächelte schwach, als sich ihre Blicke kreuzten. Er konnte sich jedoch nicht dazu überwinden, zurückzulächeln. Dafür war er viel zu aufgebracht. Vor der Kongresshalle, als er ihr begegnet war, war er unhöflich gewesen, das war ihm klar. Und dabei sah sie wirklich zauberhaft aus. Sie hatte das enge Kleid an, wie gestern und ihre Haare trug sie sogar offen. Und das alles stand ihr sehr gut. Eine wahre Prinzessin, für ihn sicherlich die schönste Frau auf dem gesamten Kongress. Er würde sich im Nachhinein entschuldigen müssen, aber jetzt musste er da durch.

Es war an der Zeit, er schaltete das kleine Mikrophon ein und fing bedacht an. »Sehr geehrte Damen und Herren, liebe Kollegen, ich heiße Sie alle herzlich zu dieser Sitzung willkommen.«

Dann fuhr er fort indem er kurz das Thema ansprach. Zum Schluss erklärte er, dass er den Vortrag vom Herrn Professor Brandau selbst übernehmen würde, weil dieser verhindert sei. Anschließend stellte er gleich den ersten Vortragenden vor. Die Session selbst verlief gut, es gab auch viele Fragen, er selbst leitete mit eigenen Fragen oder Kommentaren die Diskussion ein. Dann übernahm Professor Mason den zweiten Teil der Sitzung. Schließlich kam David an die Reihe. Bei den ersten Sätzen versprach er sich ein wenig, er versuchte jedoch den Leuten das Thema zu erklären und sagte offen, dass er erst heute früh erfahren hatte, dass er den Vortrag halten solle, deshalb wären einige der Folien anders formatiert. Es störte offensichtlich niemanden.

Am Ende gab es auch einige Fragen, die er jedoch zufriedenstellend und ohne Schwierigkeiten beantworten konnte. Die Präsentation war sicherlich nicht schlecht, David war mit sich selbst jedoch nicht zufrieden. Er hatte zu schnell gesprochen und aus seiner Sicht versäumt einige Ergebnisse ausreichend zu erklären.

Als David den Konferenzsaal betrat, beobachtete ihn Sofia sehr aufmerksam. Sie wollte wissen, was mit ihm los war. David starrte fast die ganze Zeit mit zusammengezogenen Augenbrauen auf den Monitor vor ihm und nur selten in das Auditorium. Nur am Anfang, als er sich die Anwesenden ansah, begegneten sich kurz ihre Blicke. Sie lächelte ihn leicht an, um ihm Mut zuzuflüstern, er lächelte jedoch nicht zurück. Als sie dann erfuhr, dass er selbst den Vortrag vom Herrn Brandau halten sollte, wusste sie schließlich den Grund. Als er noch erklärte, dass er es erst heute früh erfahren hatte, war ihr klar, wieso er sich so seltsam benahm. Sie hoffte nur, dass David es schaffen würde. Sie selbst wäre sicherlich nicht in der Lage, innerhalb von nicht einmal zwei Stunden einen vernünftigen Vortrag zusammenzustellen. Als David schließlich an die Reihe kam, war sie vermutlich nervöser als er selbst. Seine Präsentation war wirklich gut, er trat aus ihrer Sicht selbstsicher auf, machte sogar ein paar witzige Bemerkungen und konnte alle Fragen mühelos beantworten. Für sie war es der beste Vortrag überhaupt und sie selbst, auch wenn sie auf dem Gebiet, das David präsentierte, nicht bewandert war, verstand alles, was er vorstellte. Seine Erklärungen waren immer auch für Laien gut verständlich. Alle Ergebnisse hatte er mit Hintergrundwissen unterlegt, so dass jedem die Idee dahinter klar wurde. Sie war stolz auf ihn. Sie war überhaupt sehr stolz darauf, so einen Chef zu haben. Für sie war nicht Doktor Strass, sondern David der wahre Projektleiter. Ohne ihn wäre sie sicherlich bereits längst weg gewesen. Genauso wie in der Arbeitsgruppe von Professor Gutenberg. Langsam zweifelte sie daran, ob es für sie der richtige Job war. *Vielleicht sollte ich mich nach etwas anderem umsehen,* dachte sie.

Gleich nachdem die Sitzung zu Ende war, kam sie aus dem Konferenzsaal heraus und wartete, zusammen mit Veronika, auf David. Er kam relativ schnell, verabschiedete sich nur von Professor Mason und verließ dann ebenfalls den Saal. Als er Sofia und Veronika entdeckte, ging er gleich zu ihnen. Er wollte sich bei Sofia entschuldigen, aber sie kam ihm zuvor.

»Dein Vortrag war sehr gut, David«, sagte sie mit strahlendem Gesicht. »Ich bin wirklich stolz, so einen Chef zu haben!«

»Ich weiß nicht«, antwortete David zögerlich, »ich hatte wenig Zeit mich vorzubereiten und einige Teile waren nicht besonders. Mir selbst hat der Vortrag nicht so gut gefallen.«

Seine Miene war sehr ernst und er sah erschöpft aus.

»Das denkst nur du«, sagte Veronika. »Wir beide fanden deine Präsentation perfekt!«

Das letzte Wort betonte sie absichtlich übertrieben und grinste dabei spaßig, »oder, Sofia?«

»Klar!«, gesellte sich Sofia dazu. »Ich habe endlich verstanden, was wir im Labor überhaupt machen!«

Dabei beobachtete sie ihn mit funkelnden Augen. David erlebte nur selten, dass Sofia so spaßte. Sie lächelte zwar oft, sonst war sie jedoch viel mehr ein ernster und tiefgründiger Mensch. Sie war wunderschön, als sie ihn so ansah. Ihre Haare fielen ihr dabei teilweise ins Gesicht und sie musste sie zur Seite schieben. Dabei nahm sie ihre Haare in die Hand und schob sie geschmeidig über die Schulter, so dass sie auf der anderen Seite von ihrem schlanken Hals nach vorne kamen. *Prinzessin*, dachte er dabei, *du machst mich verrückt*. Er wusste, dass sie es nicht mit solcher Absicht tat. Dafür hatte sie Elias. *Ich sollte ihn mal kennenlernen. Aber auf der anderen Seite will ich ihn gar nicht treffen. So habe ich noch meine Illusionen, die ich noch nicht verlieren will.* Sie wusste nichts über ihre Ausstrahlung und ihre wahre

Wirkung auf David. Umso schwerer war es deshalb für ihn. *Für dich bin ich nur ein Freund, beziehungsweise ein netter Chef, nicht mehr*, kam ihm dabei in den Sinn.

Schließlich lächelte er auch und bedankte sich bei den beiden für das Lob. Dann fügte er noch hinzu. »Sofia, wegen meinem Verhalten vorhin, ich möchte mich...«

»Nicht nötig«, unterbrach sie ihn sofort, »ich verstehe das. Ich selbst wäre so nervös und völlig am Boden zerstört, dass ich mit niemandem hätte sprechen können.«

»Danke«, war die einfache Antwort von David.

Sofia schenkte ihm ein wunderschönes Lächeln und legte kurz ihre Hand auf Davids Schulter. Das überraschte ihn, sie hatte ihn vorher noch nie selbst berührt. Er dagegen, dass war ihm in diesem Moment wohl bewusst, sehr oft.

Vermutlich viel zu oft. Ich muss mich mehr in Zurückhaltung üben. Trotzdem, eine einzige kurze Berührung von Sofia hatte seinen gesamten Groll und Verdruss des ganzen Vormittags wie durch Zauberhand weggefegt. Er lächelte zurück, hob sogar seine Hand, um über ihre Haare zu streichen, beherrschte sich jedoch im allerletzten Moment und zog sie wieder zurück. Es wäre peinlich und Veronika war ebenfalls da. Sofia bemerkte es und nahm ihre Hand wieder von seiner Schulter, lächelte jedoch David herzlich zu.

»Lass uns etwas essen gehen«, sagte er schließlich. »Ich habe einen Riesenhunger. Wegen dem Tumult heute, habe ich ganz vergessen etwas zu essen. Ihr seid beide herzlichst eingeladen. Oder habt ihr gerade etwas anderes vor?«

Veronika und Sofia schauten sich gegenseitig an und dann drehten beide gleichzeitig ihren Kopf zu David, nickten nur und alle begaben sich anschließend Richtung Eingangshalle. Sie begriffen sofort, dass David damit außerhalb der Klinik meinte. Er hasste das Essen hier. Kurz bevor sie das Gebäude verließen, trafen sie noch Akira, der sich dazu gesellte und gingen dann gemeinsam zu einem netten kleinen Restaurant in der Nähe, das sich zwar immer noch auf dem Forschungsgelände befand, jedoch privat betrieben wurde. Sie verbrachten dort einige sorglose Stunden und David konnte dabei wieder einigermaßen entspannen.

XII.

Kleidungskauf

22. Juni 2057

Es sind bereits einige Wochen seit dem Kongress vergangen. Die Veranstaltung war ein voller Erfolg, so dass sich die Führungsebene entschied, ihn nächstes Jahr zu wiederholen. Daniel hat mich sogar für meinen Vortrag gelobt. Scheinbar haben ihn einige internationale Kollegen wegen der Präsentation angesprochen und Interesse über unsere Arbeit an den künstlichen Chromosomen gezeigt. Es wurden sogar Kooperationen angeboten. Einige Gruppen könnten eventuell nützlich sein, aber das muss Daniel entscheiden. Ich will damit nichts zu tun haben. Lieber arbeite ich alleine. Stefan Brandau hat sich nicht einmal entschuldigt, geschweige denn sich für meine Vertretung bedankt. Das war allerdings zu erwarten und es ist mir inzwischen auch egal. Was mich aber erfreute, war der Lob von Veronika und selbstverständlich von Sofia. Das enge Kleid stand ihr zwar gut, aber sie bräuchte

etwas eleganteres, ein Kostüm, oder ein Kleid für solche
Anlässe, etwas Besonderes was sich der Arroganz der
Ärzte entgegensetzt. Ich sollte ihr anbieten, dass wir zusammen einkaufen gehen können. Ich würde ihr zeigen,
was mir gefällt oder was aus meiner Sicht geeignet wäre.
Nicht dass ich vielleicht ein Experte auf diesem Gebiet
wäre, das auf keinen Fall. Dennoch arbeite ich lange genug mit den Ärzten und Professoren zusammen, um eine
Vorstellung zu haben, was man bei solchen Anlässen
trägt. Es ist mir auch bewusst, das ihr sowieso alles stehen würde. Oder ich fände alles an ihr schön.

Ich sollte sie einfach fragen. Habe jedoch ein wenig
Angst davor. Ob es von meiner Seite aus nicht eine An-
maßung wäre? Ich habe noch ein anderes Problem. In
Kürze soll ein Festabend stattfinden, wo ich auch eingeladen bin. Der Anlass ist der Erfolg des Kongresses. Es sollen nur ausgewählte Personen, welche sich daran betei-
ligt haben, eingeladen werden. Und jeder sollte eine Begleitung mitbringen. Ich habe jedoch niemanden und
deshalb dachte ich an Sofia. Ob sie mich dorthin begleiten
würde? Das wäre schön. Ich sollte jedoch zuvor Elias um
Erlaubnis bitten.

Zudem habe ich immer noch meine Zweifel, ob ich
überhaupt hingehen soll. Es wäre allerdings nicht ver-
kehrt. Nur bekannte Personen wurden eingeladen. Deshalb sollte ich mich geehrt fühlen, dass ich auch dabei bin.
Ich brauche einige Kontakte, sonst werde ich meine gesamte Karriere versauen und zum Schluss sogar diesen
Job verlieren. Ich kann mich der Öffentlichkeit nicht ganz

verschließen. Die Entscheidung muss ich so bald wie möglich treffen.

***

David beobachtete Sofia nachdenklich. Sie saß auf dem Stuhl gegenüber in seinem Arbeitszimmer und erklärte ihm gerade die neuesten Ergebnisse. Er hörte jedoch gar nicht richtig zu, sondern dachte intensiv nach. *Soll ich sie fragen, oder nicht?* Er traute sich nicht und wurde langsam nervös, wie ein achtzehnjähriger Junge, der um ein Rendezvous fragen will. Es war ja kein Date, trotzdem, einer Frau zu sagen, jemandem wie Sofia, dass ihr Kleid auf dem Kongress zwar ganz gut gewesen war, doch ihr etwas Eleganteres und Exklusiveres noch besser stehen würde. *Wie soll ich das anstellen, ohne sie zu beleidigen oder verletzen?* David wusste keine Lösung. Und dazu wollte er sie noch fragen, ob sie ihn zu dem Festabend begleiten würde. Warum sollte sie das tun? Gar nicht fragen und nirgendwo hingehen, wäre vermutlich die vernünftigste Entscheidung. Bevor er sich jedoch entscheiden konnte, kam ihm Sofia zuvor.

»David?«, sie wartete eine Weile, bekam jedoch keine Antwort. »David!«

Er schaute sie an, als ob er gerade aus einem Traum erwacht wäre.

»Ja?«

»Du hörst mir gar nicht zu!«

»Oh, entschuldige«, waren seine einzigen Worte. Dann fügte er hinzu. »Deine Ergebnisse scheinen mir in Ordnung zu sein, ich würde sie jedoch gerne alleine noch einmal durchgehen. Ich melde mich bei dir bis morgen.«

Sofia beobachtete ihn nachdenklich. Er war gar nicht richtig anwesend. Etwas beschäftigte ihn, so gut kannte sie David bereits. Er hatte ihren Erklärungen zu den Resultaten gar nicht richtig zugehört, das war ihr bewusst. Sie wollte ihn jedoch noch etwas anderes fragen, wusste jedoch nicht, was er dazu sagen würde. Die Frage kam ihr irgendwie unpassend vor. Auf der anderen Seite betrachtete sie David als einen sehr guten Freund und traute seinem Urteil am meisten. Sie könnte auch Veronika fragen, aber betreffend das, was sie vorhatte, vertraute sie seiner Meinung mehr.

»Ich möchte dich etwas fragen. Ich weiß nicht, ob die Frage überhaupt passend ist. Aber ich würde einfach gerne deine Meinung dazu hören.«

Sofia überlegte kurz und dann fuhr sie zögerlich fort. »Das Kleid, das ich während des Kongresses anhatte, fandst du es für den Anlass passend?«

David betrachtete Sofia ganz verblüfft. Diese

Frage hatte er nicht erwartet. Gerade als er selbst darüber nachdachte. Es schien, als ob sie seine Gedanken gelesen hätte.

Er antwortete bedacht. »Das Kleid stand dir gut, Sofia. Du sahst darin sehr rschön aus, keine Frage.«

»Danke, aber du hast gezögert, bevor du geantwortet hast«, sagte Sofia.

Bevor David jedoch etwas einwenden konnte, fügte sie hinzu. »Ich weiß, dass das Kleid alt ist und zu solchen Anlässen auch nicht ganz geeignet. Ich habe mir selbst überlegt, ob ich nicht etwas Besseres kaufen sollte, ein Kostüm, oder ein anderes Kleid, dass hierzu vielleicht geeigneter wäre.«

Sie zögerte einen Augenblick, dann fuhr sie fort. »Ich wollte dich eben fragen, was du davon hältst. Was, glaubst du, sollte ich tragen?«

David konnte es gar nicht richtig glauben. Gerade hat Sofia sein Dilemma gelöst. Unglaublich. Sie fragte gerade ihn, ob er ihr bei der Kleiderauswahl helfen konnte. *Prinzessin, stellst du mich gerade auf die Probe?* Laut äußerte er sich jedoch vorsichtig.

»Wie bereits gesagt, Sofia, das Kleid stand dir gut. Du würdest in Allem gut aussehen. Du bist schlank, hast einen schönen Körper und lange Beine. Du könntest ohne weiteres auch einen kurzen Rock anziehen.«

»Kann schon sein«, unterbrach sie ihn, »bei mir sieht es aber aufgesetzt aus. Man muss es auch tragen können.«

»Das ist war, Prinzessin. Ich würde es dir auch bei solchen Anlässen nicht empfehlen. Es würde dann vermutlich mehr...«, David zögerte, wusste nicht wie er es ausdrücken sollte, »... mehr anzüglich wirken. Entschuldige den Ausdruck, das war nichts gegen dich. Du bist eine wunderhübsche Frau, aber du bist auch sehr intelligent. Deshalb würde ich etwas Dezenteres empfehlen, so dass man dich auch mit Respekt behandelt.«

»Ich weiß«, sagte Sofia. »Ich habe es bereits öfters selbst erlebt. Ich bin relativ groß und wenn ich noch dazu Stöckelschuhe trage und einen kürzeren Rock, gaffen mich alle an. Und das mag ich nicht. Bei kleineren Frauen sieht es nicht so aufgesetzt aus wie bei mir. Deshalb weiß ich nicht, was ich mir überhaupt kaufen soll.«

David überlegte kurz. »Ich habe dir bereits gesagt, dass dir ein schlichter enger Rock sehr gut steht. Du könntest ein Kostüm kaufen, oder ein Kleid mit einem Blazer? Ich würde aber, die Länge betreffend, einen Rock nehmen, der entweder unter die Knie geht oder knapp darüber, nichts Kürzeres. Aber du solltest schon in einen teuren Laden gehen. Du hast ja gesehen, was die Ärzte tragen, oder?«

»Ja, du hast vermutlich Recht, aber das ist nicht so leicht. Die Auswahl ist so groß«, antwortete Sofia verzweifelt.

David dachte schnell nach, bevor er seine Rede fortsetzte. Er wusste jetzt in welche Richtung er das

Gespräch lenken sollte. »Alleine hinzugehen hilft dir vermutlich nicht weiter. Veronika würde ich nicht mitnehmen. Sie ist ein anderer Typ und hat auch einen anderen Stil. Gehe einfach am Wochenende mit Elias in die Stadt. Er kann dir helfen etwas auszusuchen.«

David wartete ab. Sofia blieb zuerst still, dann sagte sie jedoch. »Mit Veronika würde ich kein Kleid aussuchen wollen, da hast du Recht und Elias kennt die Ärzte und ihren Geschmack nicht. Außerdem würde ihm vermutlich alles gefallen.«

David hegte plötzlich eine kleine Hoffnung. Vermutlich würde sie es sowieso ablehnen. Warum sollte sie seine Meinung zu einer Kleiderauswahl hören wollen. Er war sicherlich kein Experte. Er versuchte trotzdem seine Hilfe anzubieten. Wenn er ihr jetzt half, würde sie vielleicht eher zustimmen, ihn zu dem Festabend zu begleiten. Trotzdem glaubte er noch nicht richtig daran.

»Schau, Sofia, wenn du möchtest, kann ich dich in die Stadt begleiten und dir bei der Kleiderauswahl helfen. Ich bin zwar kein Experte, aber ich glaube einigermaßen zu wissen, was Frauen zu solchen Anlässen tragen und werde auf jeden Fall offen und ehrlich zu dir sein. Aber nur, wenn du das möchtest. Betrachte es einfach als ein offenes Angebot von meiner Seite aus.«

Sofia schaute David mit weit aufgerissenen Augen an und lächelte sichtlich erleichtert.

»Das wäre sehr schön, David. Deine Meinung schätze ich sehr. Und du würdest sicherlich nicht wollen, dass ich mich in dem Kleid blamiere, oder? Aber nur wenn es dir keine Umstände bereitet. Ich weiß, dass du sehr viel zu tun hast.«

Davids Herz fing an schneller zu schlagen.

»Für dich mache ich das gerne, Prinzessin. Es macht mir nichts aus, wirklich.«

Sofia schmunzelte. Sie musste fast immer lächeln, wenn David sie Prinzessin nannte. Nachdem er ihr erklärt hatte, was das Wort Prinzessin für ihn bedeutete und sie ihm mitgeteilt hatte, dass sie nichts dagegen habe, wenn er sie so nannte, nannte er sie fast ausschließlich Prinzessin, wenn sie alleine waren. Er hatte sich sogar einige Male vor den anderen versprochen.

»Gut«, sagte sie schließlich nach kurzer Überlegung, »wann würde es dir passen?«

David überlegte kurz. Der Festabend sollte in drei Tagen stattfinden.

»Wie wäre es mit morgen?«

»Morgen müssen wir ja arbeiten, David! Und in die Stadt zu fahren dauert über eine halbe Stunde. Wir könnten aber früher aufhören, wenn es dir passt. Ich könnte es auf jeden Fall einrichten.«

Dann fügte sie noch hinzu. »Es sind am Abend zwar immer viele Menschen in der Stadt, wenn wir aber rechtzeitig losfahren, würde es noch gehen.«

»Und was wäre mit morgen Vormittag? Dann

sind fast keine Leute in den Läden und du könntest dir in aller Ruhe dein Kleid aussuchen«, sagte David.

»Vormittag?«, kam verwundert aus Sofias Mund.

»Ich bin hier der Boss, Sofia. Ich bin jedes Wochenende hier und verbringe meine Abende in der Arbeit. Wenn ich mich entschließen sollte, an einem Vormittag frei zu nehmen, wird mich niemand daran hindern können. Und wenn ich mich entscheide eine meiner Mitarbeiterinnen mitzunehmen, ist es meine Sache.«

Die Antwort von David klang überzeugend. Sofia wusste, wenn er sich zu etwas entschieden hatte, hatte er keine Schwierigkeiten, es auch durchzusetzen.

»Das wäre wunderbar, David, sehr gern«, erwiderte sie mit einem glücklichen Lächeln.

»In Ordnung, dann ist es so ausgemacht. Du kommst morgen gegen zehn Uhr in mein Büro und dann fahren wir los.«

Nach kurzem Überlegen fügte er hinzu.

»Wir müssen es aber niemandem erzählen, oder? Mir wäre es eigentlich egal, aber einige Menschen könnten sich dabei etwas denken und vielleicht sogar falsche Schlussfolgerungen daraus ziehen. Wir sind sowieso sehr oft zusammen. Und nach außen, wie zum Beispiel auf dem Kongress, treten wir fast wie ein Paar auf.«

»Du hast Recht, David, ich werde es niemandem erzählen. Warum sollte ich auch. Ich bin froh, dass du mir bei der Entscheidung hilfst.«

Und sie lächelte David zu. *Wieder einmal eine unvergessliche Erscheinung*, dachte er sich dabei. Er wollte sie noch fragen, ob sie ihn zu dem Festabend begleiten würde, fand aber nicht den Mut dazu.

XIII.

Der verhängnisvolle Kuss

12. Juli 2057

Ich werde langsam nervös. Heute findet der Festabend statt und Sofia wird mich begleiten. Ich habe diesbezüglich meine Frage immer wieder verschoben, weil ich mich nicht traute, sie zu fragen und gleichzeitig befürchtete ich, dass sie ablehnen würde. Gestern habe ich es endlich gewagt. Es war sehr kurzfristig, deshalb habe ich eigentlich mit ihrer Ablehnung gerechnet. Und alleine wollte ich sowieso nicht hingehen. Somit wäre es für mich sogar eine Erleichterung gewesen. Sofia stimmte aber zu und das ohne zu zögern. Sie ist einfach unglaublich. Und sie freut sich tatsächlich darauf. Mit Begeisterung teilte sie mir sogar mit, ohne dass ich sie darum bitten musste, dass sie das Kleid, das wir zusammen ausgesucht haben, tragen möchte. Es war ein sehr schöner Vormittag. Sofia hat unzählige Kleider ausprobiert. Es stand ihr einfach alles. Ich wollte sogar aus Spaß nachfragen, ob sie vielleicht einen Kartoffelsack haben. Sie würde sicherlich auch darin umwerfend sein. Ich versuchte jedoch alles, was sie anhatte, objektiv zu beurteilen. Ich wollte, dass sie elegant aussieht, es sollte aber auch kein billiges Kleid sein. Ich kenne die Ärzte und Professoren. Man verbindet oft Eleganz und gutes Aussehen mit Geld. Und sie alle haben genügend davon. Deshalb sind wir auch in ein relativ teures Geschäft gegangen, wo Sofia noch nie zuvor gewesen war. Es gab dort ausschließlich bekannte Modemarken. Eines der Kleider stand Sofia wirklich gut. Sie sah wie ein Model aus. Auch die Mitarbeiter im Laden starrten sie voller Bewunderung an. Deshalb haben wir uns für dieses Kleid entschieden. Es war unverschämt teuer. Ich habe Sofia sogar angeboten, dass ich es bezahle. Ich habe ja genügend Geld und fast keine Möglichkeit es auszugeben. Sie wollte das aber nicht, sondern bestand darauf, es selbst zu bezahlen. Sie wollte sich sowieso einmal so ein schönes und teures Kleid kaufen. Wenn ich nicht dabei gewesen wäre, würde sie es sicherlich nicht tun. Davon bin ich vorbehaltlos überzeugt. Trotzdem, das Kleid war es wert. Es passte ihr wie angegossen und ich habe sie noch ohne Schuhe und mit verbundenen Haaren gesehen. Ich hoffe nur, dass sie heute offene Haare trägt. Das würde ich mir wünschen. Aber egal, was sie anzieht, sicherlich wird sie umwerfend aussehen. Ich habe ein wenig Angst davor. Wie soll ich mich bloß verhalten, wenn uns alle anderen angaffen werden? Ich war bereits so lange nicht aus, dass ich nicht einmal mehr

196

weiß, wie man sich dabei richtig verhält. Sicherlich wird es peinlich sein. Dann weiß ich jedoch, dass ich nicht dazu gehöre und werde es in der Zukunft unterlassen.

***

David stand in seinem besten Anzug vor der Eingangshalle, wo der Festabend stattfand. Die Sonne neigte sich bereits dem Horizont zu, die Schatten wurden länger und eine kühle Brise aus den Bergen ließ die Hitze des Tages angenehm erscheinen. David schwitzte trotzdem. Er war sichtlich nervös, als wäre er ein Junge, der sein erstes Rendezvous hat. Er schaute auf die Uhr. Sofia würde bald da sein. Sie war immer pünktlich. Das bewunderte er ebenfalls an ihr. Für eine schöne Frau wie sie, war es eine ungewöhnliche Eigenschaft. Die meisten Frauen kamen immer spät, zwanzig Minuten bis eine halbe Stunde zählten sogar zu guten Manieren. Sofia hasste es jedoch, zu spät zu sein. Erneut schaute David auf die Uhr, dann drehte er sich um und betrachtete durch die Glaswand, die das ganze Erdgeschoss umfasste, die Menschenmenge in der Eingangshalle vor dem Hauptsaal. Die meisten Ärzte und Professoren waren mit ihren Frauen oder anderweitiger Begleitung bereits anwesend.

Diesmal versuchte niemand zu spät zu kommen.

David hat in dem Durcheinander sogar kurz Daniel erblickt. Er versuchte noch andere bekannte Gesichter zu erkennen, als er bemerkte, dass zwei junge Männer, die ebenfalls vor dem Eingang standen, sich umdrehten und neugierig in eine andere Richtung schauten. Er drehte sich ebenfalls um.

In dem Augenblick stockte ihm der Atem und er blieb mit halb geöffnetem Mund wie versteinert stehen. Er hatte viel erwartet, aber das, was er sah, überstieg seine kühnsten Vorstellungen. Hinter dem Eck des Gebäudes erschien Sofia. Sie hatte das Kleid an, das sie gemeinsam ausgesucht hatten und dazu passende Schuhe mit hohen Absätzen. Über dem Kleid trug sie einen kurzen Blazer und darüber einen leichten Schal. Ihre Haare waren offen und flogen ihr in der abendlichen Brise um den Kopf herum. Sie lächelte leicht, als sie sich David näherte. Ihre Bewegungen waren elegant und verführerisch. Sie schwebte wortwörtlich wie auf einer Wolke zu ihm hin. Er war nicht der Einzige, der sie anstarrte, fand er später heraus. Alle Männer und sogar Frauen, die vor der Eingangshalle standen oder gerade ankamen, beobachteten sie schaulustig.

»Hallo David«, sagte sie lächelnd mit leicht geröteten Wangen, ein wenig außer Atem, als sie ankam.

»Ich hoffe ich bin nicht zu spät. Ich habe mich beeilt.« Es war nicht einmal eine Minute nach halb acht.

David starrte sie immer noch mit offenem Mund

an, ohne ein einziges Wort herauszubringen. Dahin war das junge unsichere Mädchen, das er in Erinnerung hatte, als er Sofia das erste Mal in dem kleinen Konferenzraum angetroffen hatte. Vor ihm stand eine wunderschöne, selbstsichere Frau mit einer Aura, die alle, die sie erblickten, in ihren Bann zog. Ihre Haare waren zwar offen, sie hatte jedoch ein paar Strähnen nach hinten gezogen und einige weitere Haarsträhnen an den Seiten waren leicht verflochten. Es sah zauberhaft aus. Sofia hatte sich nur selten und immer nur sehr wenig geschminkt. Sie hatte es auch gar nicht nötig. David sah sie deshalb heute das erste Mal vollständig geschminkt. Damit wurde auf dezente Weise ihr schönes Gesicht weiter hervorgehoben. Die dünnen Linien um ihre Augen und der bläuliche Schatten auf und über den Augengliedern ließen ihre tiefblauen Augen noch größer und schöner hervorstechen. Der Lippenstift, den sie trug hatte eine dunkelrote Farbe, gerade passend, um ihre sinnlichen Lippen gegen ihre blasse Haut hervorzuheben. Sie hatte einen mittelgroßen Ausschnitt in dem sich ihre Brüste durch das schnelle Atmen regelmäßig hoch und runter bewegten. Wie leichte Wellen auf einer sonst ruhigen See. Um die Taille trug sie einen breiten Gürtel, der ihre schlanke Figur noch mehr betonte. Ihre Schuhe passten farblich perfekt zu ihrem Kleid, als ob sie zu diesem Zweck gekauft worden wären. Durch die hohen Absätze erschienen ihre langen Beine noch länger. Sie war somit nur um ein paar Zentimeter kleiner als David selbst. Die ganze Erscheinung war so überwältigend, dass David sie nur anstarrte, außer Stande, irgendetwas zu sagen.

»Ist alles in Ordnung, David?«, fragte Sofia schließlich, als David weiterhin schwieg. Ihr Lächeln verschwand langsam aus ihrem Gesicht.

Erst dann konnte sich David einigermaßen zusammenreißen, um zu antworten.

»Entschuldige Sofia, aber du siehst so zauberhaft aus, dass es mir einfach den Atem verschlagen hat«, äußerte er sich wahrheitsgemäß ohne nachzudenken.

Sofia lächelte wieder breit und sagte verlegen.

»Danke, ich habe gehofft, dass es dir gefallen wird. Und?«, fügte sie hinzu, machte einen Schritt zurück und drehte sich leicht nach rechts und links, »wie ist das Kleid?«

»Es ist als ob es nur für dich genäht worden wäre, Sofia. Und die Schuhe? Hast du sie dazu gekauft?«

»Nein, die hatte ich zu Hause. Aber sie passen gut, oder?«, sagte Sofia und streckte das rechte Bein nach vorn.

»Die passen perfekt, Sofia. wirklich. Überhaupt deine ganze Erscheinung ist unglaublich beeindruckend. Ich bin wirklich sprachlos.« Dann fügte er noch hinzu. »Und das meine ich wirklich ernst, Sofia. Du bist die schönste Frau, der ich je in meinem

Leben begegnet bin.«

Sofia schenkte ihm ein wunderschönes Lächeln, ohne darauf zu antworten. Dann schaute sie sich um.

»Wir sollte reingehen, David. Alle starren uns an«, sagte sie schließlich.

Sie starren dich an, Sofia, wegen deiner unglaublichen Schönheit und nicht mich, dachte er sich dabei, laut äußerte er sich dazu jedoch nicht.

»Du hast vollkommen Recht, lass uns reingehen.«

Als sie die Eingangstür passierten, hakte sich Sofia bei David unter. Dadurch zeigte sie allen, dass sie zu ihm gehörte. David schaute sie erstaunt von der Seite an. Er war sichtlich überrascht, aber es freute ihn wahnsinnig. Es war angenehm, Sofias Hand zu spüren. Als sie durch die Vorhalle zu dem großen Saal entlang schritten, wurden sie von vielen Herumstehenden angestarrt. Hauptsächlich Männer gafften Sofia an. Aber auch viele Frauen schauten ihr, aus Bewunderung oder Neid, nach. David war es ein wenig unangenehm. Er war so etwas nicht gewöhnt und wurde leicht rot. Plötzlich erinnerte er sich wieder an seine Frau. Sie war hübsch gewesen, aber anders als Sofia. Sie war schlank und zierlich, hatte lange dunkle Haare und braune Haut. Sie hatte, genauso wie David, große Menschenmengen gehasst. Deshalb hatten sie sich bei solchen Veranstaltungen immer irgendwohin in die Ecke verzogen, wo sie nicht gestört werden würden. Sofia war anders. Zwar bevorzugte sie nicht solche übertriebene Aufmerksamkeit, aber es machte ihr auch nichts aus. Sie war ein geselliger Mensch. Sie konnte sich ohne Schwierigkeiten mit anderen unterhalten und ging auch des Öfteren mit Elias aus. David und seine verstorbene Frau waren jedoch am liebsten alleine unter sich gewesen. Sie hatten niemanden gebraucht.

Als sie die Vorhalle entlanggingen, hielt Sofia weiterhin Davids Arm fest. Sie hatte sich extra so schön gemacht, um David zu gefallen und um den anderen zu zeigen, was für eine Begleitung er bei sich hatte. Als sie sich Elias in dem Kleid gezeigt hatte, hatte er ihr gesagt, dass er sie noch nie so schön hergerichtet gesehen hatte. Das war für sie Bestätigung genug. Sie wollte, dass David stolz auf sie wäre und dass sie ihn alle beneideten. Er war sonst immer alleine und sie wollte ihm einfach das Gefühl der Zugehörigkeit geben. Und die Rechnung ging offensichtlich auf, da sie alle anstarrten. Es war ihr bewusst, dass sie der Grund für diese Aufmerksamkeit darstellte. Das war ihr aber egal. In diesem Moment zählte für sie nur David. Als er sie zu dem Festabend eingeladen hatte, stimmte sie dem selbstverständlich sofort zu. Danach hatte sie jedoch darüber nachgedacht, wie sie sich dort am

besten verhalten sollte. Wenn sie ihn begleiten
würde, würden vermutlich viele denken, dass sie
etwas miteinander hätten. Wenn sie mit Elias nicht
zusammen wäre und ihn nicht über alles liebte,
wäre es ihr egal. Aber so musste sie es mit ihm besprechen. Elias wusste, was sie tat.

»Das ist das Mindeste, was du für David tun
kannst«, hatte er gesagt. »Er hat dir viele Male geholfen, oder? Ohne ihn wärst du bereits längst weg,
ist es nicht so? Nur wegen ihm bist du noch dort.
Du solltest überhaupt ernsthaft darüber nachdenken, ob es für dich der richtige Job ist.«

Dann hatte er noch hinzugefügt. »Ich liebe dich,
das weißt du. Ich vertraue dir. Ich bin mir sicher,
dass du ihn angemessen begleiten wirst.«

Und aus diesem Grund versuchte sie auch so gut
wie möglich seine Begleitung zu spielen.

Als sie zu dem ausgewiesenen Tisch kamen,
stand gerade Daniel mit seiner Frau in der Nähe. Sie
war groß und schlank, mit kurzen dunklen Haaren
und auf ihre Art hübsch, aber hauptsächlich reprä-
sentativ. Sie war selbstbewusst und wusste immer,
wie sie sich in Szene setzen sollte. Für David war sie
jedoch genauso wie alle anderen Frauen im Saal,
verglichen mit Sofia, einer Prinzessin umgeben von
einer leuchtenden Aura, nur unbedeutende graue
Mäuse.

Daniel bemerkte, wie außergewöhnlich schön

Sofia heute Abend war und ging sofort zu den beiden hin.

»Hallo David«, sagte er und reichte ihm die Hand. Er sah ihn jedoch nicht an, sondern beobachtete die ganze Zeit nur Sofia. Nach einem kurzen Händedruck zog er seine Hand gleich wieder zurück und reichte sie Sofia.

»Frau Morgen, es freut mich, dass Sie auch hier sind.«

Als sie ihm ihre Hand reichte, behielt er sie in seiner Eigenen und sprach weiter.

»Sie sehen wirklich umwerfend aus. Ich wusste gar nicht, dass wir so eine schöne Mitarbeiterin haben.«

Ein alter Charmeur, dachte sich David dabei. Daniel hielt weiterhin ihre Hand in seiner und David war es allmählich unangenehm. Doch Sofia behielt die Oberhand. Sie zog langsam aber resolut ihre Hand zurück und sagte, ohne zu lächeln.

»Danke, Doktor Strass. Es freut mich, dass Ihnen meine Aufmachung gefällt.«

Dann drehte sie sich zu David, lächelte ihn an und sagte: »Komm, setzen wir uns«, und ergriff wieder seinen Arm.

David war sichtlich erfreut, wie sie die Situation meisterte, machte mit ihr ein paar weitere Schritte zum Tisch, schob einer der Stühle zurück und bot ihr den Platz an.

»Danke«, sagte sie leise, lächelte ihn erneut von

der Seite an und setzte sich. David gesellte sich gleich zu ihr und bestellte etwas zum Trinken.

Es kamen noch weitere Professoren und Ärzte und als sie die wunderschöne Sofia erblickten, stellten sich einige vor. Eigentlich war es der alleinige Verdienst von Sofia, dass stets Leute zu ihrem Tisch kamen und dass sie sich ständig in Mitten der Unterhaltung befanden. Sofia war die ganze Zeit höfflich, lächelte und unterhielt sich mit allen, die herkamen. *Sie war einfach eine perfekte Begleiterin*, dachte sich David dabei. Fast zu perfekt. Und das machte ihm langsam Angst.

Nach einiger Zeit waren sie wieder alleine und David konnte sich endlich mit Sofia ungestört unterhalten. »Ich möchte mich bei dir noch einmal für die Begleitung bedanken.«

»Du weißt, dass ich das gerne tue«, war die eindeutige Antwort von Sofia.

»Dafür bin ich dir wirklich sehr verbunden. Aber einige könnten sich vielleicht denken, dass da mehr zwischen uns ist. Ich habe gemerkt, dass ein paar Leute offensichtlich über uns redeten. Ich will dich auf keinen Fall in Verlegenheit bringen.«

Er holte tief Luft und dann fuhr er mit leiser Stimme fort. »Was sagt überhaupt Elias dazu?«

Sofia schaute David ernsthaft an, zögerte ein wenig und dann erwiderte sie. »Ich habe ihn selbstverständlich gefragt, er hatte aber nichts dagegen. Er weiß, wie oft du mir bereits geholfen hast.«

David beobachtete ihr hübsches Gesicht, es war ihm trotzdem nicht zum Lachen zumute. Je öfters er mit ihr zusammen war, desto schwieriger fand er es, sich von ihr loszulösen. Und gerade heute, wenn sie so unglaublich hübsch war, kam es ihm wie ein Traum vor. *Es ist sehr schwer sich vorzustellen, dass sie gar nicht zu mir gehört, sondern tatsächlich nur eine perfekte Begleitung ist.*

Aus seinen Gedanken wurde er durch Andreas Wallenfort gerissen. David war überrascht, dass auch er hier anwesend war. Was hatte er überhaupt bis jetzt geleistet? Gar nichts. Es war nur seine Arschkriecherei, die ihn so weit gebracht hatte. Er konnte sich nicht helfen, er fand ihn einfach zuwider.

Andreas interessierte sich jedoch gar nicht für David, er ging direkt zu Sofia, legte sogar vertraulich seinen Arm um ihre Schulter und fragte sie. »Hallo Sofia, du siehst heute wirklich umwerfend aus. Möchtest du mit mir tanzen?«

Diese Dreistigkeit verschlug David fast den Atem. Es fehlte nur, dass Sofia zustimmte. Sie tanzte ja so gerne. Aber erneut überraschte sie ihn mit ihrem Verhalten. Sie schob sanft Andreas Arm von der Schulter und lehnte ab.

Nachdem sich Andreas mit eingezogenem Schwanz zurückgezogen hatte, wandte sich David an Sofia.

»Sofia, wenn du tanzen willst, kannst du es selbstverständlich tun. Ich weiß, dass du gerne tanzt. Du hast mir ja erzählt, dass du früher sogar an Tanzturnieren teilgenommen hast, oder?«

»Stimmt, ich tanze immer noch ab und zu, aber nur sehr selten. Ich habe jetzt fast gar keine Zeit mehr dazu. Ich habe Elias überredet, mich zum Tanzen zu begleiten.«

»Tatsächlich?«, fragte David überrascht. »Und wie läuft es bei euch?«

»Gut. Elias ist ein sportlicher Typ. Er fährt Rennrad, schwimmt, klettert und nimmt sogar an Wettkämpfen teil, wenn er Zeit dafür findet. Deshalb hatte er sich nicht schwer getan, die erforderlichen Tanzschritte zu erlernen.«

»Das freut mich für dich, Sofia. Ich dagegen, bin kein guter Tänzer.«

Dann fügte er noch leise mit einem traurigen Lächeln hinzu. »Es tut mir leid.«

»David!«, antwortete Sofia ein wenig empört auf seine Entschuldigung. »Du musst dich gar nicht entschuldigen! Ich bin nicht hergekommen, um zu tanzen, sondern um dich zu begleiten.«

»Und gehört das nicht dazu?«, konterte David. »Schau, viele Leute tanzen bereits und Einige sind wirklich gut.«

»Ich muss nicht tanzen. Es reicht mir einfach zuzusehen«, sagte Sofia mit freundlichem Gesichtsausdruck. Sie drehte den Kopf Richtung Tanzparkett.

Hinter diesem befand sich eine Musikgruppe aus jungen Ärzten, welche bekannte Lieder spielte. Sofia fing langsam an, sich auf dem Stuhl im Takt der Musik zu bewegen und sogar leise für sich das Lied mitzusingen.

Verdammt, rutschte David fast laut heraus. *Ich muss mich überwinden. Aber ich habe bereits seit Ewigkeiten nicht getanzt. Das wird sicherlich megapeinlich.* Es waren keine erfreulichen Gedanken.

In dem Augenblick kam ein attraktiver junger Arzt und bat ebenfalls Sofia um einen Tanz. Sie lehnte jedoch erneut ab und lächelte David dabei zu.

David wusste, dass er da durch musste, egal wie peinlich es sein würde. Wieder einmal stellte er fest, wie gesellschaftsunfähig er war. *Das ist nicht meine Welt und wird es auch nie sein*, dachte er. *Für Sofia würde ich es jedoch vermutlich tun, aber für keine andere!*

Er stand auf, richtete seine Krawatte gerade und beugte sich über Sofia, die immer noch die Tanzfläche ansah und sich leicht im Rhythmus der Musik bewegte.

»Sofia?«

Sie drehte überrascht ihren Kopf zu ihm hoch.

»Darf ich bitten?«

Und David streckte theatralisch seine Hand vor.

»David, du musst nicht...«, als sie jedoch in seine Augen blickte, beendete sie den Satz nicht mehr, sondern stand auf.

David nahm sanft ihre Hand in seine und führte sie zur Tanzfläche. Als sie dort ankamen, fing gerade ein sehr altes Lied an, das David sehr mochte. Er zog die alten Lieder der heutigen elektronischen Musik vor, einige der Songs überdauerten bereits hundert Jahre und mehr. Er stellte sich vor Sofia und legte seinen rechten Arm um ihre Taille, nahm mit seiner linken Hand ihre Rechte und hob sie hoch. Sofia legte leicht ihre linke Hand auf seine Schulter. David zog sie an sich und das Tanzen ging los. Er versuchte sein Bestes zu geben. Am Anfang vertrat er sich sicherlich einige Male bei den Tanzschritten. Allmählich kam er jedoch in den Takt und es machte ihm sogar Spaß, mit Sofia zu tanzen. Sie war eine außergewöhnlich gute Tänzerin. Sie passte sich sofort Davids Schritten an und wenn er aus dem Takt kam, führte sie ihn wieder hinein. David musste in sich hineinlächeln. *Eigentlich führt sie mich und nicht ich sie. Sie macht es jedoch so dezent und unauffällig, dass ich sogar selbst glaube, ich würde führen.* Als sie sich drehten, beobachtete er sie aus nächster Nähe. Sie war wunderschön, bewegte sich leicht und graziös, als ob sie einfach um ihn herum schwebte. Sie erwiderte seinen Blick, unbefangen wie immer und lächelte dabei leicht. David spürte ihren Körper, der ihm noch näher kam, ihren flachen Bauch und sogar ihre Brüste, die ihn immer wieder leicht berührten. Er war seit einer Ewigkeit keiner Frau mehr so nah gestanden. Er hatte immer gedacht, er käme auch ohne eine Beziehung zurecht. Sofias Nähe brachte ihn jedoch völlig durcheinander. *Wenn du nur nicht so wunderschön und vollkommen wärst*, dachte er sich dabei. Es kam ihm sogar der Gedanke, dass es vielleicht besser gewesen wäre, sie nie eingestellt zu haben. Er hätte weiterhin sein langweiliges Leben gelebt und müsste nicht diese Gefühlsachterbahn durchleben. Er verdrängte jedoch sofort diesen Gedanken. Sofia kennenzulernen war es wert, egal was es ihn kostete.

In diesen Gedanken verweilend und die Nähe von Sofia spürend, kam David immer öfters aus dem Rhythmus. Einige Tänze lang ging es ganz gut, mit der Zeit war es jedoch immer anstrengender. Er fing an zu schwitzen und wurde rot.

Sofia hatte sich das schlimmer vorgestellt. Dafür, dass David vermutlich über viele Jahre nicht getanzt hatte, hielt er sich ganz gut. Sie musste zwar seine Haltung hin und wieder richten und ihn in den Takt zurückbringen, er begriff aber sehr schnell und passte sich an, so dass ihr das Tanzen mit ihm doch Spaß machte. Auch, wie er sie hielt war nicht gerade professionell, aber sie wollte ihn nicht verunsichern. Normalerweise sollte David den rechten Arm nicht um ihre Taille, sondern in die Höhe des Schulterblattes legen. Es störte sie jedoch nicht. Ihr war auch bewusst, wie intensiv er sie beobachtete, als sie tanzten. Sie erwiderte seinen Blick unbefangen und ergab sich voll dem Rhythmus und dem Tanz. Sie könnte die ganze Nacht so durchtanzen, sie vergaß dabei die Zeit und auch die Leute um sie herum.

Für eine Weile verschmolzen für sie die Welt und der Raum zu einer einzigen Bewegung, dem Takt der Musik. Nach und nach merkte sie jedoch, dass David öfters aus dem Rhythmus kam, er schwitzte mehr und wurde leicht rot. Sie sah, wie er sich bemühte, es aber für ihn immer anstrengender wurde. Es war ihm sicherlich bewusst, dass sie gerne tanzte und deshalb wollte er selbst nicht abbrechen. Sie wollte ihn jedoch nicht weiter foltern. Schließlich sagte sie.

»David?«

»Ja?«, fragte er mit schwerem Atem.

»Ich bin müde, ich habe schon lange nicht mehr so viel getanzt. Und außerdem werde ich durstig. Lass uns aufhören und uns wieder setzen.«

»Bist du sicher?«, fragte er. Seiner Körperhaltung nach erkannte sie jedoch, dass er sich dabei entspannte.

»Ja, ich bin mir sicher. Wir können später noch weitertanzen, wenn du möchtest.«

»Na gut«, äußerte sich David dazu mit sichtlicher Erleichterung. »Ich muss zugeben, dass ich selbst schon ganz schön schwitze. Eine kleine Pause und ein Schluck Wasser würden mir sicherlich gut tun.«

David ergriff erneut ihre Hand und führte sie zurück zum Tisch.

Dort gesellte sich jetzt Andreas mit seiner neuen Eroberung dazu, einer jungen Assistenzärztin, die vor kurzem in der Pathologie angefangen hatte. Sie war sehr attraktiv und Andreas wollte damit vermutlich Sofia zeigen, wie schnell er einen Ersatz fand. Wenn David jedoch diese junge Frau mit Sofia verglich, wusste er sofort, für wen er sich entscheiden würde. Mit den graziösen Zügen seiner Prinzessin konnte keine andere Frau konkurrieren. Und er mochte es nicht, wenn Frauen um jeden Preis herausstechen wollten, oder sich sehr wohl ihrer Attraktivität bewusst waren und es auch der Welt zeigten. Sofia war sich ihrer Schönheit nicht einmal bewusst. *Doch*, waren David nächste Gedanken, *heute schon.* Am heutigen Tag hat Sofia bewusst ihre Schönheit eingesetzt, das war David klar. Trotzdem war sie mehr zurückhaltend als herausfordernd und ihre Anmut zeigte sie auf eine natürliche Weise.

Später kam noch Doktor Strass mit seiner Frau dazu. Die Unterhaltung lief eine Weile ganz gut, David musste sich jedoch zwingen, aktiv teilzunehmen. Er wäre am liebsten mit Sofia alleine gewesen. Sie dagegen beteiligte sich rege an den Gesprächen.

Nach einiger Zeit bekam jedoch David das Gefühl, dass sie sich auch nicht ganz wohlfühlte. Er war sich zwar nicht ganz sicher, aber sie schaute ihn immer wieder von der Seite an und lächelte ihm dabei mit zusammengepressten Lippen leicht zu. Er wusste, dass sie Andreas nicht mochte und der starrte sie trotz seiner attraktiven Begleitung weiterhin die ganze Zeit unverschämt an. Schließlich fasste er eine Entscheidung. Er stand auf und sagte zu Daniel, Andreas ignorierte er bewusst.

»Daniel, ich muss mich entschuldigen, ich bin müde und ich habe vor, morgen sehr früh aufzustehen. Deshalb muss ich mich leider verabschieden.«

Dann drehte er sich zu Sofia. »Sofia, wenn du noch bleiben möchtest, wünsche ich dir weiterhin viel Spaß.«

Er schaute ihr dabei tief in die Augen und wartete ab, um ihr genügend Zeit zu geben, sich zu entscheiden. Er wusste nicht, ob sie sich doch noch weiter amüsieren wollte. Vielleicht mochte sie noch tanzen und David stand ihr einfach im Weg. Und sie war zu anständig, um ihn am Tisch alleine sitzen zu lassen.

Doch ihre Antwort war eindeutig. »Nein, David, ich bin auch müde, ich werde ebenfalls nach Hause gehen.«

Sie stand auf, verabschiedete sich höfflich von Daniel und seiner Frau und selbstverständlich auch von Andreas und seiner Begleitung. Dann hackte sie sich wieder bei David unter, drehte ihren

Kopf zu ihm und fragte leise.

»Gehen wir?«

David und Sofia verließen schließlich das Fest. Die Nacht war wunderschön und sternenklar. Die Luft war immer noch angenehm warm und voller sommerlicher Düfte. Nachdem sie ins Freie gekommen waren, zog Sofia ihre Hand wieder zurück und verschränkte ihre Arme vor der Brust. Sie spazierten langsam nebeneinander her, ohne ein Wort zu wechseln. Nach einiger Zeit kamen sie an einer kleinen Bar vorbei, deren Lichter über der Eingangstür mit verschiedenen Farben leuchteten und blinkten. Man konnte durch große dunkelbraune Fenster hineinsehen. Das Ambiente war sehr schön und die Bar selbst war halb leer. David und Sofia schauten sich gegenseitig an. Beide hatten den gleichen Gedanken. Die Nacht war noch jung und keiner wollte bereits nach Hause. Sie gingen hinein und setzten sich an einen entlegenen freien Tisch im hinteren Teil der Bar. Hier konnten sie sich ungestört unterhalten. Sofia erzählte viel über sich und erfuhr auch einiges über David. Sie sprachen über Kindheit und Studentenzeit, erinnerten sich an viele kleine lustige Geschichten und lachten dabei viel. Es war ein wunderbarer Abend, für David unvergesslich. Seit Langem hatte er sich nicht mehr so gut amüsiert. Er beobachtete Sofia die ganze Zeit, wie sie sprach und wie sie lachte. Dabei berührte sie immer wieder seinen Arm. Er spürte ihre Berührung und es fühlte sich gut an, viel zu gut.

Sie tat es unbewusst, das war ihm klar, trotzdem konnte er ihrem Zauber kaum standhalten. In dem gedämpften Licht der Bar entzog sich ihre Schönheit gänzlich der Realität. Zeitweise nahm er nicht einmal wahr, was sie ihm erzählte, sondern schaute ihr einfach nur zu. Wie ein stummer Film lief vor seinen Augen Sofias Erscheinung, ihr Gesicht, wie sie ihn ansah, wie sie sprach, lachte, wie sie sich dabei bewegte, ihre Haare aus dem Sichtfeld zur Seite schob. Er vergaß dabei völlig die Zeit. Schließlich brachte ihn Sofia wieder zurück. Sie schaute auf die Uhr.

»Oh, David, es ist bereits nach Mitternacht. Ich habe Elias versprochen, dass ich bis dahin zu Hause bin. Wir sollten gehen.«

David bezahlte schnell die Rechnung und verbot Sofia strikt, sich daran zu beteiligen.

»Ich bin sehr froh darüber, dass du mich überhaupt zu dem Festabend begleitet hast. Dafür bin ich dir wirklich dankbar. Und auch für die Zeit, die wir hier in der Bar verbracht haben. Das ist das Mindeste, steck deine Brieftasche wieder ein, bitte!«

David begleitete Sofia bis zu ihrem Blockhaus. Er bestand darauf, da er nicht wollte, dass sie alleine nach Hause ging. Sie hatte nichts dagegen. Vor der Haustür blieben sie schließlich stehen. Er drehte sich zu Sofia und wiederholte erneut. »Ich möchte mich noch einmal für deine Gesellschaft bedanken, Sofia. Ich habe mich seit einer Ewigkeit nicht mehr so gut amüsiert. Es war ein sehr schöner Abend.«

»Fand ich auch«, antwortete Sofia leise.

David hob seine Hand und strich sanft durch ihre Haare. Er war immer noch in ihrem Zauber gefangen. Ihr Gesicht befand sich so nah, genauso wie ihre dunkelroten sinnlichen Lippen, als sie ihn anlächelte.

Und dann passierte es.

Ohne nachzudenken zog David plötzlich Sofia eng an sich, neigte sich zu ihr und küsste sie leidenschaftlich auf den Mund. In dem gleichen Augenblick wurde ihm bewusst, was er getan hatte. Er ließ sie sofort wieder los, wollte zuerst etwas sagen, brachte jedoch kein einziges Wort heraus, drehte sich auf der Stelle um und lief davon.

Als David Sofia plötzlich küsste, war sie so überrascht, dass sie darauf gar nicht reagieren konnte. *Wie ist das denn plötzlich passiert?* fragte sich Sofia bestürzt. Der Abend war bislang so schön gewesen. Sie hat es sich anstrengender vorgestellt und auch die Zeit, die sie in der Bar verbracht hatten, hatte sie sehr angenehm gefunden. Sie unterhielt sich gerne mit David. Sie hatten sehr viel gemeinsam und konnten im Grunde über alles reden. Sie erzählte

ihm Sachen, die sie sonst niemandem außer Elias erzählen würde. Und dann küsste er sie plötzlich. Sie
wusste nicht, wie sie sich verhalten sollte. David
war ihr bester Freund und ein wunderbarer Chef.
*Habe ich ihm falsche Hoffnungen mit meiner zu offen-
herzigen Art gemacht?* fragte sich Sofia. Auf der anderen Seite wusste er aber doch, dass sie mit Elias
zusammen war. Und seiner Reaktion nach wurde er
sich dessen auch sofort wieder bewusst, sonst wäre
er nicht wie ein kleiner Junge weggelaufen. Sie
schaute erneut in die Richtung wo David verschwunden war, er war aber nirgendwo mehr zu
sehen. Mit einem unguten Gefühl drehte sich Sofia
um und betrat das Gebäude.

Soll ich es Elias erzählen? Was soll ich jetzt bloß tun,
schwirrte die ganze Zeit durch Sofias Kopf.

XIV.

Davids seltsames Verhalten

13. Juli 2057

Sofia fühlte sich nicht wohl in ihrer Haut, als sie am nächsten Tag in die Arbeit ging. Sie wusste nicht genau, wie sie auf den gestrigen Kuss von David reagieren sollte.

Am besten es gar nicht erwähnen und es einfach ignorieren, dachte sie. *Als ob nichts passiert wäre. Es ist ja eigentlich auch nichts passiert, es war nur ein harmloser Kuss*, versuchte sie sich selbst einzureden.

Sie hat es nicht einmal Elias erzählt. Als sie an Davids Arbeitszimmer vorbeiging, blieb sie kurz stehen und horchte. Sie konnte jedoch keinen Laut vernehmen. Sie wusste nicht, ob David drinnen befand oder nicht. Klopfen wollte sie jedoch nicht. Sie ging einfach weiter, verbrachte einige Zeit im Schreibraum, wo sie ihre letzten Resultate ausgewertete und den Plan für den heutigen Tag präzisierte.

Danach ging sie ins Labor, wo sie den ganzen Vormittag und Nachmittag verbrachte. Jedes Mal, wenn sich die Tür geöffnet hatte, drehte sie sich erschrocken aber auch voller Erwartung um. Sie hoffte David wäre es und dass alles in Ordnung sei.

Normalerweise kam er immer mindestens einmal am Tag ins Labor, um sich nach den experimentellen Abläufen zu erkundigen. An diesem Tag tauchte David jedoch nicht auf. Sie war mit ihren Experimenten längst fertig, verweilte jedoch weiterhin im Labor in der Hoffnung, dass er doch noch erschiene. Alle anderen waren längst weg. Es war Freitag und Rosita und Helena arbeiteten an diesem Tag normalerweise nur bis zwei, es sei denn, David brauchte sie. Akira war um diese Zeit woanders und Veronika hatte sich heute frei genommen. Es war bereits nach fünf, als sie das Labor schließlich verließ.

David kam nicht. Als sie wiederum bei ihm vorbeiging, blieb sie erneut stehen, nah genug an der Tür, um einige Geräusche zu hören. David war offensichtlich drinnen und telefonierte gerade, dann legte er das Telefon ab.

Sie hob ihre Hand, um zu klopfen, dann aber überlegte sie es sich anders, kehrte wieder um, blieb noch kurz im Schreibzimmer, konnte sich jedoch auf nichts richtig konzentrieren, schloss alles ab und ging schließlich nach Hause. Sie war enttäuscht und wusste nicht, was sie davon halten sollte. Sie war sich jedoch keiner Schuld bewusst. David war derjenige, der sich seltsam benahm. Trotzdem musste sie den ganzen Abend daran denken. Und auch am Wochenende bekam sie den Kopf nicht richtig frei.

Am Montag ging Sofia das erste Mal seit langer Zeit nicht gerne in die Arbeit. Langsam fürchtete sie sich sogar ein wenig vor der Begegnung mit David. Er musste das Ganze sehr ernst genommen haben. Sofia verbrachte den ganzen Vormittag in der Klinik. Die erste Testung der künstlichen Minichromosomen stand bevor und es gab einige Freiwillige und potenzielle Patienten, die die Verträglichkeit der Minichromosomen testen sollten. Sie kümmerte sich um die Patientendaten und entnahm das Blut für die DNA-Analyse, um die richtigen Centromere zu konstruieren.

Als sie am späten Nachmittag wieder ins Labor kam, gesellte sich Veronika sofort zu ihr.

»Hallo Sofia, wie lief es in der Klinik?«

»Ganz gut. Ich hatte viel zu tun. Wir haben bereits acht Freiwillige und zwölf Patienten für potentielle therapeutische Zwecke. Bald können wir mit der Testung der ersten Minichromosomen anfangen. David...«

Sie stocke ein wenig und machte eine kleine Pause, nachdem sie Davids Namen erwähnte, dann fuhr sie schließlich fort.

»...David muss nur entscheiden, welche von unseren künstlichen Minichromosomen am geeignetsten sind.«

Auch wenn sie sich bemühte, unbefangen zu sprechen, war dennoch eine leichte Traurigkeit in ihrer Stimme zu spüren.

»Ist alles in Ordnung, Sofia?«, fragte Veronika mit hochgezogenen Augenbrauen.

Sofia zögerte ein wenig, dann schaute sie Veronika gefasst in die Augen und antwortete leise. »Ja, es ist alles in Ordnung, ich bin nur ein wenig müde.«

Das, was zwischen David und ihr passiert war, ging nur sie beide etwas an, niemand anderen.

Veronika nickte nur verständnisvoll und wollte wieder ihrer Arbeit nachgehen, als sie sich plötzlich wieder zu Sofia drehte.

»Ich hätte es fast vergessen, hier ist ein Zettel von David. Er wollte, dass du noch diese zwei Minichromosomen überprüfst.«

Sofia starrte Veronika erstaunt an. »David war bereits hier?«

»Ja, ja, er kam gleich am Vormittag ins Labor. Ich war auch überrascht. Wir hatten nur eine kurze Besprechung, um die Experimente für diese Woche zu planen und danach ging er gleich wieder.«

Sofia wusste zuerst gar nicht, was sie sagen sollte. So etwas hatte David noch nie getan. Wenn er etwas von ihr wollte, hatte er es ihr selbst gesagt.

Er hatte sich sogar darauf gefreut, die Gelegenheit zu ergreifen, um mit ihr zu sprechen. Und er wusste, dass sie heute Vormittag in der Klinik beschäftigt war.

Er hat es mit Absicht getan! waren Sofias nächste Gedanken. Das machte sie ungemein traurig. Das war unfair, so etwas hätte sie von David nicht erwartet. Es war ihm gar nicht ähnlich.

Laut sagte sie jedoch mit leicht zitternder Stimme, wobei sie hoffte, dass es Veronika nicht auffiel. »Wir sollten die Besprechung aber erst morgen haben, oder?«

»Nicht diese Woche«, antwortete Veronika, »David hat morgen keine Zeit.«

»Tatsächlich?«, rutschte Sofia heraus und es klang nicht gerade freundlich.

Veronika schaute sie ein wenig verwundert an.

»Entschuldige, Veronika«, sagte Sofia, um ihre Gefühle zu überspielen, »ich war nur überrascht. Es passiert sehr selten, dass David die Besprechung verschiebt oder nicht stattfinden lässt.«

»Das stimmt«, antwortete Veronika, »ich war auch überrascht. Aber vermutlich muss David wieder etwas für Professor Brandau oder Professor Strass machen. Das wäre ja nicht das erste Mal, oder?«

Sofia nickte nur schweigend, nahm den Zettel von David in die Hand und ging in das Zellkulturlabor. Sie hatte keine Lust, sich weiter mit Veronika zu unterhalten und wollte auch niemanden mehr sehen, sie wollte einfach allein sein.

An diesem Tag und auch am folgenden Tag begegnete sie David kein einziges Mal. Er schaffte es irgendwie immer, ihr aus dem Weg zu gehen. *So geht es nicht weiter*, entschied Sofia schließlich, *ich werde einfach morgen mit ihm reden müssen. Das Ganze macht doch keinen Sinn mehr!*

Am Mittwoch kam David endlich ins Labor. Sie war nicht alleine, sondern Veronika und Rosita waren ebenfalls anwesend. Sie stand gerade an der Laborbank und bereitete neue experimentelle Ansätze vor. Als die Tür aufging, schaute sie nur beiläufig hin, David hatte sie nicht erwartet. Als sie ihn erblickte, fing ihr Herz plötzlich an zu rasen. Sie drehte langsam ihren Kopf in seiner Richtung und lächelte ihn dennoch an, um ihm zu zeigen, dass alles in Ordnung war. Er schaute sie jedoch nicht einmal an und ging weiter zu Rosita.

»Hallo beisammen«, sagte er nur allgemein und besprach mit ihr einige zusätzliche Experimente. Anschließend unterhielt er sich noch kurz mit Veronika, die ihm ihre Ergebnisse zeigte, bei denen sie nicht wusste, wie sie weiter vorgehen sollte. Danach drehte sich David um und ging wieder zur Tür, ohne Sofia mit einem einzigen Blick zu würdigen. Sofia fühlte sich irgendwie ausgeschlossen und sogar gedemütigt.

David stand bereits vor der Tür, Hand auf dem Knauf.

»David?«

Er blieb stehen und drehte sich zögerlich um. »Ja?«

Er schaute sie kurz an, dann sank jedoch sein Blick sofort wieder zu Boden.

»Kann ich dich sprechen?«, fragte schließlich Sofia.

David hob langsam seinen Blick und schaute sie nachdenklich an. Seine Augen waren unheimlich traurig und er sah sehr verschlossen aus. Es dauerte eine Weile, bevor er antwortete.

»Es tut mir leid Sofia, ich habe gerade wenig Zeit. Aber ich melde mich bei dir, sobald es geht.«

Für Sofia war es wie ein Schlag ins Gesicht. So etwas hatte David zu ihr noch niemals gesagt. Sie versuchte trotzdem zu lächeln, es gelang ihr aber nicht besonders. David lächelte nicht zurück. Seine Augen blieben ernst und traurig. Er drehte sich plötzlich um und verließ überstürzt das Labor.

Am nächsten Tag kam David gegen Mittag ins Zellkulturlabor. Er rechnete sicherlich nicht damit, dass Sofia anwesend sein würde und dazu noch alleine. Er platzte hinein, ging gleich zum Brutschrank, nahm einige seiner Zellkulturflaschen heraus und wollte gerade zum Mikroskop, als er Sofia bemerkte. Er blieb wie erstarrt stehen und wusste zuerst nicht, wie er reagieren sollte.

Es gab jedoch keinen Weg zurück.

»Hallo, Sofia«, begrüßte er sie kurz und setzte sich dann zum Mikroskop.

Sofia wusste, dass David seit geraumer Zeit viele Zellen im Brutschrank hielt. Er führte vermutlich noch zusätzliche Experimente durch. Weil er jedoch selbst nicht darüber sprach, fragte sie auch nie danach.

»Hallo, David«, antwortete sie, schaute ihn an und wartete ab. Er hatte jetzt die Gelegenheit, wenn er wollte, darüber, was nach dem Festabend passiert war, zu sprechen. David ignorierte sie jedoch und untersuchte seine Zellen unter dem Mikroskop. Sofia wusste nicht, was sie sagen sollte, deshalb schwieg sie und widmete sich schließlich wieder ihrer Arbeit. Es fiel ihr aber schwer sich zu konzentrieren, wenn er anwesend war. Das Schweigen lag schwer in der Luft. Nach einiger Zeit beendete David seine Untersuchungen und brachte die Zellkulturflaschen wieder zurück in den Brutschrank. Dann drehte er sich zur Tür, ohne ein einziges Wort zu sagen. Für Sofia war das Schweigen unerträglich, sie hielt es nicht mehr aus.

»David, David, bitte!«

Er blieb stehen und wandte sich zu ihr. Sofia drehte ihren Stuhl in seine Richtung. »Du meidest mich seit dem Festabend, warum?«

»Du weißt warum«, war seine knappe Antwort.

»Nein, das weiß ich eben nicht!«, sagte sie mit

aufgeregter Stimme. »Ich habe dir ja nichts getan, oder?«

David schwieg und beobachtete sie nachdenklich. »Falls du dich wegen dem Kuss schuldig fühlst«, unterbrach sie sein Schweigen, »ich bin dir deswegen nicht böse. Vermutlich habe ich dich dazu irgendwie aufgefordert, es tut mir leid. Ich habe es aber niemandem erzählt, nicht einmal Elias.«

Sie machte eine kleine Pause und atmete tief durch, um ein wenig zu entspannen. Sie war völlig aufgebracht und ihre Wangen glühten rot. Es überraschte sie selbst, wie sehr sie das Gespräch und Davids Benehmen mitnahm.

»Du musst dir deswegen keine Sorgen machen, es war ein sehr schöner Abend, wirklich«, fügte sie mit besänftigender Stimme hinzu.

David betrachtete sie weiterhin, ohne ein einziges Wort zu sagen. Für Sofia dauerte es fast eine halbe Ewigkeit, bevor er sich schließlich äußerte.

»Für dein Verständnis und deine Verschwiegenheit bin ich dir äußerst dankbar, Sofia. Und dass ich dich seitdem meide stimmt leider auch, ich bin mir dessen sehr wohl bewusst.«

Er seufzte kurz und fuhr leise fort.

»Es ist nicht deine Schuld, nichts davon ist deine Schuld, ich selbst bin das Problem. Ich habe meine Grenzen als Chef und auch als Freund überschritten. So etwas darf nie wieder passieren. Und ich bin mir nicht einmal sicher, ob so etwas nicht noch einmal geschehen könnte. Ich...«, er wurde plötzlich still und suchte nach Worten, »...ich weiß nicht, wie ich mich weiter verhalten soll, dir gegenüber.

Ich brauche Abstand von dir..., ich versuche Abstand von dir zu gewinnen..., irgendwie. Ich...«

Er stotterte und wusste offensichtlich nicht, wie er seine Gedanken ausdrücken sollte. Dann drehte er sich plötzlich um und verließ eilig das Zellkulturlabor.

Sofia saß einige Zeit reglos da. Sie nahm zwar wahr, was ihr David mitteilte, verstand aber nicht wirklich, was das alles zu bedeuten hatte. Sie erhoffte sich von dem Gespräch, dass alles wieder so sein würde, wie früher. Sie vermisste die Gespräche mit David so sehr, die Nachmittage, die sie oft miteinander verbracht hatten. David hatte sie immer aufgebaut und getröstet, wann immer sie es brauchte. Ihr war plötzlich nach Weinen zumute und sie spürte, wie sich ihre Augen langsam mit Tränen füllten. Sie versuchte ihre gesamte Aufmerksamkeit der Arbeit zu widmen, um nicht mehr darüber nachdenken zu müssen. Es fiel ihr jedoch sehr schwer.

In den folgenden Tagen wurde Davids Verhalten ein wenig besser. Er sprach des Öfteren mit ihr, mied jedoch weiterhin, sie alleine zu treffen. Wenn er sie sprechen wollte, besuchte er sie entweder im Labor, oder im Schreibzimmer. Eigentlich war sie seit dem schicksalhaften Abend nicht mehr in seinem Arbeitszimmer gewesen. Davor hatte es fast keinen einzigen Tag gegeben, an dem sie nicht bei ihm gewesen war. Wenn sie jetzt miteinander sprachen, schaute er ihr selten in die Augen, entweder starrte er zu Boden oder aus dem Fenster. Er berührte sie fast nie und versuchte sogar penibel jeglichen körperlichen Kontakt zu meiden. Auch das vermisste sie irgendwie. Es war beruhigend und irgendwie vertraut, wenn David ihre Haare streichelte, oder seine Hand auf ihren Rücken oder Schulter legte. Dies alles war schlagartig vorbei. Bei den Gesprächen ging es lediglich um das Projekt und sie fand das irgendwie immer anstrengender. Die Arbeit im Labor machte ihr keinen Spaß mehr, sie freute sich nicht einmal mehr herzukommen.

Auch Elias hatte die Veränderung an ihr bemerkt. Sie konnte ihm jedoch nicht erklären warum, sonst müsste sie ihm von dem Kuss erzählen und das wollte sie nicht. Jeder Tag schien Sofia genauso trostlos wie der andere zu sein. Sie versuchte jetzt ohne Davids Hilfe zurechtzukommen. Sie ging auch nicht mehr mit ihren Problemen zu ihm, nur wenn die Ergebnisse gar nicht stimmten, suchte sie seinen Rat. Dazu kam noch, dass Professor Strass vor kurzem von den Probanden für die Experimente mit den künstlichen Minichromosomen vollständige klinische Daten verlangt hatte. Es war nicht leicht, alle erforderlichen Informationen zusammenzubekommen, nach denen er fragte. Dazu wusste sie nicht genau, wie wichtig welche Befunde für die bevorstehenden klinischen Versuche überhaupt waren.

Es war Donnerstagabend, gerade vier Wochen nach dem Kuss, als Sofia von der Klinik zurückkehrte. Es war bereits sehr spät und sie wollte nur noch schnell ins Schreibzimmer, um die Daten in ihre Patientendatei zu übertragen und dann nach Hause. Mit ihren Unterlagen in den Händen ging sie bei Davids Zimmer vorbei. Es brannte dort noch Licht.

Er ist sicherlich noch da, dachte sich Sofia. *Es wäre so viel einfacher, wenn sie einfach klopfen und ihn fragen könnte. Er wüsste sicherlich, welche Daten für Professor Strass am wichtigsten wären.*

Sie traute sich jedoch nicht. Er selbst sagte, er wolle sich von ihr fernhalten, warum? Sie hatte ihm ja nichts getan! Wie konnte ein einziger unbedeutender Kuss alles zerstören? Sofia seufzte und ging weiter. Sie machte gerade einmal zwei Schritte, als sich plötzlich die Tür öffnete und David herauskam. Er hatte seine Aktentasche in der Hand und wollte offensichtlich nach Hause gehen. Als er Sofia erblickte, blieb er verblüfft stehen.

»Sofia, was machst du noch hier? Es ist fast halb

neun. Du solltest längst bei Elias sein.«

Sie drehte ihren Kopf zu ihm, völlig überrascht, und betrachtete ihn mit ihren großen blauen Augen.

»Ich hatte noch etwas in der Klinik zu erledigen. Ich gehe auch bald«, antwortete sie schließlich verlegen.

»Und was ist so wichtig, dass du um diese Zeit noch in der Arbeit bist?«, fragte David mit leichtem Vorwurf in seiner Stimme.

»Nichts Besonderes«, sagte Sofia ausweichend, »ich wollte nur noch etwas zu Ende bringen.«

»Tatsächlich?«, äußerte sich David zu ihrer Erklärung. Er glaubte ihr kein einziges Wort. »Und was hast du da in der Hand?«

»Nichts, nur ein paar Unterlagen«, erwiderte Sofia zögerlich.

David beobachtete sie eine Weile schweigend und dann sagte er: »Sofia, ich kenne dich, ich sehe dir an, dass du unglücklich bist und dass du Stress mit irgendetwas hast. Ich weiß auch, dass ich Großteils selbst die Mitschuld trage.«

Er seufzte leicht, dann überlegte er kurz. Dabei schaute er Sofia die ganze Zeit in die Augen. *Das hatte er seit langem nicht mehr getan*, dachte sie.

Er drehte sich um, machte die Tür von seinem Büro wieder auf und wandte sich zu Sofia. »Komm doch rein.«

Als sie zögerte, sagte er. »Bitte, ich wollte dich sowieso sprechen.« Dann wiederholte er erneut,

»Sofia, bitte.«

Sie ging schließlich mit gesenktem Kopf hinein.

Er deutete zu dem ihr so vertrauten Stuhl, auf dem sie bereits so viele Male gesessen hatte, nahm den anderen Stuhl gegenüber und schob ihn dicht an sie heran. Dann nahm er überraschenderweise ihre Hände in seine und blickte ihr tief in die Augen.

»Zuerst möchte ich mich, Sofia, bei dir in aller Form entschuldigen.«

Sofia wollte ihn unterbrechen, er kam ihr jedoch zuvor.

»Bitte, Sofia, lass mich zuerst ausreden. Ich will mich gar nicht wegen dem Kuss entschuldigen. Ich gebe ehrlich zu, dass ich den Kuss genossen habe und am liebsten würde ich dich wieder küssen.«

Als er Verwirrung und Bestürzung in Sofias Gesicht sah, fuhr er schnell fort. »Hab keine Angst, ich sagte nur, dass ich das gerne tun würde. Aber ich weiß, dass es falsch war und ich habe nicht vor, diesen Fehler zu wiederholen.

Außerdem will ich mich dafür entschuldigen, dass ich mich die ganze Zeit wie ein Arschloch benommen habe. Das hast du nicht verdient.«

Er machte kleine Pause und dann fuhr er fort.

»Kannst du mir verzeihen?«

Er schaute sie weiterhin an. Doch Sofia schwieg. *Seine Augen sind traurig, aber überzeugend und ehrlich. Das ist der David, den ich kenne.*

Weil sie immer noch nichts sagte, wiederholte er seine Entschuldigung. »Kannst du mir das verzeihen, was ich dir die letzten vier Wochen angetan habe? Ich meine hauptsächlich durch mein dummes Verhalten?«

Trotz der ungewöhnlichen Situation musste Sofia plötzlich lächeln. Die Anspannung der letzten Wochen war durch Davids Berührung und durch sein vertrautes Verhalten wie durch Zauberhand fast weggefegt. Sie nickte einfach und schenkte David ihr schönes Lächeln, auch wenn dort noch Spuren von Traurigkeit und seelischer Verletzung zu erkennen waren. Und David grinste zurück, glücklich darüber, dass Sofia ihm nicht böse war.

XV.

Davids Entschuldigung

09. August 2057

Heute sind es genau vier Wochen nach dem schicksalshaften Kuss. Ich bin nicht glücklich darüber. Ich weiß sehr wohl, dass ich mich in der letzten Zeit Sofia gegenüber nicht richtig verhalten habe. Das war das schlimmste an der Sache. Sie war sicherlich überzeugt, dass es nur wegen dem Kuss gewesen ist, aber es war nur die Spitze des Eisbergs. Ich konnte es ihr jedoch nicht erklären, es wäre nur noch schlimmer geworden. Deshalb habe ich es dabei belassen, um Zeit zum Nachdenken herauszuschinden.

Die ersten Tage waren für mich fast unerträglich. Ich habe nicht einmal an meinen eigenen Projekten gearbeitet, nur noch überlegt, was ich machen sollte. Ich musste einfach Sofia meiden, um in aller Ruhe eine Lösung zu finden. Jedes Mal jedoch, als ich ihr begegnet bin und sie mich mit der Hoffnung ansah, dass alles wieder in

Ordnung sein würde, hat es mir fast das Herz zerrissen. Deshalb musste ich immer wieder weglaufen, sobald ich in ihre Nähe kam. Und dabei hat sie sich die ganze Zeit so entgegenkommend verhalten. Es war meine Strafe für mein unverzeihliches Verhalten. Ich habe meine Beziehung zu Sofia als Chef und auch als Freund missbraucht. Sie ist mir dennoch freundlich entgegengetreten und es sogar niemandem erzählt. Dabei wäre es mir fast lieber, wenn Elias es erfahren und mir dann die Fresse poliert hätte. Ich hätte es verdient. Sie ist einfach perfekt, viel zu perfekt. Das war sie immer, eine wahre Prinzessin. Deshalb fällt mir alles so schwer.

Doch schließlich habe ich meine Entscheidung getroffen. Es war nicht leicht. Und jedes Mal, wenn ich mich mit Sofia unterhalten habe und in ihre Augen blickte, die voller Vorwürfe waren, kostete es mich meine gesamte Kraft, um abweisend zu sein, sie nicht zu berühren oder zu trösten.

Die Zeit scheint jedoch günstig zu sein, alles passt zusammen. Meine Langzeitexperimente mit den Zellen waren schließlich erfolgreich. Es sind sieben Minichromosomen geblieben, die auch nach über achtzig Zellteilungen den Phänotyp und auch ihre epigenetischen Ausprägungen aufrechterhalten haben. Das sind jetzt meine Kandidaten. Trotzdem gesellte sich ein weiteres Problem dazu. Es stellt sich die Frage, welches Minichromosom ich nehmen soll. Die verschiedenen Gene, die ich auf den Chromosomen untergebracht habe, überlappen sich und kommen auf unterschiedlichen Minichromosomen vor. Und *ich habe keine Möglichkeit, sie loszuwerden, sobald ich sie in die Zelle eingeschleust habe. Das heißt, dass ich keine zwei solcher Chromosomen auf einmal verwenden kann. Es kämen immer einige Gene doppelt vor und somit wäre die optimale Expression nicht mehr gewährleistet. Daran habe ich gar nicht gedacht. Jetzt muss ich mir eine Lösung einfallen lassen. Ich brauche Zeit zum Nachdenken. Um die Wahrheit zu sagen, habe ich wahnsinnige Angst davor. Ich habe mich jedoch entschieden und somit sind die Würfel gefallen. Das Schicksal nimmt jetzt seinen Lauf...*

***

Als David sein Arbeitszimmer verließ, rechnete er nicht damit, dass er gerade Sofia anträfe. Als er sie erblickte, wurde ihm sofort klar, dass sie in Schwierigkeiten war, die ihr zu schaffen machten. Sie tat ihm leid und es war ihm sehr wohl bewusst, dass er größtenteils selbst daran schuld war.

Er fand sie immer besonders zauberhaft und anziehend, wenn sie traurig war. Das hatte er ihr jedoch nie erzählt. Obwohl sie sonst ein ernsthafter Mensch war, lachte sie auch gerne. Wenn sie jedoch traurig gewesen ist, spiegelten ihre blauen Augen diesen Gemütszustand unverkennbar wider und hatten einen besonderen Glanz. Außerdem war ihr

Gesichtsausdruck voller Melancholie.

Als sie ihn erblickte, war sie ebenso überrascht wie er, fast entsetzt und wusste selbst nicht, wie sie reagieren sollte. David konnte sie einfach nicht so gehen lassen. Genug war genug. Außerdem hatte er seine Entscheidung bereits getroffen. Er hatte jetzt viel nachzuholen. Deshalb bat er sie herein. Er musste sie sogar zweimal bitten, bevor sie schließlich zustimmte. Das war nicht verwunderlich, nachdem, wie er sich verhalten hatte.

Wenn er ihre Hände in den seinen hielt und mit seinem Blick tief in ihre wunderschönen blauen Augen tauchte, spürte er unvorstellbare Wehmut und Trübseligkeit, als ihm bewusst wurde, was auf ihn jetzt zukam. Es kostete ihn fast alle seine mentale Kraft, sich zu beherrschen und sich auf das Heutige zu konzentrieren. Als er sich entschuldigte und Sofia ihm mehr oder weniger verzieh, überfiel ihn ein kurzweiliges Gefühl der Freude.

Sie ist zu gutmütig und ihr Herz ist rein, wie eine glasklare Kristallkugel, wo sich ihre Seele wie auf einem Servierteller widerspiegelt. Deutlich sichtbar für jeden, der gelernt hat, hinzusehen, dachte sich David dabei.

»Nochmals vielen Dank dafür, dass du mir nicht böse bist. Ich bin dir dafür sehr dankbar. Du hast mir wieder bewiesen, wie besonders und außerordentlich du bist. Aber jetzt zu dir, erzähle mir bitte, was dich bedrückt«, sagte er schließlich, ihre Hände immer noch haltend.

Sofia überlegte eine Weile, dabei schaute sie David weiterhin in die Augen. Dann senkte sie schließlich ihren Blick und erwiderte.

»Gar nichts, David, es ist alles in Ordnung.«

»Sofia, bitte, dafür kenne ich dich viel zu gut. Lass mir dir helfen. Ich habe bereits genug angerichtet. Das ist das Mindeste, was ich für dich tun kann«, dann fügte er noch hinzu, »bitte«.

Sofia zögerte, David war jedoch unnachgiebig. Schließlich erklärte sie ihm das Problem mit den Patientendaten für die klinischen Versuche, die Professor Strass von ihr verlangte.

»Lass uns die Daten gemeinsam durchgehen, einverstanden?«, sagte David.

Sofia war immer noch unschlüssig, dann nickte sie dennoch fast unmerklich und schenkte ihm ein kleines Lächeln, das durch die besonderen Umstände dennoch Davids Herz fast zum Stillstand brachte und es überfiel ihn erneut eine Welle von Traurigkeit, die er nur mit größter Mühe unterdrücken konnte.

»Ich hole schnell die restlichen Unterlagen, die ich zu den Patienten habe«, sagte sie schließlich und stand auf, »ich bin gleich wieder da.«

»In Ordnung«, erwiderte er leise, »ich warte.

Als Sofia verschwand, ging David langsam zum Fenster und schaute hinaus. Es war bereits dunkel geworden und von den Gebäuden draußen konnte man nur noch einzelne Umrisse erkennen. Ab und zu gab es ein paar beleuchtete Rechtecke zu sehen, die in ihrer Gesamtheit ein sonderbares Muster ergaben.

Ein anderes Leben, dachte sich David, *Fenster in eine andere Welt. Und hinter jedem dieser Fenster verbergen sich Menschen mit ihren Träumen und Hoffnungen, die nach dem eigenen heiligen Gral suchen. Ich bin einer von ihnen, unbedeutend in der Gesamtheit und verloren in der Ewigkeit.*

Er schaute in den Himmel und erblickte die Triaden der Sterne, die auf ihn von oben herabsahen, kalt und teilnahmslos, wie das Weltall selbst. *Nichts bist du im Angesicht der Unendlichkeit, die dir gegenübersteht.*

Plötzlich waren einige der Fenster dunkel geworden.

Und wieder ein paar weniger, die dem Kampf gegen die Titanen der Unwissenheit noch standhalten, überlegte David melancholisch weiter.

Er versuchte seine Gedanken zu bändigen, um das seltsame Lichtspiel in seiner ganzen Erscheinung zu erfassen.

Die Tür ging plötzlich wieder auf und David erwachte ungewollt aus seiner unwirklichen Gedankenwelt. Sofia kam wieder zurück. Er drehte sich um und beobachtete sie wehmütig, als sie sich ihm näherte.

Du bist das Leben, ich bin der Tod
du bist die Fülle und ich bin die Not
du bist die Freude, ich bin das Leid
du bist die Gunst und ich bin der Neid
du bist die Liebe, ich bin der Groll
du bist die Schöne und ich bin der Troll...

Und schon wieder fallen mir poetische Reime ein, wenn ich dich sehe Prinzessin, schoss es David durch den Kopf, als er Sofias Ankunft verfolgte. Sie war ein wenig außer Atem und ihre Wangen waren dadurch leicht errötet. Ihre blasse Haut bekam dabei einen besonderen Stich und hob somit, wie bereits unzählige Male, ihre natürliche Schönheit hervor.

Viele Frauen verwenden Schminke, um ihre Wangenknochen rot zu bekommen, dachte er. *Du brauchst so etwas nicht, Prinzessin. Wieso musst du verdammt nochmal immer so außergewöhnlich hübsch erscheinen? Oder wirkst du nur auf mich so?*

Sofia stand bereits direkt vor David und schaute ihm in die Augen. »Hier habe ich alles, was ich von den Patienten und den anderen Probanden, die der Testung bislang zugestimmt hatten, an Daten erheben konnte.«

David musste sich zusammenreißen und tief durchatmen, bevor er etwas sagen konnte.

»Sehr gut.« Er konnte jedoch seinen Blick von Sofia nicht lassen. »Dann lass uns die Daten gemeinsam durchgehen.«

Langsam zwang er sich, seinen Blick zu senken. Sie setzten sich gemeinsam, Seite an Seite, an den Tisch und überlegten, welche Daten wie wichtig für die bevorstehenden klinischen Experimente waren.

Es wurde spät, bis David schließlich mit der Zusammenstellung der klinischen Befunde zufrieden war.

»Ausgezeichnet, so finde ich es in Ordnung. Diese Daten kannst du Professor Strass vorlegen. Sage ihm auch, dass du es selbst erhoben hast, aber dass ich die Zusammensetzung der Patientendaten mit dir durchgegangen bin. Wenn er damit nicht einverstanden ist, soll er sich direkt an mich wenden.«

Sofia lächelte ihm leicht zu und bedankte sich wie immer.

»Es ist bereits spät, Prinzessin, du solltest lieber nach Hause gehen«, sagte schließlich David.

»Ich hole noch schnell meine Sachen, ich bin gleich wieder da. Wartest du auf mich?« erklang ihre selbstverständliche Bemerkung.

Sie erwartet, dass ich sie nach Hause begleite, überlegte David und beobachtete Sofia mit schwerem Herzen. Es war für ihn nicht leicht, es laut auszusprechen.

»Sofia, ich hoffe, dass du mir verzeihst, aber ich werde dich nicht nach Hause begleiten.«

Sie schaute ihn mit ihren großen blauen Augen verblüfft an.

»Es ist so, dass ich noch viel zu tun habe und…«, David überlegte, wie er es am besten ausdrücken kann. Er hoffte nur, dass sie es ihm nicht übelnahm, »…ich möchte den gleichen Fehler nicht noch einmal begehen.«

Dass es nicht so abweisend und kindisch klang, fügte er noch hinzu. »Ich brauche Zeit, Sofia, bitte, sei mir nicht böse.«

Sie schaute ihn an. Ihre Augen nahmen einen Hauch von Traurigkeit an, laut sagte sie jedoch. »Es ist in Ordnung, David, wie du willst.«

Dann machte sie eine Pause und fuhr leise mit Hoffnung aber auch Zweifel in ihrer Stimme fort. »Ich hoffe nur, dass es zwischen uns wieder so sein wird, wie es früher einmal war. Unsere Gespräche haben mir gefehlt.«

»Mir auch Sofia, viel zu sehr.«

Plötzlich stotterte seine Stimme leicht. David musste tief durchatmen, bevor er fortfahren konnte. Es war ihm bewusst, dass er sie jetzt anlügen musste, doch er hatte keine Wahl.

»Gib mir nur ein wenig Zeit, bitte.«

»So viel Zeit, wie du brauchst David«, sagte Sofia und lächelte schwach. »Versprich mir aber, dass du mich nicht mehr meiden wirst und mich nicht ausschließt. ...und dass du mir gegenüber immer ehrlich sein wirst.«

David zögerte einen Moment, bevor er antwortete, was Sofia merkwürdig vorkam. Als er jedoch zugestimmt hatte, schenkte sie ihrem unguten Gefühl keine weitere Beachtung.

XVI.

Europäische Seuchenbehörde ECDC

»Doktor Pirelli?«

»Ja?«, sie hob langsam ihren Kopf und schaute erschöpft den jungen Assistenten an.

»Es ist gerade noch ein Bericht reingekommen.«

Doktor Pirelli rieb sich erneut ihre Augen. Sie war müde. Die letzten Tage waren anstrengend gewesen und sie war nicht viel zum Schlafen gekommen. Vorige Nacht waren es nicht einmal zwei Stunden gewesen. Die Berichte häuften sich und es bedurfte sorgfältiger Prüfung, um sie richtig zu deuten.

»Sie sehen ja, dass ich sie noch nicht alle durchgehen konnte«, sagte sie schließlich.

Dabei zeigte sie auf einen beträchtlichen Stapel von Unterlagen, der sich vor ihr auf dem Tisch ausbreitete.

»Es ist wichtig, dass wir die Fälle sorgfältig aussortieren. Wir müssen die Spreu vom Weizen trennen, sonst werden wir unnötig eine Panik auslösen, die gar nicht begründet ist.«

»Ich weiß«, sagte der Assistent, ein attraktiver junger Mann Mitte zwanzig, mit schlanker Taille und breiten Schultern. Er arbeitete hier als Praktikant für einige Monate. Er trug ein weißes Hemd, die Krawatte war aufgelockert und hing schief. Gerade strich er sich die dichten dunkelblonden Haare aus seinem hübschen Gesicht. *Er sieht ebenfalls müde aus,* überlegte Doktor Pirelli, *trotzdem ein anziehender Kerl. Wenn ich ein paar Jahre jünger wäre, ...* sie verdrängte diesen absurden Gedanken, *daran ist nur die verdammte Müdigkeit schuld.*

Der junge Mann fuhr fort. »Es tut mir wirklich leid, aber dieser Bericht ist etwas Besonderes.«

»Und wieso glauben Sie das?«, fragte sie, ohne weiter darüber nachzudenken. Ihr Kopf fühlte sich leer an.

»Er kommt nicht aus Asien«, antwortete lakonisch der junge Assistent.

»Und?«, wiederholte sie ihre Frage mit einer leisen Stimme.

»Dieser Bericht kommt von hier.«

»Bitte?«, sie realisierte zuerst nicht, was er damit meinte. Dann jedoch schlug es wie ein Blitz aus heiterem Himmel ein. Sie sprang auf, die Müdigkeit war wie weggefegt.

»Geben Sie her«, dabei riss sie ihm buchstäblich das elektronische Notizbuch aus der Hand.

»Woher kommt das?«, fragte sie und fing an, die einzelnen Seiten hastig durchzublättern.

»Aus Berlin, aus der Universitätsklinik.«

»Was?«, sie blätterte weiter, bis sie die richtige Seite fand. »Ah, ja, ich seh's.«

Dann hob sie ihren Blick und sah den jungen Mann ernsthaft an.

»Haben Sie den Bericht gelesen?«

»Nicht vollständig, nur was ich unterwegs zu Ihnen erfassen konnte«, antwortete er, »aber was ich bislang gelesen habe«, er überlegte kurz, »das Muster passt haargenau zu den Berichten aus Asien, die Sie bereits größtenteils aussortiert haben.«

Er machte eine kleine Atempause und dann fuhr er fort.

»Die Symptome sind die Gleichen. Ein sonst gesunder Mensch stirbt nach ein paar Monaten aufgrund eines multiplen Organversagens.«

Doktor Pirelli ging zwischenzeitlich aufmerksam den Bericht durch.

»Vielleicht war er nicht völlig gesund«, sagte sie schließlich.

»Da muss ich Ihnen leider widersprechen. Bei diesem Patienten gibt es auch einen kompletten Befund, der etwa sechs Monate zurückliegt. Der Mensch war vollkommen gesund.«

Doktor Pirelli blätterte weiter durch die Unterlagen. »Sie haben Recht.«

Sie setzte sich wieder und legte den Bericht zur Seite.

»Wir haben bislang einige hundert Fälle aus Asien, die alle aus der gleichen Region stammen, einige Dutzend aus Indien, Pakistan, Indonesien, ein paar aus Russland und jetzt noch einen Fall in Europa«, überlegte sie laut.

»Wir sollten die Vorgesetzten informieren«, äußerte der junge Assistent sein Bedenken.

»Und was sollen wir ihnen erzählen?« erwiderte Doktor Pirelli. »Wir haben Fälle, aus verschiedenen Weltregionen, die scheinbar den gleichen Krankheitsverlauf haben. Die Menschen waren zuvor vollkommen gesund, dann nach ein paar Monaten verstarben sie durch ein multiples Organversagen. Es gibt keinen Befund, der auf eine Seuche, oder auf eine mögliche Infektion, Keime oder etwas Ähnliches rückschließen lässt.«

Sie schaute aus dem Fenster und dachte einige Zeit nach. »Wir brauchen mehr Informationen. Haben wir in Asien jemanden vor Ort?«

»Nicht, dass ich wüsste, aber ich werde nachsehen. Es gibt sicherlich einige Kollegen aus dem asiatischen Raum, die zur Verfügung stehen«, vermerkte der junge Mann.

Doktor Pirelli schaute ihn nachdenklich an, dann lehnte sie jedoch sein Angebot ab. »Nein. Ich habe für Sie eine andere Aufgabe. Ich möchte, dass sie sofort packen. Sie gehen auf Reisen.«

»Wohin?«, fragte er überrascht.

»Ich möchte, dass Sie sich selbst vor Ort umsehen.«

»Soll ich nach Asien fliegen?«, war seine Frage.

»Nein, nach Berlin. Ich möchte, dass sie alles über diesen einen Patienten erfahren und ob es vielleicht noch mehr Fälle gibt. Besorgen Sie mir alle Sterbeurkunden von allen Patienten, die dort in der Klinik innerhalb der letzten zwölf Monate gestorben sind, egal woran. Haben Sie mich verstanden?«

Der junge Assistent nickte nur und war gerade dabei, sich zu verabschieden, als ihn Doktor Pirelli aufhielt. »Warten Sie noch. Mir ist beim Durchblättern etwas aufgefallen.«

Sie nahm das Notizbuch wieder in die Hand und sah es aufmerksam durch.

»Hier, ich hab's. Der Mann, der in diesem Bericht beschrieben wurde, war ein Arzt, der dort gearbeitet hatte. Das ist sehr interessant und könnte für uns vielleicht ein Anhaltspunkt sein.«

Sie schaute den jungen Mann nachdenklich an. »Finden Sie heraus, welche Patienten er in den letzten zwölf Monaten behandelt hat und ob auch ähnliche Fälle dabei gewesen sind.«

Sie legte das Notizbuch wieder zur Seite und streckte ihm ihre Hand entgegen. Er drückte sie kurz bevor er sich umdrehte.

»Eine Sache noch«, sagte sie zu ihm, »seien Sie vorsichtig, bitte!«

Der junge Mann drehte seinen Kopf zu Doktor Pirelli und antwortete mit leichtem Grinsen. »Keine Angst Frau Pirelli, ich bin im Nu wieder da, gesund und munter.«

In dem Augenblick wusste er noch nicht, worauf er sich tatsächlich einließ.

Und das Schicksal spielte die nächste Karte aus.

XVII.

Davids Verschwinden

04. September 2057

Alles hat sich wieder normalisiert, meine Beziehung (nein, man kann es keine Beziehung nennen, mehr eine Art »enge Zusammenarbeit«) mit Sofia läuft wieder »fast« wie früher. Ich muss »fast« dazuschreiben, weil es dennoch nicht das Gleiche ist. Es steht etwas zwischen uns, eine unsichtbare Mauer, erschaffen aus einem einzigen kleinen Kuss.

Welche Ironie des Schicksals? Nichts, was man je tut oder getan hat, kann man zurücknehmen. Auch wenn ich mich jetzt Sofia gegenüber normal verhalte, in meinem Inneren brodelt es nur andauernd. Und langsam komme ich zu der einzigen Lösung, die für mich in Frage kommt. Sie gefällt mir zwar gar nicht, aber ich finde sie dennoch als einen einzigen Ausgang aus meiner jetzigen für mich fast aussichtslosen Situation. Ich dachte zuerst, es würde sich vielleicht noch legen, nachdem sich die »Beziehung«

mit Sofia »fast« normalisiert hatte.

Trotz allem reifte meine Entscheidung die letzten Wochen langsam zu dem einem endgültigen Entschluss und davor bekomme ich jetzt langsam Angst. Dennoch, ich habe mich entschieden und die ersten Schritte eingeleitet. Die Würfel sind somit gefallen. Kein Weg mehr zurück.

Und es ist bald soweit. Ich habe bereits alles vorbereitet. Nach und nach. Im Grunde ging alles so einfach, mit allem, was ich vorhatte und auch was ich Daniel versprochen habe. Viel zu glatt. Hat erneut das Schicksal seine Finger im Spiel? Ich fürchte mich, doch meine Entscheidung ist gefallen und wenn ich mich entschieden habe, schaue ich nicht mehr zurück. Danach werde ich es vermutlich bereuen, doch im jetzigen Moment sehe ich es für mich als einzigen vernünftigen Ausweg.

Auch meine eigenen Experimente habe ich vernachlässigt. Ich habe zwar die ausgewählten Minichromosomen ausgiebig getestet, jetzt muss ich jedoch noch eine geeignete Kombination der Gene, die notwendig sind, herausfinden. Es wird keine leichte Aufgabe sein. Ich denke jedoch im Augenblick gar nicht daran. Das Einzige, das in der letzten Zeit in meinem Kopf herumspuckt (Ob ich es so überhaupt sagen darf?), ist Sofia.

***

Die drei Wochen nach dem letzten Gespräch mit

David waren für Sofia wieder fast wie früher. David war die ganze Zeit sehr zuvorkommend. Er besuchte sie fast jeden Nachmittag im Labor oder lud sie zu sich in sein Arbeitszimmer ein. Sie sprachen über alles Mögliche, wenn auch hauptsächlich über die Arbeit. David erklärte ihr alles, was er mit den künstlichen Minichromosomen von Professor Strass vorhatte. Im Grunde besprach er mit ihr das gesamte Projekt und das auf sehr detaillierte Weise. Das verwunderte sie ein wenig. Aber sie dachte, dass David wollte, dass sie den gesamten Überblick behielt und das machte sie auch stolz. Er sagte sogar, dass er daran dachte, sie zu seiner Vertreterin zu ernennen. Wenn er zum Beispiel viel zu tun haben sollte, könnte sie ihn vertreten und ihn damit entlasten.

»Das mache ich gerne, David«, sagte sie überglücklich, »ich bin dir für dein Vertrauen sehr dankbar.«

Und sie schenkte ihm wieder einmal ihr schönes Lächeln, das er so gerne hatte. Er lächelte zwar nur leicht zurück, hob aber seine Hand und streichelte sanft durch ihre Haare, ohne etwas zu sagen.

Sofia konnte dennoch das Gefühl nicht loswerden, dass etwas nicht stimmte. Seine Augen wirkten trotz alldem ständig unheimlich traurig. Sie versuchte dem jedoch keine besondere Bedeutung zuzuschreiben. Er hatte immer viel zu tun. Sie spürte aber, dass er vor ihr etwas verheimlichte. David selbst wollte darüber offensichtlich nicht sprechen und deshalb fragte sie ihn auch nicht danach.

»Hier Sofia«, sagte er eines Nachmittags, als sie wieder bei ihm im Arbeitszimmer war, »ich habe vor einiger Zeit das Projekt von Professor Strass sehr detailliert ausgearbeitet, mit Meilensteinen und den wichtigsten Schnittpunkten.«

Und er reichte ihr einen Stapel von Papierdokumenten. Das war ungewöhnlich. Heutzutage wurde fast nichts gedruckt, dafür gab es verschiedene Arten von elektronischen Notizbüchern und Dokumenten.

»Danke David«, sagte Sofia und schaute ihn ein wenig verwundert an, »aber was soll ich mit diesen Papierdokumenten? Wieso nicht elektronisch?«

David betrachtete sie eine Weile, ohne es zuerst zu kommentieren, dann beantwortete er ihre Frage mit einer leisen und nachdenklichen Stimme.

»Elektronische Dokumente können kaputt gehen. Papier bleibt jedoch bestehen. Hast du überhaupt schon mal ein normales Buch, ich meine gedruckt auf Papier, gelesen?«

Sofia dachte einen Augenblick nach.

»Ich glaube, dass ich so ein Buch noch nicht einmal in der Hand gehalten habe. Und du?«, richtete sie ihre Frage an ihn.

David sagte nichts, beugte sich vor, öffnete die unterste Schublade seines Tisches und nahm einen

Gegenstand heraus, der in altes Leder eingewickelt war. Er legte ihn vorsichtig auf den Tisch und packte ihn aus. In der Mitte lag ein altes abgenutztes Buch. Er nahm es in die Hand und reichte es Sofia.

»Hier, es gibt nicht mehr viele Exemplare davon. Es ist kein bekanntes Buch. Vermutlich hast du noch nie etwas davon gehört. Aber es ist sehr schön und ergreifend.«

Sofia nahm das Buch in die Hand und machte es vorsichtig auf. Sie blätterte langsam hindurch und las ein paar Zeilen. Dann schaute sie sich den Umschlag an und las laut vor:

»Wie ein einziger Tag von Nicholas Sparks. Wovon handelt das Buch?«

David schaute aus dem Fenster, bevor er sich äußerte.

»Es ist ein trauriges Buch und handelt von Liebe, Trennung und Ergebenheit.«

»Ich würde es gerne einmal lesen, es muss sehr schön sein, wenn du es aufbewahrt hast«. Sofia schaute dabei David verwundert an.

David lächelte bekümmert und betrachtete sie eine Zeit lang nachdenklich. Dann senkte er seinen Blick auf das Buch, nahm es Sofia aus der Hand und packte es wieder in das Leder ein. Das eingewickelte Einzelstück immer noch in seinen Händen haltend, blickte er hoch und lächelte Sofia zu.

»Hier«, sagte er und reichte ihr das eingepackte Buch, »du kannst es haben.«

Sofia war sprachlos. »Aber David, das ist ja dein Buch.«

»Lies es einfach in aller Ruhe und irgendwann mal, nachdem du es gelesen hast, kannst du es mir wieder zurückgeben.«

In seiner Stimme schwang trotzdem etwas Endgültiges mit.

»Danke David«, sagte Sofia verlegen mit leiser Stimme.

»Ich werde es sehr vorsichtig behandeln, das verspreche ich. Und wenn ich es gelesen habe, gebe ich es dir wieder zurück.«

Behutsam nahm sie das Buch entgegen. David beobachtete sie dabei mit einem freudlosen Lächeln. Für einen Augenblick breitete sich eine ungewohnte Stille zwischen ihnen aus.

Was ist mit dir los, David, dachte sich Sofia dabei, *irgendetwas stimmt mit dir nicht*. Sie entschied, dass sie ihn gleich nächste Woche, falls er nicht alleine davon anfing, selbst fragen würde.

Schließlich senkte David seinen Blick und sagte zurückhaltend, in Gedanken schien er aber wo anders zu sein.

»Jetzt wieder zurück zu der Projektbeschreibung. Ich habe es absichtlich drucken lassen. Es soll nur als Wegweiser dienen. Du kannst es durchlesen und mir sagen, was du davon hältst und ob alles, was ich dort beschrieben habe, verständlich und klar genug ist.«

»Ich lese es gerne durch, David«, antwortete Sofia. Dann fügte sie mit funkelnden Augen hinzu.

»Aber morgen ist bereits Freitag, bis dahin schaffe ich es aber nicht! Ich werde es auf jeden Fall übers Wochenende durchlesen und mich gleich am Montag bei dir melden.«

»Sehr gut, bis Montag reicht es vollkommen«, sagte David mit einem seltsamen Unterton in seiner Stimme.

Am Freitag hatte Sofia im Labor viel zu tun, so dass sie keine Zeit hatte, mit David zu sprechen. Er kam früh Nachmittag kurz in das Zellkulturlabor. Sie saß gerade an der Sterilbank und behandelte ihre Zellen, als er reinkam. Sie drehte ihren Kopf zu ihm und lächelte. Er lehnte sich an den Türrahmen und betrachtete sie schweigend.

»Ich brauche noch etwa eine halbe Stunde, David. Falls du mich sprechen willst, komme ich danach gerne in dein Arbeitszimmer.«

David machte den Mund auf, um etwas zu sagen, dann schüttelte er nur seinen Kopf und beobachtete sie weiterhin eine Weile reglos.

Sofia war gewöhnt, dass er oft auf diese Weise wartete. Das machte ihr inzwischen nichts mehr aus. Sie lächelte ihm von der Seite erneut zu und widmete sich weiterhin konzentriert ihrer Arbeit.

Dabei fiel ihr plötzlich auf, dass David wieder einmal unheimlich traurig zu sein schien.

*Sein ganzer Gesichtsausdruck ist schmerzhaft ver-
zerrt und seine Augen glänzen,* überlegte Sofia und
sah erneut zu der Tür hin. David war aber bereits
weg. *Ich werde nicht bis nächste Woche warten, sondern
gleich, wenn ich mit meiner Arbeit hier fertig bin, werde
ich zu ihm gehen und ihn endlich fragen, was mit ihm los
ist,* entschied sie schließlich.

Es dauerte doch länger, als sie gedacht hatte und
als sie spät am Nachmittag David sprechen wollte,
war er nicht in seinem Zimmer. Das verwunderte
sie ein wenig. Er war fast immer in seinem Büro,
egal, wann sie kam. *Vermutlich musste er etwas erledigen,* dachte sie sich, *ich versuche es später noch einmal.* Sie ging in ihr Schreibzimmer, wo sie noch etwa
zwei Stunden verbrachte. Sie fing auch an, die Pro-
jektdokumente, die er ihr gegeben hatte, durchzulesen. Sie schloss danach alles ab und kam erneut bei
ihm vorbei. Er war jedoch immer noch nicht da. Ein
wenig verstört und verwundert darüber ging sie
schließlich nach Hause, fest entschlossen, gleich
Montag früh mit ihm zu reden.

Sofia stand vor Davids Tür und klopfte, nichts.
Das kam ihr wirklich merkwürdig vor. *Montags um
diese Zeit, wo könnte er nur stecken?* Sie versuchte es
im Labor, aber auch dort konnte sie ihn nicht finden.

»Habt ihr vielleicht David gesehen?«, fragte sie
schließlich Rosita und Helena.

»Nein, Sofia. Aber vielleicht ist er in seinem Arbeitszimmer?«

»Da komme ich gerade her«, antwortete Sofia besorgt, »aber dort war er auch nicht.«

Gerade in diesem Moment kam Veronika mit Akira ins Labor.

»Habt ihr David gesehen?«, schoss Sofia gleich los.

»Nein«, sagten beide fast mit einer Stimme.

»Er taucht schon wieder auf, Sofia, keine Sorge«, fügte Veronika hinzu. »Wieso bist du so besorgt?«

»Ich sollte gleich heute früh zu ihm kommen«, entgegnete Sofia.

»Dann warte einfach ab«, sagte Rosita, »er wird dich schon finden, wenn er wieder da ist, keine Angst.«

»Ja du hast bestimmt Recht«, gab Sofia zu und ging schließlich ihrer Arbeit nach. Als sie am Nachmittag wieder Zeit hatte und David nicht aufgetaucht war, ging sie erneut zu seinem Büro. Er war jedoch immer noch nicht anwesend. Sie hatte auch versucht, ihn mehrere Male anzurufen, aber David war nicht zu erreichen. Schließlich ging sie mit einem mulmigen Gefühl nach Hause.

Als sie am nächsten Morgen wieder in die Arbeit kam, lief sie sofort zu Davids Arbeitszimmer. Die Tür stand leicht offen. Sie lächelte erleichtert. Ihr fiel buchstäblich ein Stein vom Herzen. Sie klopfte kurz und platzte gleich hinein.

»Hallo David, ich habe deine Unterlagen durchgelesen und habe ein paar Fragen dazu. Und übrigens, wo warst du gestern? Ich habe dich den ganzen Tag gesucht.«

Dann bemerkte sie, dass etwas nicht stimmte. Das Zimmer war fast leer. Alle Sachen, Ordner und andere Utensilien von David, die immer herumlagen, waren plötzlich weg. In der Mitte standen ein paar Umzugskisten und Einige davon waren geöffnet.

Erst jetzt schaute sie sich die Person genau an, die hinter dem Schreibtisch saß und sie neugierig und überrascht betrachtete.

Das war nicht David!

Es war ein junger Mann Mitte dreißig, nur ein paar Jahre älter als sie. Er hatte kurze dunkelbraune Haare, ein schmales Gesicht, dünne Lippen und graue Augen. Er beobachtete sie weiterhin neugierig, ohne etwas zu sagen.

»Wer sind Sie?«, fragte schließlich Sofia, »und was machen Sie in Da..., in Doktor Markons Arbeitszimmer?«

»Und Sie sind?«, antwortete der Mann mit einer Gegenfrage.

»Ich bin Sofia, ...Doktor Sofia Morgen«, dann fügte sie noch schnell hinzu, »ich arbeite für Doktor Markon. Sie haben aber meine Frage noch nicht beantwortet?« und Sofia fixierte ihn mit ihren blauen

Augen, die noch größer wurden, ohne zu blinzeln.

Das verunsicherte den Mann offensichtlich ein wenig, er senkte seinen Blick, stand auf und ging um den Tisch herum nach vorne. Er war dürr und sogar ein Stück kleiner als Sofia, trug eine breite dunkelbraune Hose und einen karierten Pullover. Er streckte seine Hand aus und sagte:

»Entschuldigen Sie, ich bin Doktor Kowalski, schön Sie kennen zu lernen. Ich habe bereits viel über Sie gehört, es freut mich Sie kennenzulernen.«

Sofia schüttelte ihm die Hand, völlig verwirrt. Bevor sie ihn jedoch etwas fragen konnte, kam er ihr zuvor.

»Ausgezeichnet, dass sie da sind. So muss ich wenigstens niemanden suchen. Ich kenne mich hier nämlich noch nicht sehr gut aus. Ich möchte Sie gerne bitten, die anderen wissenschaftlichen Mitarbeiter zu holen. Wir sollen uns in etwa einer Stunde in dem kleinen Konferenzraum, zusammen mit Professor Strass und Professor Brandau, treffen. Es gibt einiges, was besprochen werden muss.«

Er drehte sich dann um und fing an, einige Sachen aus den Umzugskisten auszupacken. Sofia war völlig bestürzt, sie wagte jedoch nicht, diesen Herrn Kowalski noch etwas zu fragen. Wenn er mehr verraten wollte, hätte er es sicherlich bereits gesagt. Offensichtlich würde sie sowieso bald alles erfahren.

Was ist los? fragte sie sich selbst. *Wo bist du David,*

was ist geschehen?

Als sie in Richtung der Labore eilte, um die anderen über das außerplanmäßige Treffen zu unterrichten, überfiel sie plötzlich eine Panikattacke. *Was wenn David etwas passiert ist*, überlegte sie. *Das kann nicht sein!* Ihr Herz raste und sie war so aufgebracht, dass sie sich auf nichts konzentrieren konnte.

Sofia saß zusammen mit Veronika, Rosita, Helena und Akira in dem kleinen Konferenzraum und erwartete die Ankunft von Professor Strass. Anwesend waren noch zwei junge Ärzte, die sie nur vom Sehen her kannte, ein dickerer junger Mann mit kurz geschnittenen krausen Haaren und zwei ebenfalls sehr junge Frauen, die sie nicht zuordnen konnte. Doktor Kowalski saß bei ihnen und alle unterhielten sich rege. Sie war so nervös, dass ihre Hände zu schwitzen und zu zittern begannen. Sie musste sie immer wieder an ihrer Hose abwischen. Ihr Herz raste wie verrückt. Niemand wusste was los war und David war auch nicht hier. Sie befürchtete das Schlimmste. *Es ist ihm sicherlich etwas passiert. Oh, Gott bitte lass das nicht wahr sein,* waren ihre verzweifelten Gedanken, als die Tür zum Konferenzsaal plötzlich aufging und Professor Strass, mit Andreas im Schlepptau, den Raum betrat. Eine kurze Zeit später erschien auch Professor Brandau. Das verunsicherte Sofia noch mehr. *Hier stimmt hundertprozentig etwas nicht!*

Professor Strass unterhielt sich noch kurz mit Stefan Brandau, trat dann nach vorn und drehte sich zu den Anwesenden.

»Liebe Kollegen, es gibt einige Veränderungen und Neuigkeiten, die wir heute besprechen müssen.«

Er machte eine kleine Pause und schaute alle ernsthaft an. Dann fuhr er fort.

»Als erstes zu Professor Brandau. Er hat bei uns vor einiger Zeit als Forschungsleiter angefangen. Es gab eine Übergangsphase, so dass er sich hier auch ein wenig einleben konnte. Gleichzeitig wurden für ihn neue Laborräumlichkeiten eingerichtet, die seinen Bedürfnissen entsprechen würden. Diese neuen Labore wurden bereits weitgehend hergerichtet.«

Er richtete seinen Blick zuerst an Sofia und dann an die anderen wissenschaftlichen Mitarbeiter, Veronika, Akira, Rosita und Helena.

»Das betrifft insbesondere euch fünf. Um unsere Forschung zu bündeln, wurde entschieden, dass alle Mitarbeiter in dem neuen Labortrakt arbeiten sollen, unter Leitung von Professor Brandau. Weiterhin kommen noch seine Mitarbeiter dazu, Doktor Dirk, Doktor Chevalier, der noch abwesend ist und zwei technische Assistentinnen Frau Abraham und Frau Novak.«

Dann drehte er sich zu Professor Brandau.

»Würdest du so nett sein und ihnen die weiteren

Einzelheiten erklären?«

Stefan Brandau stand auf, stellte sich erneut vor und beschrieb in Kürze, wie er sich das Arbeiten in dem neuen Labor vorstellt. Es ging dabei um die Einteilung der einzelnen Forschungsgebiete und weitere Mitarbeiter und Ärzte, die dazu kommen sollten.

Sofia wurde immer nervöser und ungeduldiger. *Was soll das Ganze?* fragte sie sich. *Habt ihr überhaupt David gefragt?* Während ihre Gedanken um David kreisten, übernahm wieder Professor Strass die Ansprache.

»Als nächstes müssen wir etwas besprechen, was mir besonders am Herzen liegt und was das Minichromosomen-Projekt betrifft, das derzeit die allerhöchste Priorität besitzt und das sind die anstehenden klinischen Versuche, die nächste Woche anfangen sollen, um die Verträglichkeit unserer künstlichen Minichromosomen zu testen. Wir haben bereits zwanzig Patienten, einige mit monogenetischen Erkrankungen, die wir später auch für die Testung der therapeutischen Gene verwenden werden. Einige davon haben kompliziertere genetische Aberrationen, die wir hoffentlich bald mit unseren neuen künstlichen Chromosomen behandeln können. Dazu haben wir noch fünfzehn gesunde Probanden, an denen die Verträglichkeit der Minichromosomen zuerst getestet wird.«

Er zeigte anschließend auf die zwei junge Ärzte.

»Für diesen klinischen Teil habe ich noch zwei weitere Ärzte abbestellt. Sie werden unter der Führung von Doktor Wallenfort«, und er nickte in Richtung Andreas, »die klinischen Versuche überwachen.«

Dann sah er Sofia an. »Und Sie, Frau Morgen, sorgen für den reibungslosen Ablauf zwischen der Klinik und der Forschung.«

Er betrachtete sie mit einem festen Blick und wartete ab. Sofia starrte ihn eine Weile an, ohne mit der Miene zu zucken, nickte jedoch schließlich und schaute auf ihre Hände, die sie in ihrem Schoß zusammenlegte.

Professor Strass fuhr unbeeindruckt fort.

»Und jetzt zu dem letzten doch wunden Punkt.« Er machte eine kleine Pause, bevor er weitersprach. »Es betrifft David«, er verstummte erneut für einen Augenblick, »ich meine Doktor Markon.«

Er schaute alle ernst an und insbesondere Sofia, bevor er fortfuhr. Für Sofia war die Spannung fast unerträglich. Ihre Hände schwitzen und ihr Herz raste wie verrückt. Sie hielt beide sie fest in ihrem Schoss, um das Zittern zu unterbinden.

»Er hat uns leider verlassen«, sagte schließlich Professor Strass.

Sofia hielt es nicht mehr aus.

»Was? Wie, verlassen?«, schrie sie plötzlich auf und alle drehten sich verwundert zu ihr.

»Doktor Markon hat gekündigt.«

Und wieder unterbrach ihn Sofia. »Und wieso haben wir davon nichts gewusst? Und warum so plötzlich?«

Daniel Strass betrachtete Sofia eine Weile schweigend, bevor er weitersprach.

»Ich habe im Einklang mit David gehandelt. Das war sein Wunsch. Er wollte keinen Abschied und sorgte auf für einen würdigen Nachfolger«, und er schaute kurz Richtung Doktor Kowalski.

»Seine Gründe hatte er nicht genannt. Wir wissen alle, dass er mehr oder weniger ein Eigenbrötler und ein Einzelgänger war. Er scheute auch Menschenmengen und wollte einfach ohne ein großes Getümmel fortgehen. Und er hat im Gegenzug versprochen, dass er sich um einen geeigneten Ersatz kümmert. Ich habe Doktor Markon trotz, sagen wir, seiner Besonderheiten sehr geschätzt. Er war ein hervorragender Wissenschaftler und auch sehr gut auf dem Gebiet auf dem er gearbeitet hat, deshalb habe ich seinem Wunsch entsprochen und niemandem etwas gesagt.«

Er machte eine kleine Pause.

»Und bei dieser Gelegenheit möchte ich euch Doktor Kowalski vorstellen. Er tritt an die Stelle von Doktor Markon. Es wird keine leichte Aufgabe sein, aber Doktor Kowalski hat zwei akademische Abschlüsse, in der molekularen Genetik und in der Medizin. Er besitzt trotz seinen jungen Jahren beträchtliche Erfahrungen und Kenntnisse auf dem

Gebiet der künstlichen Chromosomen und hat auf diesem Gebiet auch viel veröffentlicht. Somit ist er für diese Stelle mehr als geeignet. Er wird direkt Professor Brandau unterstellt und unter meiner Obhut an dem Projekt weiter arbeiten.«

»Sie alle«, und er schaute das verblüffte Haufen der Mitarbeiter von David an, »arbeiten ab sofort für Doktor Kowalski.«

Er wandte sich nach seiner Ansprache direkt an Doktor Kowalski. »Möchten Sie dazu etwas sagen?«

Doktor Kowalski nickte, stand auf und stellte sich kurz vor. Danach fasste er in weiteren zwanzig Minuten seine bisherigen Arbeiten zusammen.

Sofia hörte jedoch gar nicht richtig zu. Das, was sie gerade erfahren hatte, hatte sie so geschockt, dass sie am liebsten weggelaufen wäre. Sie war sprachlos. David hatte einfach gekündigt und es nicht einmal für wichtig befunden, sie darüber zu unterrichten. Sie konnte es immer noch nicht glauben.

Wieso, David? Ihr war plötzlich nach Weinen zumute. Nur mit allergrößter Mühe konnte sie ihre Tränen zurückhalten.

Langsam begriff sie das seltsame Verhalten von David in den letzten Wochen, seine ewig traurigen Augen, wie er am Freitag an der Tür im Zellkulturlabor stand, ohne ein einziges Wort zu sagen. Er wollte sich von ihr verabschieden.

Sofia hielt es am Ende nicht mehr aus, stand plötzlich auf, entschuldigte sich und verließ in Eile den Konferenzraum. Sobald hinter ihr die Tür zuging, rollten bereits große Tränen über ihre Wangen hinunter. Sie konnte sich nicht mehr beherrschen. David hatte sie einfach im Stich gelassen. Er hatte sie betrogen! Das war unverzeihlich.

Ich bleibe auch nicht hier, waren ihre nächsten Gedanken. *Ich habe es hier überhaupt nur durch David so lange ausgehalten. Nun habe ich keinen Grund mehr, hier weiter zu arbeiten.*

Sofia zog sich zuerst zurück in das Schreibzimmer, sie war jedoch rastlos. Sie musste einfach raus, verließ das Gebäude und verbrachte ein paar Stunden in dem nahegelegenen Park. Das Wetter war sehr schön und der Spaziergang tat ihr gut und beruhigte ein wenig ihre zerrüttete Seele.

Sie konnte sich danach einigermaßen wieder zusammenreißen. Der einzige Gedanke, der sie weiterhin beschäftigte, war Davids Abgang, ohne dass er sich von ihr mit einem einzigen Wort verabschiedet hatte.

Das werde ich dir nie verzeihen, David, wirbelte fortwährend in ihrem Kopf, *nie!*

XVIII.

Europäische Seuchenbehörde ECDC

Doktor Pirelli betrachtete nachdenklich den jungen Assistenten. Er hatte ohne Zweifel gute Arbeit geleistet und dass in sehr kurzer Zeit. Sie saßen alleine in dem abgesperrten Besprechungsraum. Sie wollten nicht gestört werden. Bevor sie sich zu etwas entschloss, musste sie sich alles gründlich überlegen. Sie selbst war auch nicht untätig gewesen. Sie hatte einige Verbindungen in Asien kontaktiert und zusätzliche Informationen über die Patienten bekommen. Es war ihr auch gelungen, von einigen der Verstorbenen die Entnahme von Organproben zu veranlassen. Diese Proben sollten bald hier sein.

»Spannen Sie mich nicht auf die Folter und zeigen Sie mir, was sie haben!«, sagte schließlich Doktor Pirelli.

Der junge Mann nahm einige Unterlagen und

sein elektronisches Notizbuch aus seiner Aktentasche, die auf dem Tisch neben ihm lag, und stellte alles geordnet vor sich. Er schaute seine Chefin ernsthaft an.

»Das, was ich herausgefunden habe, wird sie nicht erfreuen.« Seine Stimme klang leise und trübsinnig. »Wie Sie sich gewünscht haben, habe ich alle Patientenakten, die unser verstorbener Arzt in dem letzten Jahr behandelte, besorgt.«

Er machte eine kleine Pause und dann fuhr er fort. »Das ist aber noch nicht alles. Ich habe mich umgehört und ein paar sehr interessante Dinge aufgefangen.«

Der Assistent machte eine bestimmte Datei auf und zeigte Frau Pirelli die ärztlichen Befunde.

»Es gibt einen einzigen Patienten, der in dem letzten Jahr in der Klinik starb. Vor etwa sechs Monaten kam ein Patient mit Bauchspeicheldrüsenkrebs im fortgeschrittenen Stadium und bereits stark ausgeprägter Metastasierung. Die Ärzte haben alles versucht, doch nichts hatte geholfen.«

»Das alleine bringt uns jedoch nicht weiter«, unterbrach ihn Doktor Pirelli, »solche Fälle hatten wir bereits.«

»Das mag wohl stimmen«, fuhr der junge Mann unbeirrt fort, »aber dieser Patient ist extrem interessant. Er war nämlich ebenfalls in Asien und das vor etwa einem Jahr.«

Doktor Pirelli wurde plötzlich aufmerksam.

»Das ist wirklich interessant. Das würde bedeuten, dass er sich in Asien hätte anstecken können.«

Der Assistent sprach überlegt weiter. »Das ist noch nicht alles. Im Umfeld von dem verstorbenen jungen Arzt gab es noch mehr Todesfälle. Vor kurzem ist der Klinikdirektor verstorben.

Er hatte ebenfalls Krebs, aber weil er ein älterer Herr gewesen ist und aufgrund von Tumorerscheinungen bereits behandelt worden war, hat man eine natürliche Ursache für sein Ableben angenommen. Und es gibt noch mehr. Weitere Fälle mit fortgeschrittenem Krebsstadium wurden in der Klinik festgestellt.«

Sie beobachtete den jungen Mann aufmerksam und ergänzte selbst seine Aussage.

»Und alle diese Personen hatten Kontakt mit unserem Patienten aus Asien.«

»Ganz genau«, stimmte er ihr zu, »aber dieser Patient«, er blätterte in dem virtuellen Monitor, bevor er weiter sprach, »er heißt übrigens Theodor Greenwald. Er ist kein Asiate, sondern kommt aus Europa, Deutschland, eine kleine Stadt nicht weit von Berlin. Er hat vermutlich in Asien seinen Urlaub verbracht.«

Es herrschte eine Weile vollkommene Stille, jeder von den beiden war vertieft in seinen eigenen Gedanken. Schließlich, nach einer ausgedehnten Weile, fragte Doktor Pirelli ihren jungen Assistenten.

»Wie viele Fälle gibt es Ihrer Meinung nach insgesamt in der befragten Klinik?«

Der junge Mann suchte schnell in seiner Datei.

»Bislang fünf Tote, die höchstwahrscheinlich zusammenhängen und zwölf Menschen, bei denen plötzlich Krebs aufgetreten und diagnostiziert worden ist.«

Er schaute seine Chefin nachdenklich an, bevor er bedacht fortfuhr.

»Aus meiner Sicht gibt es jedoch deutlich mehr. Meistens geht man erst dann zum Arzt, wenn der Krebs bereits die Gesundheit des Betroffenen beeinträchtigt. Und dann ist es bereits zu spät. Wenigstens was unsere speziellen Fälle betrifft.«

Doktor Pirelli stand auf. Sie war rastlos und fing an in dem kleinen Konferenzraum hin und her zu gehen. Sie dachte intensiv nach. Es passte alles zusammen. Es blieben zwar immer noch viele Fragen offen, aber die Übertragungsmöglichkeit durch einen direkten Kontakt war hiermit gegeben und sehr wahrscheinlich. Auch wenn es unglaubwürdig klang. *Eine tödliche Krebsart, die sich wie eine Infektion ausbreiten kann? So etwas hat es noch nie gegeben. Ist so etwas überhaupt möglich?*

Laut äußerte sie sich jedoch bedeckt. »Es sieht tatsächlich so aus, als ob unser Patient, wie hieß er noch?«

»Theodor Greenwald«, ergänzte sie der Assistent.

»Genau, Theodor Greenwald der Patient sein könnte. Wenigstens, was die potentielle Ausbreitung dieser Seuche in der befragten Klinik und soweit wir bislang wissen, in Europa, betrifft.«

Sie atmete tief ein.

»Falls man es überhaupt als eine Seuche betrachten kann.«

»Sollten wir nicht sofort die Behörden informieren? Mir scheint die Situation sehr ernst zu sein«, sagte der junge Mann.

Doktor Pirelli überlegte eine Weile, bevor sie schließlich antwortete.

»Nein, noch nicht. Wir müssen zuerst den Infektionsweg finden und nachweisen. Ich will den Fehler nicht noch einmal wiederholen.«

Er schaute sie mit zusammengezogenen Augenbrauen neugierig an.

»Was für einen Fehler?«

Doktor Pirelli schreckte zurück.

»Was?«

Dann begriff sie, dass sie ihre Gedanken laut ausgesprochen hatte. Sie wollte nicht darüber reden. Es war bereits viele Jahre her und trotzdem schleppte sie es die ganze Zeit mit sich herum.

Dieses Mal nicht, diesmal würde sie sich gut vorbereiten und zuerst alle notwendigen Beweise zusammentragen, bevor sie ihren endgültigen Bericht vorlegte. Außerdem würde ihr die obere Etage vermutlich sowieso nicht glauben. Sie galt immer als übervorsichtig und hatte bereits mehrere Male einen unnötigen Alarm geschlagen.

»Ah, nichts, es ist gar nichts«, sagte sie schließlich, »wir haben bislang nur einen unbegründeten Verdacht. Wir brauchen stichhaltige Beweise. Haben Sie auch Gewebeproben dabei?«

»Nur von dem verstorbenen Arzt. Unser Patient und die Leiche des Klinikdirektors wurden bereits eingeäschert«, antwortete der junge Mann mit einer unglücklichen Miene.

»Das muss uns reichen«, sagte Frau Pirelli, »ich bekomme demnächst einige Proben aus Asien. Wir müssen alle analysieren und sie miteinander vergleichen.«

Der Assistent nickte nur. Er war damit nicht einverstanden. Aus seiner Sicht wäre es besser, die Behörden sofort zu informieren und im Falle, dass es sich tatsächlich um eine Seuche handelte, entsprechende Maßnahmen einzuleiten. Aber er vertraute seiner Chefin. Er war zu ihr als Praktikant gekommen, weil er wusste, dass sie auf ihrem Gebiet einen guten Ruf hatte.

Na gut, dachte er, *warten wir ab, bis uns die Probenanalysen vorliegen.*

XIX.

Der Abschiedsbrief

Nach dem 04. September 2057

Die nächsten Tage, nachdem Sofia erfahren hatte, dass David, ohne ihr ein einziges Wort zu sagen, gekündigt hatte, kamen ihr irgendwie unwirklich vor. Sie führte zwar weiterhin die erforderlichen Experimente durch, allerdings war sie mit den Gedanken immer woanders. Die ganze Arbeitsgruppe war in das neue Labor umgezogen. Es gab deutlich mehr Leute und das Private, das sie an dem kleinen Labor zuvor so geschätzt hatte, war schlagartig vorbei.

Sie hatten jetzt zwei Chefs, Professor Brandau und Doktor Kowalski, anstelle von David. Es gab fast jeden Tag eine Besprechung und die Experimente wurden immer und immer wieder diskutiert, um jegliche Fehler bei den bevorstehenden klinischen Versuchen zu vermeiden.

Sofia stand gerade zu Hause in ihrer Küche, angelehnt an die Arbeitsplatte, in der Hand eine Tasse frischer Kaffee, den sie sich gerade zubereitet hatte und beobachtete durch die offene Tür Elias. Er schlief noch, sein Gesicht zu ihr gedreht. Sie lächelte verliebt vor sich hin. Vor ihrem inneren Auge erschien erneut der gestrige Abend. In der letzten Zeit war Sofia so gestresst, dass sie zu wenig Zeit füreinander hatten. Sie war stets müde und hatte einfach keine Lust. Elias hatte es akzeptiert und sie zu nichts gezwungen. Schon dafür liebte sie ihn. Er war ihr ein und alles. Gestern aber, als er sie in die Arme nahm, überfiel sie plötzlich eine starke Begierde, sie wollte Elias in dem Moment so sehr, dass es sie fast überwältigt hatte. Er spürte ihr Verlangen und ging darauf entsprechend ein. Und so hatten sie sich gestern Abend nach langer Zeit mal wieder sehr leidenschaftlich geliebt.

Als sie sich heute früh daran erinnerte, spürte sie immer noch die Erregung. In dem Augenblick klingelte der Wecker und Elias wachte auf. Er schob die Decke zur Seite und setzte sich auf die Bettkante. Dann hob er seinen Kopf und stellte fest, dass Sofia ihn beobachtete. Er lächelte verschlafen, stand auf und ging zu ihr. Er war vollkommen nackt. Sofia bewunderte seinen muskulösen Körper. Er war groß, mit breiten Schultern und schlanker Taille. Als er vor ihr stand, zog er sie an sich und küsste sie fest auf die Lippen. Sofia spürte die Wärme seines nackten Körpers und musste sich überwinden, um mit Elias nicht einfach zum Bett zurückzukehren. Sie schob ihn wiederwillig sanft von sich weg.

»Entschuldige Elias, am liebsten würde ich mit dir gleich...«, sie machte eine Pause, »du weißt schon. Aber ich muss heute rechtzeitig in der Arbeit sein. Heute fangen die ersten klinischen Versuche an und ich bin dafür von der wissenschaftlichen Seite aus verantwortlich.«

Elias lächelte, zog sie noch kurz an sich und küsste sie erneut, dann ließ er los.

»Wir sehen uns heute Abend, Sofia. Ich freue mich schon auf dich.«

»Ich mich auch«, antwortete sie und strich mit ihrer Hand über seine Brust und seinen Bauch.

»Vorsicht, Sofia«, bemerkte er, »sonst kommst du heute nicht mehr weg.«

Sie lächelte mit strahlenden Augen und betrachtete ihn eine Weile mit einem verliebten Gesichtsausdruck. »Das heben wir uns lieber für heute Abend auf.«

Sie drehte sich um, schenkte ihm jedoch zuvor ihr schönstes Lächeln und sagte leise mit sanfter Stimme, wie so oft.

»Ich liebe dich, Elias«.

Er lächelte ihr nur zu, ohne etwas zu erwidern. Sie verließ anschließend die Wohnung und eilte in die Klinik immer noch mit verträumten Augen. Ihre

Gedanken kreisten in dem Augenblick nur um ihren Geliebten.

In der Klinik lief alles unerwartet glatt und ohne jegliche Probleme. Den ausgewählten Patienten und Probanden wurden die künstlichen Minichromosomen verabreicht, von denen jedes individuell an die jeweilige Person angepasst worden war. Trotzdem dauerte es mehrere Stunden bis alles fertig war. Als sie früh am Nachmittag ins Labor kam, begegnete sie Veronika.

»Hallo Sofia, wie lief es in der Klinik?«

»Ganz gut«, antwortete sie, »überraschenderweise ohne jegliche Zwischenfälle.«

»Das ist ein gutes Zeichen, oder?«, fügte Veronika hinzu.

»Ja, vielleicht«, erwiderte Sofia zögerlich, »gibt es etwas Neues?«

»Nein..., nur, das habe ich fast vergessen, deine Post. Es gibt immer wieder Probleme, weil unsere Post immer noch in das alte Labor geschickt wird und dann wandert sie eine Weile umher, bis sie uns schließlich erreicht. Hier.«

Und Veronika reichte ihr ein paar Umschläge.

Es ist interessant, dachte sich Sofia dabei, *wir haben fast alles elektronisch, Bücher, Notizen, usw., aber Briefe und hauptsächlich Werbung werden immer noch auf Papier gedruckt und verschickt.* Sie öffnete einige der Umschläge, aber wie erwartet, fand sie dort nur verschiedene Einladungen zu Kongressen oder Seminaren oder spezielle Rabatte für bestimmte Laborartikel. Sie nahm den gesamten Stapel und warf ihn in den Abfallkorb. Dann ging sie in das Zellkulturlabor, um die Zellen zu versorgen. Als sie in das Schreibzimmer zurückkam, war es bereits spät Nachmittag. Sie setzte sich müde auf den Stuhl und startete den Computer an. Dabei schweifte ihr Blick ungewollt zum Abfallkorb. Sie bemerkte plötzlich, dass sich zwischen den Umschlägen, die sie weggeworfen hatte, ein gefalteter Briefumschlag befand, wo die Adresse durchgestrichen und daneben erneut geschrieben worden war. Sofia wurde neugierig und holte ihn heraus.

Das sieht nicht nach einer Werbung aus, dachte sie sich dabei und öffnete ihn.

Darin befand sich noch ein Umschlag. Als sie ihn umdrehte, stand darauf handschriftlich »zu Händen Sofia Morgen«.

Ihr Herz fing an schneller zu schlagen. Die Schrift kam ihr bekannt vor. Sie öffnete mit zitternden Händen den Umschlag. Es fielen jedoch nur zwei leere Blätter heraus. Sofia war enttäuscht. Was hatte sie sich dabei nur erhofft? Sie schmiss alles wieder in den Abfall und stand auf.

Plötzlich, als ob es eine Eingebung wäre, holte sie den Umschlag erneut heraus und schaute hinein. Es befand sich darin noch ein Blatt Papier. Sofia zog es heraus und faltete es auseinander. Als sie die erste

Zeile gelesen hatte, fingen plötzlich die Buchstaben zu tanzen an und verschwammen. Ihre Augen waren voller Tränen. Sie wischte sie ab und schaute sich erschrocken um. In dem gleichen Augenblick betrat Akira das Schreibzimmer.

»Hallo Sofia«, sagte er, ohne sie direkt anzusehen.

Er ging sofort zu seinem Computer und fing an etwas zu suchen. Sofia war froh, dass er ihre Tränen nicht gemerkt hatte. Sie stand plötzlich auf und sagte.

»Akira, ich muss schnell etwas erledigen. Wenn mich jemand sucht, ich bin in einer Stunde wieder da.«

Sie hoffte nur, dass sie ihre zitternde Stimme nicht verriet.

»Kein Problem«, sagte er und arbeitete weiterhin am Computer, ohne Sofia zu beachten.

Sofia drehte sich um und eilte hinaus. Sobald sie das Gebäude verlassen hatte, fing sie an zu rennen. Sie lief fast den ganzen Weg nach Hause, bis sie schließlich, atemlos, ihre Wohnung erreichte. Sie musste zuerst einen Schluck Wasser trinken, bevor sie überhaupt in der Verfassung war, sich dem Brief zu widmen.

Sie setzte sich erschöpft auf die Couch, nahm den Brief aus ihrer Tasche, faltete ihn vorsichtig auf und fing an, mit pochendem Herzen und zitternden Händen zu lesen.

Liebe Prinzessin,

ich hoffe, dass du diesen Brief gleich nach meinem Ausscheiden erhältst. Du warst bestimmt fassungslos, als du erfahren hast, dass ich gegangen bin und dazu, ohne dir ein einziges Wort zu sagen. Unverzeihlich, oder? Du denkst dir sicherlich, dass ich ein Feigling bin und in diesem Falle entspricht es mehr oder weniger der Wahrheit. Ich wollte es dir sagen, Prinzessin, so viele Male, aber ich habe nie den Mut dazu gefunden. Deshalb habe ich mich entschieden, dir diesen Brief zu schreiben. Mit Worten auf Papier kann ich besser umgehen, als wenn ich es dir von Angesicht zu Angesicht erklären sollte. Es tut mir unheimlich leid, was ich dir damit und überhaupt mit allem angetan habe. Ein Verrat, den man nicht so leicht wegstecken kann. Ich kann nur hoffen, dass du mir irgendwann einmal verzeihen wirst. Vermutlich denkst du, dass es der Kuss gewesen ist, das stimmt aber nicht. Der verhängnisvolle Kuss war nur die Spitze des Eisberges. Das hat mir den allerletzten Stoß gegeben und schließlich zu meiner Entscheidung geführt.

Lass es mich bitte alles erklären und das von Anfang an. Hoffentlich wirst du dann mich und mein ganzes Verhalten besser verstehen. Als du zu uns kamst, warst du für mich eine wunderhübsche junge Frau mit einer besonderen Aura, die sich viel zu viele Sorgen um alles macht, was sie tut. Es gibt jedoch viele schöne Frauen auf der Welt, die reizend anzusehen sind, aber auch nicht mehr. Deswegen habe ich mir anfangs nichts dabei gedacht. Nach und nach jedoch, als ich dein wahres Wesen kennengelernt habe, stellte ich fest, dass du mehr als nur eine hübsche Frau bist. Deine Persönlichkeit und deine Seele waren noch tausend Mal beeindruckender als dein schönes Gesicht.

Und somit habe ich dich langsam lieb gewonnen. Ich habe mich immer sehr gern in deiner Nähe aufgehalten und dir auch gerne jede Zeit geholfen. Du glaubst vielleicht, dass ich es auch für alle anderen getan hätte, aber das stimmt nicht. Selbstverständlich unterstütze ich jeden, der das verdient und lasse niemanden im Stich. Vieles jedoch, ob du es glaubst oder nicht, habe ich nur für dich getan. Du warst es mir wert, weil du etwas Besonderes bist.

Wie ich dich bereits habe wissen lassen, bin ich so einer Frau wie dir noch nie zuvor begegnet. Für mich bleibst du immer eine wahre Prinzessin, so wie ich sie dir beschrieben habe.

Je mehr Zeit ich mit dir verbrachte, desto öfters musste ich an dich denken, was mich selbst beunruhigte. Ich habe mich stets gefreut, dich zu sehen und wenn ich dich über einen längeren Zeitraum aus den Augen verlor, fing ich an, dich zu vermissen. Und dieser Zustand hat sich nach und nach gesteigert, bis ich mich schließlich in dich ... verliebt habe ... Was für eine Ironie des Schicksals, meinst du nicht? Aber das Herz kann man nicht befehligen. Ich will damit keine Ansprüche erheben und habe auch nie etwas von dir erwartet. Deswegen schreibe ich diese Zeilen nicht. Ich wollte es dir nur wissen lassen, so dass du mein Verhalten dir gegenüber und schließlich mein Ausscheiden besser verstehen kannst. Um die Wahrheit zu sagen, hatte ich bereits seit einiger Zeit damit zu kämpfen. Ich habe mir einzureden versucht, dass es nur eine vorübergehende Gefühlsverwirrung ist. Das hat aber nicht viel   geholfen. Es reichte nur, dass du an meiner Tür geklopft hast und sobald ich dich erblickt habe, waren alle meine Vorsätze dahin. Und dann kam der verhängnisvolle Kuss. Ich habe meine Stellung als dein Vorgesetzter und auch als dein Freund missbraucht und das war eindeutig falsch. Dafür möchte ich mich noch einmal entschuldigen. Seitdem habe ich viel nachgedacht und versuchte einen Abstand zu dir zu gewinnen. Es ist jedoch noch schlimmer geworden. Ich konnte dich einfach nicht aus meinem Kopf verbannen. Und jedes Mal, wenn ich dir begegnet bin, kamen meine Gefühle wieder hoch. Und dazu deine traurigen Augen und dein bekümmerter Gesichtsausdruck, wann immer du mich in der letzten Zeit angesehen hast, mit einem Funken der Hoffnung, dass es wieder wie früher sein würde. Ich hätte es mir so sehr gewünscht, brachte es jedoch nicht zustande und deshalb habe ich mich schließlich entschieden, fortzugehen, weil ich keinen anderen Ausweg mehr gesehen habe. Ich hoffe, dass die Zeit und der Abstand zu dir meine Wunden schließlich einigermaßen heilen werden.

Eine Weile dachte ich sogar, dass du meine Gefühle dir gegenüber geahnt hast. Viele meiner Handlungen waren ja offensichtlich. In dieser Hinsicht warst du jedoch *naiver als ich dachte. Das gehört zum Wesen einer Prinzessin. Wir haben in dieser kurzen Zeit vieles erlebt und ich stellte fest, dass wir sehr vieles gemeinsam haben, mehr als ich mit einem anderen Menschen je hatte. Es war uns auch nie langweilig, oder?*

Ich werde dich nie vergessen, Prinzessin, das ist mir inzwischen klar geworden. Doch hoffe ich inbrünstig, dass ich mein Gleichgewicht wieder finde und ich eines Tages ohne Groll und seelischen Schmerz dich in Erinnerung wieder rufen kann. Das würde ich mir wünschen.

Jetzt kennst du die Wahrheit, Prinzessin, über mich und die Gefühle, die ich für dich hege und den Grund, warum ich fortging. Suche nicht nach mir, es gibt mich nicht mehr. Als ob ich nie existiert hätte. Nur eine kleine Brise der ersten Frühlingstage, warm und voller einzigartiger Gerüche, die für einen Augenblick deine Wange leicht berührte. Es fühlte sich vielleicht gut an, im Nu war es jedoch wieder verflogen und es blieb nur eine Erinnerung an etwas Besonderes, vielleicht an einen schönen Traum?

Ich möchte mich für alles entschuldigen und hoffe, dass du mir irgendwann einmal verzeihst. Ich wünsche dir, Prinzessin, mit dem ganzen Herzen, alles Glück der Welt. Mögen all deine Wünsche in Erfüllung gehen.

In Liebe David

Sofia wusste nicht, wie lange sie auf dem Sofa gesessen hatte. Ihre Tränen, die ihr die Wangen die ganze Zeit heruntergelaufen waren, angefangen bei den ersten Zeilen, waren bereits getrocknet. Sie hatte den Brief mehrere Male lesen müssen, um alles zu verstehen und zu begreifen. Sie wollte es einfach nicht glauben. David war fortgegangen, weil er sie liebte? Das ergibt doch gar keinen Sinn? Würde sie jemanden verlassen, dem sie verfallen wäre? Sie würde Elias überallhin folgen, wohin auch immer er gehen würde.

Elias, überlegte sie, *was wäre, wenn Elias mit einer anderen Frau zusammen wäre und ich ihn liebte.* Könnte sie ihm ohne Groll begegnen? Höchstwahrscheinlich nicht. Aber das war etwas anderes. Sie hatte ja David nie verlassen. Sie waren ja nie zusammen. Sie fühlte sich sicherlich wohl in seiner Gegenwart, war gerne mit ihm zusammen, freute sich auch ihn wiederzusehen. Aber als einen sehr guten Freund. Sie liebte ihn nicht...

Vielleicht, wenn Elias nicht gewesen wäre, kam ihr plötzlich der Gedanke. Das konnte sie jedoch in dem Augenblick nicht sagen. Sie war noch nie jemandem wie David begegnet. Er war für sie immer ein besonderer Mensch. Sie dachte darüber nach und sah vor ihrem geistigen Auge plötzlich sein Gesicht, wie er sie in der letzten Zeit traurig angelächelt und angesehen hatte.

Das ergab jetzt für sie einen tieferen Sinn. Es

hatte sie nie gestört, wenn er sie beobachtet hatte, aber manchmal, wenn sich ihre Blicke für längere Zeit gekreuzt hatten, hatte sie sich ein wenig verlegen gefühlt und plötzlich nicht gewusst, wie sie sich verhalten sollte. Es waren jedoch nur Augenblicke, die sie jetzt besser verstand.

Warum hat er es mit mir nicht besprochen? Ist es schlimm, jemanden zu lieben? Aber was dann, überlegte sie weiter.

Wie hätte sie sich verhalten, wenn sie gewusst hätte, dass David sie liebte und sie seine Liebe nicht erwidern konnte? Sie wusste es nicht. Das spielte ja sowieso keine Rolle mehr, David hatte bereits seine Entscheidung getroffen und sie konnte nichts mehr tun. Wie käme sie in der Arbeit ohne ihn zurecht? Das wusste sie nicht. Er würde ihr fehlen, da war sie sich sicher. Sie musste ernsthaft darüber nachdenken, ob sie bleiben oder etwas anderes suchen sollte. Wenn, dann aber nicht mehr in der Forschung.

Sie schüttelte ihren Kopf, um diese unerfreulichen Gedanken zu verscheuchen, kämmte sich die Haare, die ihr ins Gesicht fielen, zurück und stand schließlich auf.

Ich muss mich irgendwie beschäftigen, kam ihr in den Sinn, *in die Arbeit gehe ich heute sicherlich nicht mehr. Am besten hier in der Wohnung richtig aufräumen und für Elias etwas zum Abendessen kochen.* Und genau das tat sie auch, mit der einzigartigen Gewissenhaftigkeit und Präzision, die ihr eigen war.